JOSEPH CONRAD

颱風及其他三個短篇

Typhoon and Other Stories

著／康拉德　譯／孫述宇、張佩蘭、甄沛之

康拉德的生平與小説

孫述宇

1

康拉德（**Joseph Conrad, 1857-1924**）是英國小說家中的佼佼者。著名的批評家李維斯（**F. R. Leavis, 1895-1978**）把他列在前四名之內，別的論者即使不這麼推崇他，也沒有不認爲他是一流的。然而他本來不是英國人。他是波蘭人，原名**Josef Teodor Konrad Nalecy Korzeniowski**。

他父母系的家庭都是波蘭農村的士紳貴族，但是國運的影響，他的少年生涯十分坎坷。波蘭在十八世紀末年時給俄羅斯、奧地利、普魯士三國瓜分了，要到二十世紀第一次大戰時方能復國；在十九世紀裡，波蘭的民族情緒非常高漲。比方那位要求一撮波蘭泥土陪葬的「鋼琴詩人」蕭邦（F. Chopin, 1810-1849），便是屬於這時代的。康拉德的父母系家庭，都參與一八六〇年代前後的復國運動，並付出了代價。他的一位舅父曾任一八六二年華沙革命委員會的主席，一位叔父在次年的起義中被害，另一位則遭放逐到西伯利亞。

他的父親阿波羅，一八六二年時也參加祕密的革命活動。他的母親伊芙蓮娜終年都穿著黑色衣服，表示在為國家服喪。一八六三年時，阿波羅被捕了，判處流放到俄國去，妻子一家都隨行。兩年後，康拉德不過八歲，母親就因肺病死在寒冷的異鄉。父親沒法照料他，便把他送去依舅父和外祖母過日子。不久，父親也生病了，獲准南遷到奧國屬下的波蘭地區居住，父子才又相聚。奧國是瓜分波蘭的三國中最寬仁開明的一國，准許波蘭人使用波文，康拉德這時學習自己民族的語文達到一個程度，終生都不忘記。他父親也做些翻譯工作，把法國的雨果（V. Hugo, 1802-1885）、英國的莎士比亞（W. Shakespeare, 1564-1616）、狄更斯（C. Dickens, 1812-1870）的一些作品，譯成波文。但這時他已經病入膏肓；康拉德晚上自己讀書之後，和父親說了晚安，回房往往是哭到入睡。一八六九年，父親便死了，因他吃過俄人的苦頭，一大群同胞來送殯。

沒有了父母，康拉德就在外祖母與一位貴族的監護之下，由舅父泰迪沃斯（T. Bobrowski）照顧。奧國治下的克拉考市，由於市議會同情他父親的遭遇，特准他居留。他舅父給他安排，由一個大學生教導他讀書。

讀了幾年，旅行幾次之後，他興了航海之念。他的親戚都是大陸農村背景的人，對海洋陌生得很，疑懼之心不能免；舅父常說康拉德父親那邊的人多怪僻，這出海之心又是一明證。康拉德日後自承，從小就愛對著地圖幻想，立志要到那些五顏六色的地方去。結果，在一八七四年，少年人的堅持勝利了，他舅父讓他到法國去。

2

到了法國一年，康拉德就開始他的航海生涯。他的舅父爲他在一家銀行開了個戶頭，這銀行的老闆是個船東，手裡有兩隻船，康拉德就在他的「白山號」上初次出海。這時是一八七五年，他是十八歲。

他航海的初期，似乎很富傳奇色彩。在「白山號」之後，他到這銀行家的另一艘船「聖安東尼號」上做事，原來這船在中美洲航行時，幹的是軍火走私的勾當。康拉德當然沒有吃虧。他日後得意之作《我們的人》（*Nostromo*）就拿這種事做背景。冒險的事正合年輕人的胃口，據說他離開「聖安東尼號」後，又曾爲覬覦西班牙皇位的卡洛斯（Carlos, 1848-1909）運輸武器，直運到有一天，在巡邏船緊追之際，他們的走私船撞毀在一處岩岸上。由於與卡洛斯的人馬來往，他這時戀上一個名叫麗妲的神祕女子。麗妲從一個法國富翁處承受到一筆遺產，生活放蕩，卡洛斯也是她的入幕之賓。她也許只是拿康拉德來玩玩——也許覺得這個矮個子寬肩膀的波蘭青年，頭向前伸，下巴尖長翹起，怪有趣的；但康拉德對愛情認真得很，他衝衝動動的與一個美國人爲她而拔槍，結果是受傷入院，讓舅父痛罵了一頓。

這些故事未必是真的；康拉德說往事常是虛虛實實，矛盾也屢見。假使他初時果真如此之浪漫，後來省悟倒也快，自新得很徹底。他轉到英國船上謀生，學英語，幾年間便把英國的船副與船長資格一一考取了。他的同事只記得他那時有一口外國口音，有些奇奇怪怪的氣派，綽號叫作「伯爵」，沒有人記得他有什麼荒唐行爲。

他前後在許多船上做過事，走過許多航線，歐洲、非洲、中東、印支、南太平洋、澳洲、中南美都去遍了。這些旅程增廣他的見聞，也磨練他對世界人生的看法。英國是個航海國家，拿航海爲題材的作家，如史蒂文生（R. L. Stevenson, 1850-1894）與吉卜林（R. Kipling, 1865-1936）等，都擁有大量讀者；康拉德日後就拿他的航海生涯積聚到的材料來寫小說。

他小說中的人物與故事，往往是他在航海時所遇的真人真事。比方早在一八八〇年，他跟著「巴勒斯坦號」到曼谷去，那是一艘老舊的船，走得慢，後來更因所載煤斤自燃，船就在大洋上燒毀了。這就是中篇《青年》（*Youth*）的故事，這種不圓滿的結局，誠如敘事者所說，對年輕人的生活與志氣是沒有什麼影響的。過了幾年，他到一艘「水仙花號」上任職，這便是那本《水仙花號上的黑水手》（*The Nigger of the Narcissus*）

的背景。

一八八七年，他到「高原森林號」當大副，這船是爪哇線的，船長叫作麥回爾（J. McWhir），日後現身在他的中篇《颱風》（*Typhoon*）裡。其後他轉到另一條船「韋達號」上，行走馬來亞一帶。他在這船上工作不到一年，在馬來走了五轉，卻蒐集了許多寫作的材料。在幾本早期小說中露面的林格（Lingard），本是這裡的一位船長；他的侄子就是吉姆老爺（Lord Jim）；其他如奧邁耶、威廉士、回理等小說人物的真身，也是這時期遇見的。奧邁耶是康拉德頭一本小說的主人翁，真身是個瘋瘋癲癲的荷蘭人，娶了個土女爲妻，慾望之大與能力之低恰成對照。康拉德自言，若是沒有遇見這個怪人，也許畢生不興動筆寫作之念。

一八八九年，康拉德到非洲走了一轉，那是很重要的一轉。先是他離開了東方，回到歐洲，一面動手寫頭一本小說《奧邁耶的癡夢》（*Almayer's Folly*），一邊等候俄國當局批准他入英籍——因爲他是俄屬波蘭人，若未得允許擅自歸化他國，將來回波蘭探親便有麻煩。俄政府辦事很慢，他等候時，須有工作以資餬口。這時，比利時皇利奧普二世（Leopold II，1835-1909）設有「國際開化非洲協會」，康拉德少年時曾立志到剛果一行，於是請親戚代爲設法，謀得一份剛果河船的差事。那時在非洲旅行是很苦的，又不能一路乘船，要在不毛之地徒步跋涉數十日，中間還會染上疫症。還沒有來到目的地，船已沉了，撈起來再慢慢修繕，他沒事好做，就跟人另乘一船去救公司的一位職員克拉恩（Klein）。在這段路程中，歐洲人以開化爲名所施的種種暴行，種種的掠奪、奴役、折磨、殺戮，他都目睹了。他把這些事實記在日記裡，後來更寫成一個中篇，那就是有名的《黑心》（*Heart of Darkness*），書中的庫爾茲（Kurtz）就是克拉恩的化身（德文klein是「小」，kurtz是「短」）。康拉德在旅途中又遇見一個愛爾蘭人凱斯門特（R. Casement），這人日後受到榮封，再後又被絞死，康拉德把他寫成《羅曼斯》（*Romance*）一書中的奧白賴恩（O'Brien）。

從非洲回來，康拉德還航了幾年的海。他駕過一艘「佗侖斯號」，是艘快速帆船，從英國駛到澳洲有很好的速度紀錄，而且外觀俊美，使他很滿意。康拉德的時代，輪船已日漸興起，但他不甚瞧得起這種新玩意兒，只賞識那些很需要氣力與技術、也很考驗人的意志的帆船，「佗侖斯號」的乘客中有一位年輕人是高斯華綏（J. Galsworthy, 1867-1933），康拉德與他在途中結交，友情終生不渝。這高斯華綏日後在文壇成大名。船上另一位年輕乘客叫傑克斯（W. H. Jacques），剛從劍橋畢業，前往澳洲，抵達不久就得病死了。他在文學方面涉獵很廣，康拉德把《奧邁耶的癡夢》初稿給他看，然後怯怯地問他有何意見；他很簡單地回說，這值得出版。康拉德雖已看過許多書——波蘭的文學、俄國的小說、雨果、莎士比亞、古柏（J. F. Cooper, 1789-1851）等等——但迄今少與文化界人士晤談，傑克斯這位飽讀詩書的大學生說了這句話，對他實有決定性的影響。

3

一八九四年，康拉德開始在英國定居，並在文學方面謀求出路。兩年後，他結了婚，娶的潔絲・喬治小姐（Jessie George），是一位英國書商的女兒。兩人的年紀相差頗大，但婚姻美滿；潔絲女士後來還寫了康拉德的傳記。他們生下兩個男孩。除了到南歐住過一段時期，晚年又回波蘭一趟之外，他們一家人一直住在英國。

康拉德的寫作生涯，可說是相當順利。本來，他決定以文字維生，可說是大膽到近乎魯莽，因爲他生長在波蘭，現在在英國寫小說，就是用第二語文來創作，這是很少有人做成功的事；加以他又是海員出身，沒有受過什麼正式的文學教育。不過，誠如他的傳記作者常說，他航海已有二十年，足跡遍天下，人生經驗與見聞已是用之不竭的材料。而且他的運氣不錯，常常得到幫助——用占卜的話來說，是命裡有「貴人」。他的頭一本稿子《奧邁耶的癡夢》，在上陸地定居那年送到翁溫（Unwin）書局去，馬上便蒙採納印行。審閱稿本的人是嘉涅特（E. Garnett, 1868-1937），他巨眼識人，日後與康拉德做了朋友；他的妻子是康絲坦・嘉涅特（Constance Garnett, 1862-1946），也是文壇知名人物，專譯俄國小說。康拉德在「佗倫斯號」上結識的乘客高斯華綏，對他也大有助力。高斯華綏的家境很好，本是學法律的，但轉而投身文學，中年之後在小說與戲劇方面都成了大名，後來更獲頒諾貝爾文學獎。他是個恬淡的人，不愛熱鬧，與康拉德交誼極好，康拉德有時就住在他家寫作。別的文壇翹楚，如詹姆斯（H. James, 1843-1916）、吉卜林、本奈特（A. Bennett, 1867-1931）、各斯（E. Gosse, 1849-1928）、克萊恩（S. Crane, 1871-1900）等人，都賞識康拉德，先後與他來往。他的作品印出來或是在刊物上面世時，有識之士很快就給予好評。他又找到一位平克斯（J. B. Pinkers）爲他辦理事務，出版取酬諸事都不必煩心，而稿件也從不受退還的冷遇。

他的筆動得很勤快。他需要收入以維家計，也知道自己開始得比較晚。他的處女作付梓之時，已經是三十七歲的人，在這年紀，許多作家早已大有成績。他寫得很拚命：《奧邁耶的癡夢》完成的次年，他拿這小說中的人物（以奧邁耶的丈人林格船長爲中心）寫了《海隅逐客》（*An Outcast of the Islands*），而這第二本墨瀋未乾，又已動筆寫林格的第三部曲《拯救》（*The Rescue*）。這第三本寫得不甚順利，要到二十年後方能完成，但他把稿丟在一旁之際，很快速又寫了《水仙花號上的黑水手》，在一八九七年出版。早一年，他結了婚度蜜月時，旅途中也還在寫短篇；一八九八年，長子出生時，短篇集*Tales of Unrest*也殺青了。接著，由他筆下那位著名的「說話人」馬洛（Marlow）講述的中篇《青年》完成了，在《黑林》（*Blackwood*）雜誌刊出。他動手寫《吉姆老爺》，前後寫了一年多；但這書未成，先寫就有名的中篇《黑心》。這時他開始與福特（Ford Madox Ford, 1873-1939，初時名叫Hueffer）合作，先後完成了《繼承者》（*The*

Inheritors）與《羅曼斯》兩本。到了一九〇三年，他同時著手寫《海鏡》（*Mirror of the Sea*）與《我們的人》兩書。後者是他最賣力的一本作品，前後寫了三年；他對友人形容工作的艱辛，喻之爲「與神搏鬥」（《舊約·創世記》中的故事）。

我們剛才說他的寫作生涯是一帆風順，但後人的觀感與當事人自己的心情每每是很不同的。他在這頭十年裡，常向朋友訴苦。他早在航海時就有痛風症上了身，這病頻頻發作，影響他的工作。他的錢也不夠用；像《黑心》這樣的中篇，日後成爲經典之作，選到各種選集中，也給大詩人艾略特（T. S. Eliot, 1888-1965）引進詩裡，但在出版時賺不到幾十鎊的稿費。福特說他常常擔心妻兒會淪爲餓殍；他也曾請朋友代爲設法覓個職位，再度放洋。有一回他告訴嘉涅特說，自己是既窮又病，年歲也不小了，幸而還有心情寫作。雖說文壇人士對他都予好評，但有些作品，他寄予厚望的，卻不甚受歡迎。他的《海鏡》很受揄揚，但他自己以爲很了不起的《我們的人》卻受到冷淡的待遇，雖然後世的評論家大致都同意他自己的評價，許之爲他的代表作。他寫作認真，從不作媚眾之想，然而一直都相信廣大讀者群的心是打得動的，只要作品寫得好。這點信心也使他一再失望痛苦。

在他寫作的第二個十年間，日子漸漸好過。他依次寫了四個長篇，即《特務》（*The Secret Agent*, 1906）、《在西方的眼睛下》（*Under Western Eyes*, 1910）、《機會》（*Chance*, 1912）、《勝利》（*Victory*, 1914）。這些小說與早些時的作品略有不同：早時的作品可以稱爲海洋小說，講的若不是航海，便是西歐人在海外地區的活動——所謂「海外」，是從西歐的觀點而言，即是指南太平洋、中南美洲、非洲等地方；但現在這些小說，也講到歐洲人的革命與地下活動，背景是倫敦、聖彼得堡這些大都會。他還想以地中海爲背景寫一篇，又想講拿破崙（Napoleno I, 1769-1821）。吳爾夫女士（V. Woolf, 1882-1941）認爲康拉德最具特色的作品是早時的海洋小說，這個判斷，大多數的批評家都無異議；大家都相信，他最能流傳下去的，是《我們的人》、《吉姆老爺》與《勝利》（雖不屬早期之作，但也是海洋小說，講一個瑞典人在荷屬印尼一帶的生涯）等長篇，以及《黑心》、《颱風》、《青年》等中篇。不過，成就與報酬往往是不一致的，康拉德第二個十年間的經濟狀況比從前好得多。美國的市場由《機會》打開了，紐約那邊的出版商人肯預付巨酬來請他寫稿。他隨便寫一個短篇，就得到當初《黑心》十倍的收入。他不再憂窮了。

在這以後，他寫了《陰影線》（*The Shadow Line*）、《金箭》（*The Arrow of Gold*）和《流浪者》（*The Rover*）。林格船長的第三部曲《拯救》也終於修改完成，但是那本拿破崙小說*Suspense*卻完成不了。他也像老朋友高斯華綏一樣，想在劇院裡一顯身手，不過成績並不出色。他還寫下些回憶性的文章。

他這時名氣很大，在小說界享譽之隆，只有稍早時的哈代（T. Hardy, 1840-1928）比得過。一次大戰前夕，當年曾特准他居留的波蘭城市克拉考，邀請他回去遊覽，他高高興興的去了，但甫抵達，奧國下令動員，他目睹戰事發生，幾乎回不了英國。他對這場戰事頗爲關懷，因爲他祖英惡德之故。他年事日高，服役是不能了，就爲英國海軍部寫文章來激勵人心。

戰後，在一九二二年，出版商爲他安排訪美，朗誦自己的作品。他從《勝利》中選些章節來讀，大受聽眾歡迎，恍若當年的狄更斯。英國皇室敬重他的成就，有意頒發爵位給他，他辭謝了。一九二四年，他買了一所新居以娛晚景，可是未曾遷入，健康情形已不好了，不久終因心臟病發而逝，時年六十六歲。

4

康拉德的小說，是男性的讀物，最適宜的讀者是壯年的男子。比方浪漫愛情的描寫，在小說中就很少。在處女作《奧邁耶的癡夢》裡，我們看得到兩個異國情鴛如何划著獨木舟到小島林間去私會，如何裹在繽紛的落英與濃得發膩的香氣裡，後來又如何因另一個女子的私戀而幾乎遇險等等；但這種內容很快就沒有了，就如他本人雖然也曾鬧過戀愛，也曾賭博醉酒，可是收斂起來是很快的。典型的康拉德小說，借用《水滸傳》的話來形容，所講的都是男子漢的豪傑事務。評論家常說他不善寫女性。當然，他筆下也有不少女人，但她們就像《水滸》中的女人一般，本身不是寫作的重要目的，只是拿來引出與襯出漢子們的胸懷而已。康拉德的人物是很真實的，比梁山人物真實得多。梁山上的英雄挾著一身超凡武功，在江湖上盡做痛快的事；康拉德的漢子卻是奮鬥與吃虧的時候多，成功得意的時候少，讀者常見他們挨打得臉青唇腫，甚至變成古古怪怪的畸人。他們面對的是個無情的世界，在汪洋大海上，在狂風暴雨中，在利慾薰心爾虞我詐的人間，應付危險與屈辱，也應付自己的恐懼、慾望、責任等等難題。這是認真的壯年漢子才願意看的材料。

說到頭來，康拉德是個很不浪漫的人。他很能自律，工作時很專注。我們初時會以爲他是個浪漫派，因爲他自言曾爲戀愛而與人決鬥，又曾爲暴亂份子偷運軍火。即使這些故事不足信，但他出身內陸農業社會，卻不顧親友反對而去航海，也似乎很表現出浪漫派那種「對遠方異國的懷戀」。可是在另一方面，他早在二十多歲的書信裡，已經對「歐洲貧民窟裡醞釀出來」的革命理論抱有強烈反感。浪漫派全是喜歡革命的，革命都應許一些美麗的遠景；康拉德卻不愛幻想。他自己最看重的小說是《我們的人》，在這書中，他把一些中美洲的革命份子寫得很不堪，他們膚淺愚昧，滿腦子虛幻的理想都是從二三流的通俗文學作品裡來的。甚至那個叫作「我們的人」的隊長，好一條漢子，天生的民眾領袖，他會在人群的喝采聲中把銀扣子扯下來拋給他的情婦，諸如此類，可是要他長久看守一批銀子，他就辦不到，因爲他的力量只是一種虛榮之心，到頭來這阻擋不住物慾。與他們相反的是一個英國的商行職員，蠢蠢的（諢名叫作「傻卓」），一點想像力也沒有，可是他有他的信條，這使那些革命黨也爲之吃驚而敬佩。理性主義者都會同意，感情是不可放縱的，應受理性駕馭；康拉德更強調對事情的認真，凡事都須當一回事來做。這大抵與航海經驗和海員心態有關，海員是實幹的人，他們曉得若要航過風濤，須有技術與氣力，能沉著與堅忍，幻想是沒有用的，感情也不濟事，自然規律不饒過你。

這種務實而傾向於保守的心態，與他選擇國籍之事，可以互相印證。他拋棄波蘭國籍，歸化了英國。脫離波籍本來無可厚非，因爲波蘭已被三國瓜分，保留著波籍，他便是俄國臣屬，而他痛恨俄國；可是他終生對於波蘭的民族運動似乎並不熱心，他爲英國做的事比爲波蘭多得多。這與當時的許多波蘭知識份子及藝術家大異其趣，加以他的雙親與父母系家庭又還是爲國做了大犧牲的人，他之置身事外實在令人詫異。因此有人以爲他有犯罪感。此外，爲了要逃出帝俄牢籠，英國並不是唯一的選擇；比方說，他當年離開波蘭後先到的是法國，爲什麼不設法入法籍呢？

他實在是喜歡英國。他對英國的風土人情，可謂無一不愛，而且比一般英人更要喜愛。他自己說在十多歲旅行到阿爾卑斯山時，第一次見到一個英國人，在冷峭的空氣中臉頰發紅，短褲長襪間露出一截雪白的腿，這個民族，他一下子就愛上了。這種回憶是否很能保留當時的感覺，姑且不論，但英國人保守務實，這肯定能得他歡心。與英人相比，法人富想像與浪漫氣質，比較愛走極端，愛革命，這些都不投他所好，所以他選英不選法，恐不是純粹機緣使然。至謂背棄祖國，當然很不應該，但這也許是由於他厭惡暴亂，而波蘭復國運動似乎總不離那些路子。也許他少年時眼睜睜的看著雙親先後在異國酷寒之地給癆病折磨至死，覺得已經受夠了。他的悲觀是很顯然的。

他有他的種族偏見，我們不必爲他隱瞞。他痛恨俄人，不喜德人，而熱愛英人。當然，他的經驗與我們中國人的經驗很不相同：我們記得鴉片戰爭，記得英軍一再侵華，他的祖國卻是俄普奧瓜分的，不干英國的事。我們亞洲人從被統治的下層所看見的英國殖民者的僞善，他不會看得很清楚。他知道英國人在統治外國人，但他覺得英國人做得不錯，他的小說裡的英國統治比荷蘭、葡萄牙的統治要好，比之比利時在剛果的統治——他的《黑心》的背景——更是文明得多。他是個白人，白人的偏見自是難免，看見白人騎在亞洲人頭上，也不會很難堪。他愛的是秩序，是把事情切切實實地做好，他的英雄是沒有夢想的；他會覺得一個有效率的政府，一些清潔的城市，豐饒的農村與暢通的貿易，比民主自由更有意義，因此殖民地不一定是壞事。他的白人立場是很清楚的，在他的異域小說中，主角都是歐洲人，勝利與光榮固然是他們的，挫敗、屈辱、痛苦與悲劇也是他們的特權。亞洲人好像是另外一種生物，他們好像也有些長處，他們氣力不缺，又沒有歐洲人那些文明缺點，可是他們要不就是很簡單，比動物好不到那裡，要不就是神祕不可解的。他許多小說裡都有中國人，這些人尤其詭譎古怪；比方說吧，馬來土人還會到蘇祿海上做海盜，他們卻只幹高利貸與賣鴉片的營生，或是在帳房裡從早到晚數錢幣。其實中國人且不說那些披荊斬棘的創業工作，就是海盜又何嘗不會做？馬尼拉不是幾乎給一個中國海盜攻下來了嗎？他在《奧邁耶的癡夢》的〈前言〉中很開明地指出，「蠻荒」的人也有血有肉，可是他其實從沒有很努力去了解他們，站在他們的立場來寫故事。

但我們不是爲了種族偏見來看康拉德的；我們要看的是他筆下具有普遍性的人性，以及他表現人性的藝術。

5

康拉德的小說頗不易讀。他寫得費力，我們也讀得費力。從閱讀的難度而言，這些也可稱爲壯年人的小說。

首先是文字艱難。康拉德寫英文是個有趣的題目；他的母語是波蘭語，英語連他的第一外語都算不上，他是先接觸了法語才接觸英語的。他的朋友記得他起初說英語時，外國口音濃重得很。他選擇英語來寫作，是因爲他立心以英國爲家。他寫作是很吃力的，常說是逐個字絞腦汁。

可是他寫出的英文卻非常好。所謂非常好，不是說「在外國人中可謂難得」，而是比一般英國人好，甚至比英國作家尤勝。勝在有氣力，有深度，能打動人心。有人用演奏來形容他的寫作，因爲他寫起來，有如一位獨奏家在表演，不管你是否確切了解他的意思，也許他的話就像音樂一般，並無客觀而與事實緊密相應的意義可把握，但他說得這麼美妙動人，這麼有氣勢，你早就折服了。還有人批評他時，說他善玩文字魔術，藉此掩蓋內容缺乏之處。總言之，他寫出的英文是非母語的奇蹟。他自言自己師法的是一些英國海員，他們言必有物，不說廢話。這恐怕還是說得太簡單了；他初時也許跟海員學過話，但他寫作時對文字的態度肯定不像海員。他是個文字藝術家。海員只不過言之有物；文字藝術家卻是要把語文拚命驅策，迫使做許多日常所不做的事情。

康拉德的東西難讀，最主要的原因還在他對小說藝術的關注。他是文字藝術家，更是小說藝術家。想把小說寫好是許許多多小說家的共同願望，因此，對小說藝術的關心本不限於某一時代與某一地方；不過，把技巧的地位置得很高，把很多精神貫注其上，有意識研究改良，這種風氣是十九世紀的事，領袖是那位英籍的美國小說家亨利．詹姆斯。康拉德與詹姆斯是同時的人，兩人寫出的東西很不相像——詹姆斯寫的是在上流社會走動的人，康拉德寫的是中下流的居多——但在追求技藝方面是同道，兩人互相敬重。

兩人對於小說藝術也頗有共通的結論。最突出的是在敘述方法方面，大家都很看重故事由誰來講，以及怎麼講出來的問題。故事由誰來講的問題，詹姆斯稱之爲「觀點」（Point-of-view），他最不高興的是由一個無所不知的說書人來把故事糟蹋掉。他的故事，或是由故事中人之一來講，即使是由一個局外的說書人來講，講時的所知所見也似是有限度的，這便是他主張的「受到限制的觀點」。康拉德的作法也差不多。比方說，他的許多海洋故事都是由航海老手馬洛講的，馬洛在講親身見聞，而且是當時感受，這樣，故事不僅真實，而且有迫切感，有當事人臨事時的惶惑與震恐。馬洛本人的感受與評論，除了表現他自己的性格與心理，還能夠引出故事的各種意義。

康拉德渴望把故事中每一場景的娛人動人力量都發揮盡致——所謂要擠盡最後一滴「戲劇性」。一件事情，他常要寫幾個不同的面相。因此，他敘事的方法很奇怪。他很少把一個故事老老實實從頭說下來的，反而是從尾倒溯的時候爲多。人家形容他講故事，好像向前走了一步，向後就退兩步，結果路程都是反身走完的。有時，爲了「擠取戲劇性」，他還不只是向後倒敘，而是講完又講，同一個人或是幾個人講，重重複複，忽前忽後。他的故事的時序常常會傷讀者腦筋，他的句子也相應而複雜，動向忽前忽後，常常還會是團團轉的，嚇壞了外國讀者，更害苦了翻譯的人。

但如果我們不怕艱難，埋頭下去，就會讀到一位公認的世界一流小說家，可以欣賞到極其認真的藝術。

目次

颱風

孫述宇
張佩蘭 譯

第一章

南山號的麥回爾船長，外貌長得與內心完全相類，看不出是特別穩重抑或愚鈍，根本就沒有任何顯著特色；就是平平無奇吧，不大理會別人的，也不爲外物所擾。

他的臉龐唯一說得上的特徵，就是間或有些兒忸怩；因爲有時他在岸上坐辦公室，曬得紅紅的，你會看見他垂下雙目淡淡地微笑。他抬眼時，卻讓人看見一雙爽直的藍眼睛。他的頭髮金黃細軟，像一把亂絲，從這邊太陽穴繞到那邊太陽穴，環著光禿的天靈蓋。反之，臉上鬚髭卻是火紅的胡蘿蔔色，像一叢赤銅絲沿唇線鉸短了；至於雙頰，不論他如何剃刮，當他腦袋轉動時必會閃起金屬的亮光。他身材遠在中等之下，肩膀稍覺渾圓，四肢粗壯，致使衣服的袖與腿都疑偏窄了。他好像對緯度變化的意義不能把握，穿一套整齊的褐色上下身衣服，頭戴褐色圓禮帽，足登粗拙的黑色靴鞋。這身海員裝扮給他粗壯的塊頭平添了幾分僵硬樸拙的帥氣。一條細細的銀錶鏈掛在他背心外面；他若離船登岸，還一定會在毛茸茸有氣力的拳內抓著一把漂亮的雨傘，傘的質料絕佳，可是常常忘了捲好。朱克斯那小伙子是船上的大副，他若是陪送船長到跳板去，有時也會大著膽極其體貼地說，「老爺，容在下的」——說時便恭恭謹謹奪過雨傘，舉起傘柄抖抖傘面，瞬間便把傘捲好奉還。他做這件事時臉容肅穆如此，使那位在天窗旁抽早晨雪茄的大車所羅門·洛特先生別過臉，免得讓人看見他的笑容。這時麥回爾船長便會低著頭，沉聲然而使勁地說，「唉！哼！這笨傘……謝了，朱克斯，謝了。」

他的想像力僅足度日，更無餘裕，所以他平靜自信，也因此而毫不自傲。有優越想像力的人才會疑神疑鬼，擺臭架子，難伺候；麥回爾船長指揮的船，卻每一艘都是和諧恬靜的水上安樂窩。事實上，他之無從幻遊太虛，就好比一個錶匠無法只使用一把兩磅鐵槌和一把粗齒鋸子製出一個錶。不過，那些終日形形役役的人，那麼簡單乏味，卻也有神鬼莫測的一面。比方以麥回爾船長爲例，一位貝爾發斯特城①的小雜貨商的兒子，日子過得好好的，究竟是著了什麼道兒要逃跑離家去航海，實在無法理解。可是他在十五歲時就做了這樣的事。你若肯仔細想想，就會相信的確有一隻不可見的強力大手，伸進塵世之間，擺布芸芸眾生，使無知無覺的臉孔各朝一個夢想不到的方向，走向理解不來的目標。

① Belfast，愛爾蘭的一個城市。

他父親始終沒有真正饒恕他這忤逆愚行。他後來常常都說：「沒有生他出來我們也能過，可是那盤生意怎麼辦？他還是獨子呢！」他失蹤後母親經常以淚洗面。他事先卻想也沒想到要留言，所以家人都以爲他死了，直到八個月後他有信從塔爾卡華諾①寄來。信很短，內有這麼一句話：「來路上天氣很好。」可是，明顯得很，在寫信人的心目中，唯一要緊的消息只是船長在他寫信這天正式把他登錄爲普通船員了。他解釋原因：「因爲這工作我做得來。」做母親的又哭個不歇，而父親的感觸則見諸「湯姆真是頭驢子」一語。他爹是個大胖子，擅長開狡黠玩笑，終其一生都這樣對待他兒子，時時略帶憐憫，當他是個白癡。

麥回爾沒法常回家探親，於是在其後數年也寫了別的信，把累次升遷以及在寰宇往來行蹤稟告父母。信中有諸如此類的句子：「這邊熱得很厲害」，或者「聖誕日下午四時，我們碰著幾座冰山」。到頭來兩老熟識了許多船名，還有那些船長的大名——還有蘇格蘭的和英國的船東的名字——還有海和洋、海峽和岬角的名字，還有木材港、米港、棉花港的番邦名字——許多海島的名字——他們兒子的女朋友的名字。她名叫露絲。他沒想到要講講他是否覺得這名字美麗。其後兩位老人家便撒手塵寰了。

麥回爾結婚的大日子緊隨著他榮升船長的大日子到臨。

① Talcahuano，智利重要港口。

這些事情發生多年之後，一天早上，他站在南山號的海圖室內，眼見可靠的氣壓計的指針下降了。考慮到儀器優良以及船在地球上的位置與當天的時令，這樣降低的兆頭不好；不過，他赤紅的臉沒有露出半點焦慮。他不理預兆；任何預告都要等到應驗之後，他才了解箇中含義。「氣壓降下，一點沒錯，」他想道。「一定是有些很特別的醜天氣在搗蛋。」

南山號從南洋向北駛向福州通商口岸，船艙底層裝了些貨物，還有中國苦力兩百名，他們在熱帶各殖民地勞苦了數年之後，正要回到福建家鄉去。那天早上天色良好，油膩膩的海面起伏，沒冒出一點氣泡，天上有一片奇怪的白霧，像太陽的光暈。前甲板擠滿了支那人①，滿眼是陰暗衣服、黃臉孔、豬尾巴②，夾雜著許多赤裸肩膀，因爲這時沒有風，炎熱難當。眾苦力懶洋洋走著，談天，抽煙，不然就是呆望船沿欄杆之外；有些人在取海水互相潑灑；有幾個睡在艙口，還有些六人一堆，盤膝而坐，圍著個鐵托盤，盛著一碟碟飯和小茶杯兒。個個天朝子民都隨身帶著自己全部的財物——一個有鎖的銅角木箱子，內藏血汗積蓄：幾件慶典衣服，幾炷香，說不定還有些鴉片煙土，有些只有習俗價值的無名廢物，以及少量銀元。那些都是在運煤駁船上賺得的工資，或者是

① Chinamen，英語中的辱華稱謂。
② 清代中國人的辮子。

賭贏的彩數、小本生意的利潤，是他們從地裡挖出來，肩負重擔而汗灑礦井、鐵路，乃至危險萬分的莽林才得到的。他們一分一毫積聚下來，小心看管，惜之如命。

一股橫來的海濤已於十時上下從台灣海峽那邊湧來，卻沒有怎樣驚動搭客，因爲南山號船底是平的，船上有滾動墊木，船身又異常寬闊，在海上素以穩定見稱。朱克斯先生在岸上得意的時候，會高聲嚷說道：「老姑娘又嬌俏又管用。」麥回爾可怎麼也不會想到要把心中的好感這樣高聲嚷出來，或者用這麼花巧的話說出來。

這船無疑好得很，船齡也不高。船建於當巴頓港還未到三年，訂造的是開設在暹羅的薛嘉父子公司。當船下了水，全部完工而準備服務時，造船公司的頭目一派自豪地觀賞著。

「薛嘉叫我們派一位可靠的船長領它出海，」造船公司的一個股東說；另一個股東想了一會兒說：「我猜麥回爾目前正巧在岸上哩。」「是麼？那就馬上給他發個電報吧，他最合適不過了，」那位老股東毫不猶疑地說。

翌晨，麥回爾站在他們跟前，神態自若。他是不言不語地一下子和妻子道了別，便乘午夜快車從倫敦來到了。他妻子出身比他好，娘家是顯赫過來的。

「船長，我們最好先一道去檢查一下那條船，」那位老股東說。於是三人便開始檢視南山號各處造得怎麼好，從頭到尾，從龍骨到那兩根粗短桅桿頂上穿繩索的木冠。

麥回爾檢查時，便先把外衣脫下，掛在一部蒸氣起錨機末端。這機器實堪代表所有最新的進步。

「我伯父昨天寫了信給我們的老朋友——即是薛嘉老先生和小先生啦。他在信裡說了你的好話，他們一定會繼續留用你做船長的，」那少股東說。「船長，你將來大可誇口說，你駕的是整條中國海岸上同等大小的船中最靈便的一艘。」

「你們寫了信？謝了，」麥回爾低聲含糊的說。他看渺遠的前程，就如半瞎的遊人看風景，其實並不動心；此刻他雙目正巧落在艙門的鎖上，於是走上前去，很專注地使勁搖那把柄，一邊用他那誠摯的低聲評論道，「這年頭幹活的真不可靠。簇新的一把鎖嘛，也不管用。軋牢了，你看，你看。」

兩個人一回到那邊的辦公室，那侄兒帶點兒鄙蔑之意問道：「你對薛嘉讚美這個人，你看見他有什麼好處呢？」

「要是你說他一些兒也不像你那些威風船長，我承認，」那位年長的人不願多費唇舌地回答了。「南山號的木工工頭在門外嗎？……貝茨，進來。你怎麼讓泰特的人在艙門上裝把壞鎖，丟我們臉？那船長一眼就看出了。馬上換把好的。小瑕疵，貝茨……小瑕疵……」

鎖於是換過了，幾天之後南山號就出海向東方航去。麥回爾沒有再評論船上的裝備，也沒有人聽見他再開口，無論是爲這艘船而自豪，爲這份差事而感激，或者爲前途遠景而感到高興。

他的品性既不愛饒舌，也不是木訥不言，只是很少覺得需要說話。責任當然是要盡的——他指揮、下令，等等；但他覺得過去的事已去了，將來的事尚未到，日常的事務也無需多談論——因爲事實自已能說得一清二楚的。

薛嘉老先生喜歡不多說話的人，喜歡那些「一定不至於想要修正他的意旨」的人。麥回爾既能符合條件，便獲留任南山號船長，專心致志在中國海域行駛。船下水時註了英國的冊，但是過了些日子，薛嘉父子相信掛上暹羅旗更方便。

聽聞改懸旗幟的消息，朱克斯渾身不自在，彷彿自身受到侮辱。他不住怨言冷笑。「想想吧，把一隻諾亞方舟那麼滑稽的大笨象畫到輪船的旗上，」他有一回站在輪機房門口說。「我可真受不了；我不幹這份差事了。洛特先生，你不噁心嗎？」大車只是清清喉嚨，那神情顯出他是知道好差事的價值的。

新旗幟在南山船尾飄揚的頭一個早上，朱克斯站在船橋上恨恨地望著它。他內心鬥爭了一番後說，「老爺，掛這旗航行，不像樣。」

「旗有什麼不妥嗎？」麥回爾船長問道。「滿好的嘛。」他說著便走到船橋盡頭處好好看一下。

「我覺得好不像樣哩，」朱克斯忍不住說。他氣沖沖跑下了船橋。

麥回爾船長對他的舉止深感詫異。稍後他靜靜走進海圖室，把國際訊號集掀到國旗頁上，只見各國旗幟五顏六色正確地列在其間。他用手指指著溜過去看，看到暹羅，很專注地看了那紅底白象。簡單得很嘛；可是爲了不出岔，他把書帶到船橋上，將彩色圖樣與船尾旗桿上那面實物仔細比較。朱克斯壓制著發狠的心情在當值，等到他再上船橋時，他的上司說：

「那面旗沒有什麼不妥。」

「沒有嗎？」朱克斯喃喃地說。他跪倒在一個甲板儲箱之前，很凶惡地扯一根備用的測海錘繩。

「沒有呢。我翻書看了。長度該是寬度三倍，大象在正中。我猜岸上的人總懂得製造本國國旗的。理當如此啦。你弄錯了呢，朱克斯……」

「老爺，好吧，」朱克斯衝動地站起來開口說，「我只能說——」他抖著雙手，想找那圈錘繩的條頭。

「沒關係啦，」麥回爾船長安慰著他，同時一屁股坐到心愛的帆布摺椅上。「你只須留神，別讓他們開頭不習慣把大象倒轉升上去就是了。」

朱克斯先把新的錘繩往前甲板上一丟，大喊一聲：「領班，你的。別忘了要先浸透。」他下了決心，轉身面向上司，待要進言，但見麥回爾船長已經舒舒服服地把兩肘支在橋欄上。

「因爲大象顛倒了，我猜就會給人家誤以爲我們求救，」船長說下去。「你怎麼說，我看那上頭的大象跟我們國旗上的米字形差不多……」

「差不多！」朱克斯喊道。他的聲音高得讓南山號一船上的腦袋都朝船橋上望。他繼而嘆口氣，一下子認了敗，低首下心地說：「還倒過來真是可憐死了。」

那天稍後他找著大車說祕密：「喂，跟你講講老頭兒最近的新故事。」所羅門．洛特先生常在背後給人叫作「高個兒所羅」、「所老頭」，或者「洛特老爹」，他由於發現自己不論到什麼船上服務，都差不多毫無例外地高人一等，就養成一副屈就垂聽的習慣。他疏落的頭髮灰雜雜的，平板的雙頰蒼白，骨嶙嶙的腕和書生型的長手也是蒼白的，好像一生沒有曬過太陽。

他高高在上向著朱克斯微笑，繼續吸他的煙，靜靜地張望四周，神情像個仁慈的叔伯在聆聽一個興奮的小學生講故事。末後，他大感興趣然而毫不動容，只問了一句：

「那麼你辭了職嗎？」

「沒有啦！」朱克斯說。他的聲音因為挨了一悶棍而沒精打采，他不得不抬高，以免被輪上摩擦絞車的刺耳嗡嗡聲淹沒。絞車都在全力轉動，把一吊吊的貨物絞到起重機長桿的末端，為的似乎只是讓它們可以毫無顧忌地相隨飛跌進艙中去。貨鏈在起重機上呻吟，碰得艙口的防水沿噹噹響，轟隆轟隆擦過艙邊；整艘船都顫顫，灰色的長船身發出水汽的氤氳。「我沒有啦，」朱克斯喊道，「辭得出什麼結果嘛！還不如向這鐵板牆遞辭呈呢。對著那樣的一個人，有什麼話講得通的？我真沒轍了。」

這時麥回爾船長從岸上返船，手執雨傘，走過甲板。伴隨的是個愁眉苦臉一言不發的中國佬，他走在後面，足登布底絲鞋①，手中也提一把傘。

這位南山號的船長說話時語音僅可聽聞，而雙目習慣只望著自己的鞋子。他說這一趟水程須在福州停泊，希望洛特先生準時在明天中午一點鐘把蒸氣弄好。他把帽子推後，抹抹前額，嘴裡說自己是不喜歡登岸的；洛特先生比他高得多，這時一言不發，只顧用左掌托著右肘昂然吸著煙。船長接著又以同樣低的聲音囑咐朱克斯清掉前方夾艙裡的貨物，好安置兩百苦力。賓顯公司要遣送這批人返鄉。二十五包大米馬上會由舢板船送到，做伙食的。這些人都幹滿七年了，每人有一個樟木箱子。該叫木匠到夾艙下面前後釘上三吋的圍板，以免這些木箱子在航程中滑來倒去。朱克斯不如馬上就去打點吧。「朱克斯，你聽到了嗎？」這個支那人隨船去到福州，他會擔任通話。是賓顯公司的師爺，他想要看看大小。朱克斯最好就帶他到前頭去。「朱克斯，你聽到了嗎？」

朱克斯仔細地用淡淡的「老爺，知道了」，在適當的地方給這番指示標點。他的一句「來吧，約翰；**make look see**（來看看）」，便把那支那人帶走了。

「**Wanchee look see, all same look see can do.**（要看看，怎麼看也是看。）②」朱克斯說。他對外語毫無天分，把洋涇濱英語切割得鮮血淋漓。他指指打開的艙口。「**Catchee number**

① 原文是「紙底絲鞋」，疑有誤。
② 這種洋人仿華人的英語，眞意待考。

one piecie place to sleep in.（有個呱呱叫的地方睡覺），嘜？」

他說得粗聲粗氣，與種族優越感很相配，但並無敵意。那個支那人憂愁無語地探頭窺一眼艙中黑暗，彷彿駐足一個張開嘴巴的墳墓之前。

「No catchee rain down there-savee?（下面淋不著雨——明白吧？）」朱克斯指出。「Suppose all'ee same fine weather, one piecie coolie-man come topside（倘使天氣好，一個苦力走出來）」他繼續說下去，想像力也漸漸活躍起來，「make so-phooooo!（這樣子來——呼呼呼呼！）」他脹起胸膛，鼓高兩腮幫子。「明白吧，約翰？呼吸——新鮮空氣。好，對不對？Washee him piecie pants, chow-chow top-side——see, John?（洗褲子，吃飯，都在艙面——明白嗎，約翰？）」

他用嘴巴和雙手做了許多吃飯和洗衣服的動作，那個支那人用微帶斯文憂鬱的鎮定神情遮掩了對這套啞劇的疑慮，他的單眼皮眼睛從朱克斯臉上瞟到艙口，又瞟回來。「Velly good!（好得很！）」他淒然低聲說了，便匆匆滑行過甲板，閃過了沿途的障礙物。他彎身穿過一吊十個滿裝昂貴貨品的又髒又臭的黃麻袋子①，於是失了蹤影。

這時，麥回爾船長已走上船橋，進了海圖室。室內有封信，兩天前動手寫的，尚未寫完。這一類的長信都以「愛妻妝次」起頭，庶務員在擦地板與爲航海時計抹塵之隙，

① 大概是魚翅、燕窩、鮑魚之類。

總要盡量藉機讀讀。他的興趣遠比那位收信的女士大得多，原因是信件內容無非是南山號一次又一次海程巨細靡遺的經過。

南山號的船長對事實十分忠誠，也只有事實會受到他覺察。他把事情都小小心心一頁一頁記錄下來。這些信札是寄去城北郊區一所房子裡的，房子的弓形窗戶對著一小園圃，門廊深邃，前門上的仿鉛框框嵌著彩色玻璃。船長每年要付租金四十五鎊，卻不嫌貴，因爲麥回爾夫人——長著一條瘦嶙嶙頸項、白眼看人、不可一世的一個婦女——是公認有貴人風範的，鄰舍都說她「高人一等」。想到丈夫有一天會回到家中再不出去賺錢，她就驚悸得很可憐，這是她一生的祕密。她與女兒莉荻亞及兒子湯穆同住在一起，這兩個小孩對父親很陌生，只知他是個有特權的稀客，有時夜間在飯廳裡抽煙，在屋裡睡。那瘦長的姑娘大體言之有些以他爲恥；那男孩卻像一般男孩一樣直率可喜，對他坦然而徹底得無可無不可。

麥回爾船長每年從中國沿海寫十二次信回家，有趣地盼望夫人「對孩子們提到我」，自署爲「愛你的丈夫」。他署得很平靜，彷彿這句由千千萬萬男人說了千千萬萬回的陳詞濫語，除了外形，都已殘舊而了無意思了。

南北中國海都窄，充滿了日常而動聽的事實，像島嶼啦、沙丘啦、暗礁啦、變幻莫測的急流啦——糾纏在一起的事實，但對於海員而言卻有清晰而確定的意思。它們的言語這麼能夠打動麥回爾船長的現實感，於是他寧可棄去下面艙中的頭等房而終日居住在船橋上，往往連膳食也著人送上來，晚間則住宿海圖室。他的家書便是在這兒寫的。每一封例必有一句「這一程的天氣一直良好」或意思相同的句子。這句話之執著，與信札中其他的報告一樣，都是完全準確的。

洛特先生也寫家書，只不過船上人無一知悉他拿起筆來時會是如何嘮叨，因爲大車的想像力較高，他把書桌上鎖。他妻子非常愛讀他的文字。他們伉儷膝下猶虛，洛特太太是個年屆四十、壯碩隆胸的樂天婦人，與她年高德劭齒牙脫落的家姑同住在特丁頓附近一家小農舍裡。她愛在早餐桌上用她活潑的眼睛把信件看一遍，對著聾了的老太太興高采烈地高聲念出有趣的片段，念一段之前照例警告似地喊一句：「所羅門說呀！」她又愛將所羅門的話語對陌生人說，這很易使他們大吃一驚，因爲她所引述的他們沒聽過，而且話語輕鬆諧謔，也出乎他們意料之外①。在教堂副牧師新上任造訪農舍的那天，她藉機說道：「所羅門也說，『下船出海的輪機師便看到洋洋大觀的海員性格了！』」話說到此，目睹訪客神色大變，她就住口凝視。

「所羅門……啊！……洛特太太，」那小牧師滿臉通紅期期艾艾地說，「我實在……我不……」

「我講我丈夫呀！」她大喊出來，一仰頭縱身坐進椅子深處。情知玩笑開成了，她

① 因爲人家都誤以爲是聖經中的所羅門王。

拿手帕掩眼狂笑不已；牧師則坐著陪笑，由於少遇見這類嘻嘻哈哈的婦人，他心裡深信她是瘋得可憐。後來他們成為摯友；他不疑她有褻瀆之意，而漸見她的好處，她再有別的所羅門智慧射過來時，他也不避了。

「我呢，」所羅門的妻子說丈夫曾這樣講過，「寧可服侍一個最蠢的呆鳥做船長，也不要跟一個壞蛋。笨蛋還應付得來；壞蛋可是又精靈又滑溜。」這是從麥回爾船長梗直之處引出的空靈總結，本身也是明白不過的。至於朱克斯先生，由於不善講普遍性大道理，而且也未成家，甚至未訂婚，便養成習慣向一位老朋友和舊同事推心置腹，這朋友目前在一艘大西洋輪船上當二副。

頭一件，他在東方貿易的優點上絕不讓步，並隱約道出其勝於西洋航運之處。他把遠東的天空、海洋、船舶，以及閒逸的生活大大讚美了一番。他說南山號是不輸給任何一艘海輪的。

「我們不穿亮閃閃的制服，不過我們情同手足，」他信是這樣寫的。「我們一道吃飯，過日子像一群鬥雞那麼樣①。……那班黑炭頭②算是同類中最似模似樣的了，統領的老所是滴酒不沾唇的。我跟他交情挺好。說到我們的老頭子呢，沒有比他更安靜的船

① 意味毫不鬆懈吧。
② 當是指輪機房的火伕。

長了。有時你會以爲他一定是笨得看不出毛病。可又不是。不可能的。他當船長至今已經不少年了。真正的傻事他也不做的，船開得很順當，並不煩人。我相信他是沒有腦筋找麻煩取樂。我不占他便宜。我不屑做那樣的事。日常工作以外的事，你和他講，他好像懂不過一半。偶爾我們也從中得到點兒笑料；可是長遠來說，跟著這樣一個人也實在悶。老所說他不怎麼會聊天。還講聊天呢！老天！他從不開口的。前幾天我跟一位管輪在船橋底下談天說地，他準是聽見了；等到我上去當值，他從海圖室走出來，好好的四周張望了一番，俯身窺窺舷燈，望望羅盤，斜著眼向上望望星星。他總要這樣來一套的啦。然後，他說了：『剛才是你在左舷通道上談話嗎？』『是呀，船長。』『是跟三車嗎？』『是呀，船長。』他走開到右舷那邊，坐在浪屏下他自己的小摺椅上，老半個時辰不吱聲，只聽見他打了口噴嚏。過了一會兒，聽見他站起來了，慢慢走到左舷我這裡來。『我真不懂你找到些什麼來談，』他說。『整整兩個小時。我不是怪你。我知道岸上的人整天在談話，等到黃昏他們坐下來倒杯酒又談。一定是把些事情講了又講，講了又講。我真不懂。』

「你聽過這樣的話嗎？他還講得那麼有耐心。真要爲他難過。可是有時他也很叫人生氣的。當然，你也不會刺激他，即使很值得做一做。而且也不值得做。他是這麼天真無邪，你便是把拇指觸著鼻子再向著他撥動四指，他也只會很沉著地揣測一下你究竟是撞了什麼邪。他有一回很簡潔地告訴我說，他實在搞不清楚爲什麼大家老是在做怪事。

說實話吧，他太愚鈍了，不值得多注意。」

朱克斯先生因爲滿懷情緒而且想像力活躍，給他那位吃西洋航運飯的好朋友寫了這麼一大攤。

他講的是真心話。那樣的人根本不值得討好。倘使普天下全是這種人，朱克斯也許就會覺得生命是很乏味很蝕本的一樁交易。持此論的並不只他一個。大海也像朱克斯先生一般汪涵，從不興波作浪來嚇唬那位沉默漢子。這漢子老是低俯著頭，不思不想地在海洋上來往，只知爲岸上那三個人謀衣食。壞天氣他當然見過。他嘗過渾身溼透以及一般的疲倦和不舒適，但當時雖感覺到，很快也就忘了。所以大體而言，他在家書中報告天氣良好，並無不對。他迄今未曾一睹怒海的洶濤，那無限度的力量與無節制的激情，那會耗盡而過去，可是不會平息的怒氣。他知道這是有的，就好比我們知道罪和惡是有的一樣；他聽聞過，就像城鎭上一介平民聽聞到戰亂、饑荒、水災等等，然而並不了解這些災禍的意義——儘管他也許曾經在街上打過架、曾經餓過一回肚子、曾經被一場驟雨淋得溼透。麥回爾船長曾在海面上航行，如同有些人輕輕飄過了多年的歲月之後，給緩緩放進一個平靜的墓穴中，一輩子始終對人生無知，始終沒有被迫面對人生所能夠包藏的奸僞、殘暴和驚悸。海上、陸上都有人是這麼幸運的——或者說是給命運和海洋這麼不屑一顧的。

第二章

眼見氣壓計穩步下降，麥回爾船長心想，「有些醜天氣在作怪。」他確實這樣想。他領教過不太過分的醜天氣——稱天氣爲醜，只意味著船上人不甚自在了。即使有一位無可議的權威人士告訴他說，這世界最後會是由天崩地裂的大氣動盪毀滅的，他聽了也只會用一些醜天氣的簡單觀念來了解，因爲他從未遭逢災劫，而且信服並不一定包含著了解。他的祖國有一條表現智慧的國會立法——要求海事人員須能回答關於颶風、旋風、颱風等環狀風暴的若干簡單問題，方才可以考慮任命爲船長；他顯然回答了那些問題，因爲目前他駕著南山號在颱風季節中航行中國海。可是他雖然答了題，內容卻已忘得一乾二淨了。不過，他覺察到給那溼溼黏黏的熱氣弄得很不舒服。他走出船橋來仍不覺自在一些。空氣沉甸甸的。他喘得像一尾魚似的，漸漸相信自己一定很不妥了。

南山號在那好像一幅起伏生光的灰綢布模樣的海面上，耕出一道隨生隨滅的航溝。太陽蒼白，沒有光線射出，只是茫茫然把沉重的熱量倒瀉下來，那些支那人五體投地躺臥在艙板四處，一張張無血凹陷的黃臉孔恍若一群黃疸病人。麥回爾船長特別注意到其中兩個，他們攤開四肢仰臥在船橋下，眼睛一閉上就像兩個死人。但有三個在前面吵得很野蠻；有個大塊頭，半裸身子露出大力士的肩膊，有氣無力地伏在一座絞盤上；還有一個坐在甲板上，雙膝豎起，腦袋斜垂在一邊像個姑娘模樣，編著辮子，無限的慵懶都繪畫在他整個人以及那十隻手指的動作之上。煤煙從煙囪裡艱難地冒出來，並不飄去，卻散開像一團陰間的雲霧，發出硫黃臭味，把黑屑撒滿各處艙面。

「朱克斯先生，你在那兒搞些什麼鬼呀？」麥回爾船長問道。

這樣不尋常的問法，雖然以喃喃吶吶之聲出之，也讓朱克斯先生嚇了一跳，彷彿在第五根肋骨下給人戳了一下。他搬了一條矮凳到船橋上，人坐凳上，腳下是一捆繩索，手中一根縫帆的大針正使勁在扯縫膝上的一幅帆布。他抬頭一望，錯愕之餘，雙目流露出純真坦率的神情。

「我不過在弄弄我們上回製的一些運煤袋子罷了！」他溫和地分辯。「老爺，我們下回上煤時就派得上用場了。」

「其他袋子到那兒去了？」

「啊，當然是用破了，老爺。」

麥回爾船長狐疑地俯視大副一陣子之後，陰沉而尖酸地說，倘使真相大白，準是大半都丟進海裡去了。說完他就退到船橋的那一邊。朱克斯給這番並無招惹的攻擊氣得個半死，再一縫便把針折斷，於是丟下活計，站起來低聲惡狠狠的咒罵了天氣一番。

螺旋槳沉沉地響著，在前方的三個支那人突然停口不吵了，編著辮子的那個抱著雙腿，垂頭喪氣看著膝蓋。灰黃的陽光投下黯悶的影子。潮湧一刻比一刻更高更急，輪船在光滑海面的深邃濤谷上下沉甸甸地拋著。

「這臭潮濤不知道是那邊來的呢？」朱克斯的身體晃了一下，平衡過來之後大聲說。

「東北邊，」一板一眼的麥回爾從他那邊的船橋上咕噥著答道。

「有些醜天氣在作怪。你去看看表計。」

等到朱克斯從海圖室走出來時，他的臉容變成很關注多慮的神色。他抓住船橋的欄杆向前凝望。

輪機房內溫度已升達一百一十七度。煩躁的聲音從天窗與鍋爐間的通口升上來，形成一股響亮刺耳的喧鬧聲，混合著金屬的憤怒撞擊刮擦之聲，好比有一班生著鐵肢幹銅喉嚨的人在下面吵架。二車臭罵司爐工好讓蒸氣壓力降下。他長就一對鐵匠般的臂膀，平時大家都怕他三分；可是這天下午司爐毫無忌憚地回嘴，他們猛掩爐門的轟聲讓你曉得他們是豁出去了。後來鬧聲突然停息，二車從燒火間通口中鑽出來，滿臉汗垢，汗水溼透，像個適才通了煙囪的小廝。他一露臉就責罵朱克斯不好好調整一下燒火間的進風器；朱克斯以辯解安撫的手勢作答，意味沒有風呢——有什麼辦法？——你自己看看去。可是他的對手不肯講理，牙齒怒沖沖的露出在髒臉上。他說他不是不願把下面那班死豬揍一頓，可是上面這些遭瘟的水手是不是以爲只要把那些死豬火夫揍過之後，那些天殺的鍋爐裡蒸氣就會下降了呢？才不呢，他媽的！你還須有些風才成呀——要是沒風也成，他這一輩子不發達！那老大也是呀！中午到現在，就會在機房裡對著蒸氣表暴跳如雷。你朱克斯以爲自己趾高氣揚是幹什麼的，連找一個自己手下的飯桶、殘廢、生蛆的水手來把進風器轉動一點向著風也辦不到？

南山號的「機器房」和「艙面」的關係據知是情同手足，因此朱克斯俯身以抑制的聲調請他別自討沒趣，船長就在這船橋那邊呢。但那位二車要造反了，聲言他才不理是誰在船橋的那邊；這時朱克斯一下子從不以爲然的態度變成高高在上，毫不客氣地叫他自己上來隨意轉那些鬼進風器，進他這樣的蠢驢找得到的風好了。二車跳上來就動手，一撲撲到艙門前的進風器上，彷彿想把它整個扯脫，投進海中去。結果，他費了許多力氣，只把進風罩子轉動了幾吋，似乎便已衰竭了。他倚身靠著操舵室的後牆，朱克斯走到他跟前。

「老天爺！」一管輪機的有氣沒力地叫道。他舉目向天，又茫然落到天水相接之處，這時的水平線傾斜達四十度，像靠在個斜坡上面似的靜止了一刻，才又緩緩平復過來。

「老天！嗨！究竟是怎麼回事啊？」

朱克斯又叉開兩條長腿像個圓規，擺出一副高明的面孔。「這回我們遇上了！」他說。「氣壓計跌得什麼似的，哈利，你卻在撩是逗非吵笨架……」

「氣壓計」三個字好像使二車發瘋的惱火死灰復燃。他再抖擻精神，低聲惡狠狠的叫朱克斯先把那只臭儀器送進他的髒肚子去。

誰管你什麼爛氣壓計？現在是蒸氣——鍋爐的蒸氣——不夠壓力；一邊是火夫懶洋洋，一邊是大車發了瘋，他夾在中間過活，還不如一條狗；他才不管這整條船還有多久就完蛋。他說得像是要哭出來，但透過一口氣之後，陰沉地喃喃自語道：「我給他們好的看。」說完就跑了。他在鍋爐間的通口上駐足向那不自然的天色抖拳恐嚇一番，然後一下子跳進那黑洞裡。

朱克斯回轉身，眼前只見麥回爾船長圓滾滾的背和那雙大紅耳朵，原來他已走了過來。他沒看他那位大副便立刻說道：「真暴躁啊，那個二車。」

「算是滿好的管輪啦，」朱克斯喉中咕噥說。「他們沒辦法維持蒸氣壓力，」他急急忙忙加上這句後，在船要傾側前一把抓緊欄杆。

麥回爾船長不防備，踉蹌幾步，猛可捉住一根船篷支柱才站住了。

「他滿嘴粗話，」麥回爾鍥而不捨地說。「再這樣下去，我只好一有機會就趕他走。」

「是天氣熱的緣故，」朱克斯說。「天氣糟透了，聖人也會講粗話。就是在這橋上，我也覺得簡直好比把腦袋裹死在毛氈裡。」

麥回爾船長抬起頭來。「朱克斯先生，你的意思是，你真試過把腦袋裹死在毛氈裡？裹來做什麼？」

「老爺，打個比喻罷了，」朱克斯回答得很沒趣。

「你們這些人真是這樣的！聖人也講粗話是什麼意思？你說話正經些不好嗎？會口出粗言的算是什麼聖人？我看不比你更高明。還有這和毛氈不毛氈有什麼關係呢——和天氣又有什麼關係呢？……我熱了也不說粗話，對不對？說粗話是因爲脾氣醜。原因在此。你這樣講話於事何補？」

麥回爾船長就這樣告誡了說話用比喻的毛病，末尾更輕蔑地噴一下鼻子，說了句使朱克斯全身爲之一震的怨懟而惱怒的話：「他奶奶的！他再不留神，看我不把他攆下船！」

朱克斯死性不改，心中想道：「好傢伙！有人給這老頭兒換了副心肝了。這就是脾氣嘛。當然是天氣造成的；不然是什麼呢？這天氣，天使講話也斯文不了，聖人更甭說了。」

甲板上的支那人好像都要沒命了。

西沉的太陽縮小了，只見一團明明滅滅的褐色光暈，彷彿一日之間已經歷了億兆世紀，太陽的壽命也要結束了。一層厚厚的雲在北方出現，顏色青白，陰沉得邪氣，低壓海面動也不動，好像死死的擋阻在這船的航道上。南山號踉踉蹌蹌向它前進，一如一隻筋疲力竭的畜生給趕去送命。赤銅色的餘暉漸退，黑暗帶出頭頂上漫天晃動的大星星，好像給風吹得忽明忽暗，而且掛得很低，很近地球。到了八時，朱克斯走進海圖室記下當日航程。

他從草稿簿上整整齊齊抄下走的哩數和航道，又在風力欄中把「平靜」兩字一筆寫在從中午開始的八個鐘頭內。船這樣單調地搖擺不休，把他氣死。沉重的墨水瓶好像會鬧彆扭，溜來溜去躲避他的筆。他在「備註」的大幅空白上寫下「熱氣迫人」，把筆插一端像煙斗模樣放進嘴裡咬住，小心抹了臉。

「高湧橫來，船身擺動甚大，」他再寫，而心裡說，「何止甚大。」再後他寫下：「日落時東北面雲層低，具威脅。頭上天空清朗。」

他伏案停筆，望向門外，只見在兩道柚木側壁之間，黑色天空裡的群星一齊向上飛，不見了，剩下一片黑暗，閃爍著片片白光；原來海與天一般黑，遠遠泛些白沫。等到船身擺回來時，適才飛去的群星又一齊向下衝回來，不是光燦燦的一點點，而是擴大成一個個細小碟子，發著瀅瀅的清光。

朱克斯凝望這些大顆的飛星，過了一會兒又寫下：「晚八時，暗湧增大，船身顛簸，海水上甲板。上了扣板閉，力夫於艙下過夜。氣壓計仍降低。」他住手自思，「也許什麼事也沒有。」但他斷然結束當日的記事：「一切跡象顯示颱風將臨。」

走到門口，他不得不讓讓路：麥回爾船長大步跨過門檻，不做聲，也不做其他示意。

「朱克斯先生，帶上門好嗎？」他在房中喊道。

朱克斯回身關門，一邊低聲語帶譏諷地說：「想必是怕著涼。」他本該到下面去當値，但他渴望和自己的族類溝通；他於是擺出高高興興的模樣對二副說，「看來究竟還不算太差勁，嗨？」

二副在船橋上操來操去，一會兒是踩著輕快小步跑下來，接著則是吃力地蹬回去。聽見朱克斯的聲音，他駐足不動，面向前方，但是也不答話。

「哼，這個可厲害呢，」朱克斯說，一面傾斜身子來應那道長長的湧濤，垂下的一手直要碰到地板了。這時二副在喉中做出些殊不友善的聲音。

他是個望之不似人君的小老頭，臉上沒毛，一嘴爛牙齒。他是在上海匆匆忙忙錄用的，那回因爲原先從英國來的二副不知如何從船上跌進一隻泊在旁邊的駁煤空船中。他腦受震盪，上下肢也有傷折，須送岸上醫院，船也因之滯留了三小時之久。麥回爾船長至今弄不明白他是怎麼跌的。

朱克斯沒有給那冷淡的聲音澆了冷水，他說：「那批支那佬在下面準是快活極了。算他們運氣好，這老姑娘是我上過的船裡走起來最平穩的。看，又來了！這浪也還過得去。」

「等著瞧吧，」二副嚎著說。

他的鼻子尖削，鼻端發紅，兩片薄嘴唇揑在一起，整個人像是滿肚怒火燒個不息，說話短捷得簡直不遜。不當值的時間他都在房間裡，房門緊閉，靜得使人以爲他一進房就睡著了，可是誰若進去喚醒他當值，都一定看見他仰臥床上，腦袋枕著髒兮兮的枕頭，懊惱地瞪大眼睛。他永不寫信，似乎也不盼望那裡會有什麼消息來到；雖然有人曾聽見他有一回提及西哈圖浦①，但他當時的語調非常尖酸，而且若非當地某家公寓收費幾近勒索，他也不會提及那城市的。他是那種遇有需要便在世界各地港口就地招請的人，這種人頗爲能幹，不覺有陋習，只是潦倒得不成樣了，而且一望便知一事無成。他們是臨時應急而受雇的，對什麼船隻都不生感情，與船工夥伴只結泛泛之交，從不吐露心事和身世，而且立定決心一遇不便就馬上離船。他們在別人所深恐陷滯其間的偏僻港口上不辭而別，隨身攜帶一只破舊的水手皮箱，用繩捆得像個藏寶箱子，上岸後頭也不回就走了。

「等著瞧吧，」他再說。他背向朱克斯，在大搖盪中平衡著，文風不動，而且好像再也不能改變。

「你是說，我們要挨個正著？」朱克斯帶著孩子氣的好奇心問道。

「說嗎？……我不說什麼的。別想抓我錯處，」小個子二副喝道。他的聲調帶著輕

① West Hartlepool，英國北海濱小港口。

蔑，既神氣又狡猾，好比朱克斯的問題是個陷阱，但已給他一語道破了。「哼，別妄想。我若是留神，你們誰也休想捉弄我，」他低聲自語說。

朱克斯很快想到這個二副是隻下流的小野獸，於是心中惋惜傑克·阿倫那可憐人在那運煤駁船上摔成那樣子。輪船前方遠處那片黑暗，好像是穿過地球上星光燦爛的夜所見到的另一個黑夜，那是宇宙之外無垠的無星之夜，它駭人的寂靜，由以地球爲核心的閃爍天宇下方一個裂縫中露出來。

「不管會有些什麼東西，」朱克斯說，「我們現在是一直駛過去啊。」

「你說了，」二副接口道。他始終沒有轉過身來。「記住了，說的是你，不是我。」

「見鬼去吧！」朱克斯衝口說；那二副發出短短一陣得意的笑聲。

「你說了，」他再說。

「那又怎麼樣？」

「我見過些認真能耐的船員，講錯的話還輕得多，已經跟船長過不去了，」二副火辣辣地說。「哼，別想抓我錯！」

「你好像很害怕給人抓小辮子，」朱克斯說。他覺得這人太荒謬了。「我心裡有話嘴裡就說。」

「對，對著我你就敢說。那有什麼了不起？我微不足道，這我很清楚。」

南山號稍微平穩片刻之後，又遇上一輪浪湧，一個比一個惡劣，以致朱克斯只顧保持平衡，無暇開口了。劇烈的動盪一過，他說：「這太過分了。不管有沒有事，我看船須轉向迎著浪湧才好。老頭子剛進房去躺下，我不跟他說不行。」

可是他打開海圖室門時，只見船長在閱讀。麥回爾不是臥著，而是站立地上，一手抓緊書架，一手拿著一本向臉孔攤開的厚書。燈在平衡環上扭擺，書架上沒堆緊的書本左傾右倒，長長的氣壓計一抽一搐地打著圓圈，桌上的傾斜度時刻在改變。在這擾攘當中，麥回爾船長抓住書架，把眼睛抬過書頁上沿問道：「什麼事？」

「老爺，暗湧愈來愈不好了。」

「這裡頭也覺得，」麥回爾船長自語道。「有什麼不妥嗎？」

那雙從書本上方望來的眼睛所流露的嚴肅性格使朱克斯內裡不舒服，他爲難地笑一下。

「搖得像隻破靴子，」他侷促不安地說。

「對呀！真厲害——真厲害。你要怎麼辦？」

這時朱克斯失了打算，話就亂說起來。

「我在想我們的乘客，」他說。他像個即將沒頂的人，浮草也拚命抓一根。

「乘客？」船長莫名其妙，但很嚴肅。「什麼乘客？」

「那些支那人嘛，老爺，」朱克斯解釋。他很不想這樣談。

「那些支那人！你怎不直說呢？真不知道你想講什麼。那曾聽見過把一班苦力叫作乘客的？乘客呢，真是！你發什麼瘋呀？」

麥回爾把書合在食指上，垂下胳臂，一臉疑惑之色。「朱克斯先生，你幹麼在想那班支那人呢？」他問。

朱克斯勢如困獸，只好決斷而行。「船搖得一甲板都是水啦，老爺我以爲您不妨把船頭轉到浪濤來的方向——走一陣子，等浪湧低下去一些——不會久的，我敢說。轉向東駛。我沒見過船搖成這個樣子的。」

他扶著站在門口；麥回爾船長覺得抓著書架尙不夠穩，匆忙間決定放手，重重的跌落在臥椅上。

「向東駛嗎？」他邊說邊掙扎著坐起來。「那要離開航道四個多羅經點①啦。」

「是，老爺，五十度啦……那就足夠對著這個……」

麥回爾船長現已坐起來了。他的書沒有脫手，也沒有失了頁。

「向東？」他再說，漸漸明白而驚詫起來。「向著……你以爲我們要到那兒去的？你要我把一艘機件良好的輪船轉離航道四個羅經點，只爲了讓那些支那人舒服！哈，世間的瘋話我聽得太多了——可是這個……朱克斯，我要是對你沒認識，就會以爲你喝多了。轉過四個羅經點……事後便怎樣？我猜又向反方向轉四點，回歸航道啦。你怎麼以

① 一個羅經點是十一又四分之一度。羅盤上共有三十二個羅經點。

為我會把輪船當作帆船來駛的？」

「幸虧不是帆船，」朱克斯滿腔不快地接著說，「不然今天下午桅桿都搖光了。」

「對！你也只好眼睜睜看著它們掉進海裡去，」麥回爾船長說。他說得有些激動。

「這下子平靜得很哩，不是嗎？」

「是啊，老爺。不過肯定有些很不尋常的事情要發生了。」

「可能。我看你認為我該避開那堆髒東西，」麥回爾船長說。他說話的語調和態度都極單純，眼睛沉沉盯著地板上那塊油布。他由是沒有注意到朱克斯是如何狼狽，又是如何的既懊惱又驚異而尊敬的神情。

「你看，這兒這本書，」他仔細思考著說，一邊把合上的書拍打著大腿。「我剛才在讀講各種風暴那章。」

不錯，他剛才在讀講各種風暴的那一章。起先他走進海圖室時，並無意思要拿這書來讀。空氣裡有些影響力——很可能就是使庶務未接命令便自行把船長的防水靴和油布雨衣送到海圖室來的同一種影響力——好像把他的手帶到書架上去；他不及坐下，便已費神努力潛心到那個題目的名詞術語中去了。在各種前進的半圓形、左象限右象限、路徑的曲線、中心的可能方位、風向的轉變、氣壓計的讀數等等之中，他給弄得迷糊了。他努力要把這一切與自己連上確定的關係，最後是惱火起來，不屑理會這麼大的一堆話和這麼多的忠告：這些都是推想和假設，一點兒實在的影子都沒有。

「這真是最可惡的了，朱克斯，」他說。「誰要是盡信這書中的話，就會把時間都花在海面上四處跑，盼望避過天氣。」

他又拿書拍自己大腿；朱克斯張開口，可是沒說話。

「逃跑避過天氣！朱克斯先生，你明白那是什麼意思？沒有比這更瘋癲的了！」麥回爾船長喊了出來，他不喊的時候就深沉地凝望著地板。「活像是老太婆寫的。我真不懂。這勞什子要能派上用場，那就是說我應當馬上轉方向，轉到鬼才知道什麼地方去，然後跟著這團據說是在前頭醞釀的壞天氣，跟在它屁股後頭，從北方再闖回福州去。從北方啊！朱克斯先生，你明白嗎？多走三百哩，那煤炭帳單多可觀？朱克斯先生，那怕那書裡的話字字都是福音真理，我也不能這樣做。你難道不覺得我需……」

朱克斯閉口不言，只是對船長這一番情緒流露以及喋喋不休大感驚異。

「可是在事實上，你也不知道那個人講得對不對。風沒有來到，你又怎知道風是怎麼樣的？他又不在這船上，對不對？那好了，他在這兒說，那些鬼東西的中心離風八點；可是我們只見氣壓下降，卻沒有遇上風呀。那麼他說的中心在那兒呢？」

「風立刻就到的了，」朱克斯喃喃說道。

「那就讓它到吧，」麥回爾船長的激憤自有一種尊嚴。「朱克斯先生，我只是想讓你曉得，不是什麼東西都可以在書裡查到。你要是理智一點來看，朱克斯先生，所有這一條條的規律，如何躲小風，又如何避大風，我覺得實在一無是處。」

他抬眼看見朱克斯半信半疑地盯著他，就設法解說自己的意思。

「就跟你那個稀奇的念頭一樣古怪。你說要把船駛向外海，不知道駛多久，好讓那班支那人舒服些；但是我們的責任只是把他們送到福州，限時在星期五中午前抵埠。要是天氣阻宕，沒關係，有你的海程日誌爲證。然而倘使我掉頭離開航道，遲了兩天才到，他們問：『船長，這兩天你上那兒去了？』我怎麼回答？我就得說，『轉向躲避壞天氣去了。』他們就會說：『天氣想必是壞透了。』我只好說，『不曉得呢，因爲我躲個乾淨。』你明白我意思了，朱克斯先生？今天下午我把這些都想過了。」

木頭木腦的，他又視而不見地抬頭看看。誰也沒有聽過他一次講這麼多話。朱克斯雙臂張開，站在房門口，猶如給請了來觀看奇蹟。他滿臉狐疑，眼中是無限的驚詫。

船長又說下去。「朱克斯先生，狂風就是狂風啦，一隻功能完好的汽船是不能躲避的。在世界上醞釀的醜天氣就有那麼多，正經該做的事，就是挨過去。別像那艘美利達號的威爾遜船長，搞那套什麼『風暴戰略』。早幾天我在岸上聽見他對鄰桌的一大群船東講這套。我覺得荒謬極了。他講自己怎樣怎樣運籌戰勝一場嚇死人的烈風，那風自始至終沒能來到他五十哩之內。我記得他是說運籌戰勝。他稱之爲神機妙算。我實在摸不著頭腦：他怎能知道五十哩外的一場風是怎樣嚇死人的呢？簡直是癡人說夢。我原先還以爲威爾遜船長不會那麼幼稚的。」

麥回爾船長停了口一會兒，才又說：「朱克斯先生，輪到你在下面當班？」

朱克斯驚醒過來。「是的，老爺。」

「留話吩咐他們，一有什麼動靜就叫我，」船長說。他伸長胳臂把書放回架上，縮腿上了臥椅。「請你扣上房門，免得給吹開。我最怕門砰來砰去。這船上的鎖好多都是丟出去也沒人撿的。」

麥回爾船長閉上雙眼。

他閉目來養神。他疲倦了；他感到內裡空虛，因爲多年思索成熟的信念都在一場討論中徹底解放了。他不知道自己其實已供出了自己的信仰，弄得朱克斯在門外站著搔腦袋，搔了老半天。

麥回爾船長張開眼睛。

他猜想自己準是睡著了。鬧得那麼響的是什麼？風？怎麼沒人來叫他？燈在平衡環上扭擺，氣壓計打著圓圈，桌子時刻改變著傾斜度；一雙塌下來的爛面防水靴滑過臥椅，他立即伸手抓住一隻。

朱克斯的臉在門縫間露出，只見臉龐，紅彤彤的，眼睛瞪著。燈上火焰升起一下，一張紙飄起來，一陣氣流湧到麥回爾船長身上。他扯靴上腳，同時盼望地凝視著朱克斯緊張得脹紅的臉孔。

「這樣的來勢，」朱克斯直著喉嚨喊道：「五分鐘之前……忽然就來了。」

砰的一聲那臉就不見了，在關上了的門上只聽見水潑上來的噼哩啪啦之聲，恍若有人把一桶融化的鉛水潑到船樓上來。外頭深深震盪的喧闐之中，現在還可以聽到一種呼嘯之聲。從來翳悶的海圖室，變成好像一間茅柵，四面透風。麥回爾船長一手揪住那另一隻在地板上往來衝刺的水靴。他並不慌張，可是一時間找不到靴口插腳進去。那對他腳上踢出的鞋子在房中兩邊馳騁，翻覆傾軋，活像兩隻小狗在遊戲。他一站好就惡狠狠地向它們踢去，然而沒什麼效果。

他以擊劍手的撲刺姿態追逐地上的防水衣，捉到後跌跌撞撞穿上了。他一臉認真，把兩腿叉開站個大馬步，伸長頸脖，用微抖的粗手指把防水帽的帶子綁在頷下。他把婦人對鏡繫上遮髮軟帽的動作都做了，同時緊張地聆聽著，唯恐船上突如其來的喧嘩聲中忽然有人喊出他的名字。他準備好要出去察看究竟時，滿耳的喧聲更大了，有風飆聲、浪擊聲，以及空氣深沉的震盪聲，拖得長長的，好像遠方敲著一面大鼓在指揮狂風進擊。

他在燈下站了一會兒，滿臉通紅，十分警覺，那身戰鬥裝束把人弄得又粗又笨，完全不成樣子。

「這裡頭很有分量啊，」他喃喃自語道。

他一推開，門就給風吹著了。他抓著把手，人被拖出門檻之外，馬上便爲了把門關上而與風大事爭衡。關上之前的瞬間，一條風舌竄進來把燈火舔掉了。

在船的前方，他望見一大片黑暗，臥在密麻麻的白浪上頭；右舷那邊無垠的怒海上方，想不到有幾顆黯淡明滅的星星垂在那裡，好像隔了一陣亂飄的煙霧。

船橋上有一堆人在勞動，朦朦朧朧的，輪舵房窗戶透出的光迷糊照在他們頭上和背上，他們正藉著這亮光在使勁幹著。忽然一個窗戶黑了。接著又一個黑了。這堆已不可見的人的聲音，就如一般狂風中的人聲，是零碎斷續的淒厲喊聲，掠過他的耳際。朱克斯突然在他身旁露面，低著頭大聲喊叫。

「值班——裝——舵房護窗——玻璃——怕是——吹進。」

朱克斯聽見上司責備他。

「這——有動靜——警——喊我。」

他想辦法解釋。風暴壓著他雙唇。

「風弱——留在——船橋——忽然——東北——本可以——以為你——一定——聽見。」

他們這時已躲進擋風布底，把聲音抬高到好像人家吵架，就能交談了。

「我召了水手去把所有進風器都蓋上。幸虧我還留在艙面。沒想到您會睡著，所以……您剛才說什麼來，老爺？說什麼？」

「沒說什麼，」麥回爾船長喊道。「我剛才說——沒問題。」

「老天！這回我們遇上了，」朱克斯喊著說。

「你沒有轉方向吧？」麥回爾船長放盡喉嚨問道。

「沒有呢，老爺。絕對沒有。風是迎頭颳起來的。逆浪現在來了。」

船頭往下一沉，彷彿接連龍骨之處撞到海底硬石似的，全船為之一震。沉寂了片刻，高高一陣浪花夾著強風狠狠濺打在他們臉上。

「盡可能維持方向不變。」麥回爾船長大聲喊道。

朱克斯尚未及把眼裡的鹽水擠出來，天上星星都已看不見了。

第三章

朱克斯幹起活來，不輸給一般雇到的青年船副；雖然第一陣狂風的惡毒性質使他吃了一驚，他卻能馬上振作起來，把水手喊出來將艙面尚未裝上防護板的天窗護好了。他領頭做事，用洪亮清新的聲音喊著：「跳出來，弟兄們，幫個忙！」同時對自己說早已「料到此事」。

可是他同時也愈來愈了解到這比他所料要厲害多了。風一到就好比把雪崩也似的動力集諸一身，濃重的浪沫將南山號從船頭到船尾都包裹住，船在有規律的搖擺當中，更上上下下前前後後亂動起來，彷彿被嚇得發了瘋。

朱克斯心想，「這可不是開玩笑啊。」當他與上司吼叫著互相解釋時，忽然之間，黑暗像一些觸摸得著的東西，落下在他們眼前，好比世間的光亮全都給熄滅了。由於船長在身旁，朱克斯滿心欣慰，也不細想有何道理；彷彿這人一上甲板，就能肩負大部分狂風的重壓了。司令者的名譽、特權、負擔之巨也如此。

麥回爾船長卻不能盼望任何人給他這種安慰。司令的孤單也如此。他努力察看，想看進風的眼睛裡面，就如同看進仇敵的眼睛裡面一般，以求洞悉陰謀而得知進攻的方向與力量。猛風從一大片看不清的空間向他掃來；他只覺腳下的船很不自在，但連船的影子也看不見。他很不舒服；像個瞎子般無能爲力，他動也不動，只顧等候著。

無論明暗，他自然總是不作聲的。他聽見肘旁的朱克斯在陣風中興高采烈地喊道：「老爺，最要命的一定是已經來到了。」周圍亮起一陣微弱的電光，恍如照進一個洞裡——照進海洋中一個黑黝黝的密室，下面是一片冒著泡沫的白頭浪。

電光在剎那間還揭露出一大片碎裂襤褸的雲，低垂海面；南山號修長的船身映在一邊；陷身船橋上的幢幢人影，腦袋都朝前伸，好像在撐頂的動作中僵化成石頭了。黑暗顫抖著降臨這一切之上，隨後真正要發生的事終於到臨。

那是很快速而可怕的，好像突然要洩憤，以無與倫比的衝擊力和如山的海水在四周爆發，彷彿一道巨大的水壩給炸得無影無蹤了。橋上的人瞬間都失了聯繫。這是大風分崩離析的力量：它將人與同類分隔開了。地震、山崩、雪崩，都只是剎那間奪人性命，並不帶仇恨激情。狂風卻將人當作仇敵似地攻打，要扯他的肢體，纏他的心，盡力把他的魂魄逐出去。

朱克斯被風從他上司身旁推開。他猜想自己一定是在空中旋動了一段距離。什麼都消失了——有一陣子連他的思考能力也消失了。可是他的手抓到一根欄杆柱子。他不想相信這段經歷的真實性，然而他也沒有因此好過一些。他雖年輕，卻也見過壞天氣，而且向來都自以爲有能力想像最壞的情形會是怎樣的；可是眼前這些遠遠超過他的想像力，於是顯得與任何船隻都不能調和。他若不是心思都用來與狂風角抵，以免被風從欄杆上拉走的話，說不定對自己也會懷疑起來。可是他因爲覺得給浪花淹個半死，給暴風折磨得不堪聞問，幾乎要窒息，反而又能相信自己還沒有被徹底毀了。

他好像孤身無援很久很久，只知抓住欄杆。滂沱大雨傾盆淋下，在他身上流著。他喘著呼吸；吞下的水時淡時鹹。他大部分時間都把雙目緊閉，好像害怕風雨交加會損毀他的視力。偶然大膽眨一下眼，望見右舷燈在雨點浪沫紛飛中微微亮著，他便受到一些鼓舞。後來在他望這燈時，眼看著燈光落在湧上來的海濤面上，海濤隨即把燈淹滅了。他看著浪頭倒瀉下來，爲他周圍澎湃洶湧的濤聲更增聲威，差不多同一刹那之間，他雙臂緊抱的欄杆就脫手了。背上挨了重重的一記之後，他覺得忽然浮了起來，身子愈來愈高。這一來不由他不以爲整個中國海都攀上船橋來了。稍微清醒後，他想自己一定是沖進海裡去了。他一直給那滔滔大水拋著、摔著、翻捲著，心中焦躁萬分，不住說：「天呀！天呀！天呀！天呀！」

極度失望與痛苦生出反感，他驀地下了個瘋瘋的決心，要從這裡頭擺脫出來，於是就用四肢亂爬亂打。但是這番可憐的掙扎才開始，他發覺自己不知怎的纏上了一張臉

孔、一件防水袍，以及什麼人的一雙靴子。他凶猛地逐一抓這些東西，又脫了手，又抓著了，又再脫手，最後自己倒給一雙壯碩的臂緊緊扣住。他也就牢牢地抱住一個粗壯結實的身軀。原來他找著他上司了。

他們跌來跌去，愈抱愈緊。突然海水轟一聲把他們重重摔落在輪舵室之旁，他們遍體鱗傷，氣喘吁吁，在風裡搖晃著找東西抓住。

朱克斯此時相當震怖，彷彿逃過了一場專門針對他的知覺的空前災劫。這減弱了他對自己的信心。在陰森的黑暗裡，他茫然對那個感覺得到在他身旁的人不住喊道：「是您嗎，老爺？是您嗎！老爺？」直喊到兩個太陽穴膨脹欲裂。他聽見一聲回答「是呀」，聲音好像來自很遠，好像是從遠處很煩惱地向他高聲喊出來的。這時又有波浪湧上橋來。他的雙手用於扶持，無遮擋的頭頂只得不設防地承受。

船運動得很異乎尋常，傾側起來都岌岌可危，船頭起伏好像撲進虛空之中，而且每回都恍若撞在牆上。左右搖擺時，船舷直要貼到水上，然後又要受一記破壞性的重擊才翻過身來，朱克斯覺得這樣的重擊使船身搖搖晃晃，就像一個人被人用棍棒打得昏跌在地之前一刻的模樣。狂風在黑夜裡咆哮混戰，整個世界儼如一道漆黑的深谷。有些時候，船旁的氣流好像給一股極其結實集中的力量從一個風洞中抽吸，於是將船從海水中抬起，從艄到艉顫抖著，懸在空中一剎那。然後，好像給丟回一個湯鍋之內，船又翻騰起來。朱克斯極力保持鎮定，以做冷靜判斷。

海水給陣陣最猛的風掠平之後，又會湧起，在黑夜之中攤開長過頭尾欄杆的白雪也似的浪沫，把南山號從頭到尾都淹沒了。在雲團底下的陰暗裡，這片白沫發出藍藍的亮光，麥回爾船長由此瞥見一幅荒涼景象，看見白沫上幾個烏黑的小點，那就是艙口的頂蓋，上了扣板的天窗，上了蓋絞盤的頂部，還有一根桅桿的底端。除此之外，他的船都看不見了。船身中部結構好像在岸旁半淹海潮之中的岩石，上面的橋承著他與大副，還有關上門的輪舵室，室中操舵的水手滿懷畏懼，深恐一個怒浪把他和整個房間一同沖進海裡去。雖說像塊岸旁岩石，卻是遠出水中，而海水在沸騰，湧上來，流下去，沖拍著——或者是說這岩石是在潮浪之中，覆舟的難民攀著它，直攀到認命放手爲止——所不同者是這塊石頭在水中升沉，搖擺個不休不止，好像岸上一塊石頭給敲進水中，然後就在海裡尋歡作樂。

狂風帶著破壞之心，無情掠奪南山號；加多了束帆索的斜桁帆給撕去了，雙重網綁的天篷吹去了，船橋上的裝置掃個精光，布篷扯碎、欄杆扭曲，光屏也砸壞了。兩條救生船已不翼而飛。它們去時無聲無息，一如在洶湧的波濤聲中融化了。要等到後來，又有一個巨浪湧向船中部，那白沫的光讓朱克斯在沉沉黑暗中瞥見兩對吊艇架子空盪盪的，一條解鬆的轆索飄來飄去，一個包鐵皮的滑車在空中亂舞，他方才曉得在背後三碼之內曾發生了什麼事。

他把腦袋前伸，找尋船長的耳朵。他的唇碰上它了——只覺又大又肥，溼得很。他激動的聲音喊道：「老爺，我們的救生艇沒了。」

這時他又聽到那聲音，既勉強又微弱，可是在周遭不諧的巨大嘈音之中送來一種恬靜的感覺，好似發自暴風的茫茫黑暗之外遠方某個平靜的地方；他又聽見一個人的聲音，雖然細弱，然而不能征服，可以傳遞無窮盡的思想、決心、目的，到了天翻地覆審判之日來臨時，可以說出有信心的話。這聲音他又聽到了，好像從好遠好遠的地方向他喊，「沒關係。」

他以爲自己起先沒講得清楚。「我們的艇——我是說救生艇——救生艇呀，老爺！兩艘沒了！」

同樣的聲音，在一呎之內然而顯得那麼遙遠，很理智地叫道，「也只好算了。」

麥回爾船長始終沒有掉轉臉來，可是朱克斯在風中又聽到一些話。

「——還能盼望——吹個落花流水——難免要丟些——也合情理。」

朱克斯留神想多聽到兩句，可是沒有了。麥回爾船長只有這麼多話說。面前這個蹲著的寬闊背部，朱克斯的肉眼還不如心眼看得清楚。在海水陰森的波光上，什麼東西都看不清。朱克斯呆呆的相信事已不可爲了。

倘若輪舵沒有失靈，倘若那如山的海水既不把甲板壓破，也不把艙口上蓋打掉，倘若機器不停，倘若在這狂風中船仍能維持航向，也不葬身於這些滔天巨濤之下——這些巨濤，浪頭白沫比船頭高許多，一個又一個朦朧現身在他面前，教他厭悶——倘使這一切都不發生，船有可能逃過此劫的。但他內裡起了個大翻拌，最上頭最清楚的感覺是南山完蛋了。

「船完蛋了，」他跟自己說。奇怪的是，他內心很激動，好像在這念頭中還發現到些意料不及的意義。剛才那些一個個「倘若」，總有一個要出亂子的。這既不能預防，也不能補救。船上生靈沒有用，船也沒有救。這場風太沒辦法了。

朱克斯覺得一條胳臂重重地搭在他雙肩上；對這樣的表示，他做出非常聰敏的反應，一把抱住了船長的腰。

在伸手不見五指的黑夜裡，他們兩人就這樣摟抱站著在狂風中，臉貼著臉，唇對著耳朵，恰似兩艘大笨船頭尾相對捆在一起。

朱克斯這時聽見船長的聲音也不比剛才響亮，可是接近了些，好像是橫過那股烈風而來，帶著那奇怪的恬靜感，像帶著一個寧謐的光環。

「曉得夥伴們那去了嗎？」那發問的聲音縹緲然而有力，蓋過風威，掃過朱克斯。

朱克斯不曉得。剛才颶風的真正力量打在船上時，他們都在橋上。現在他們爬到那兒去了，他全不知情。到了這田地，他們無論在那兒又管什麼用呢？船長還要問，朱克斯難過起來。

「老爺您還要使喚他們嗎？」他惶恐地喊道。

「總該曉得呀，」麥回爾船長說。「抓緊了。」

他們抓緊了。一陣暴烈的狂風惡毒地猛然捲到，把前進的船止住了；船只會左右搖擺，像嬰孩搖籃般又輕又快，過了心驚膽戰的一會兒，這時整個大氣層恍似都狂暴地掠過船舷，從黑痲痲的地球上咆哮著捲走了。

他們吸不到空氣，只知閉目緊抱著。從衝擊的力量判斷，當是有一巨柱海水在黑暗中垂直湧上來，撞船之後斷塌，從高處潑瀉下來，以摧枯拉朽的重量直轟在船橋上。

這一大股從天而降的水中，有一小團飛旋而出，把他們二人自頂至踵都包裹起來，強將鹽水灌進他們的七竅。他們站也站不穩，胳臂給扯著，臉頷都是落湯雞模樣；張眼時，但見一堆高過一堆的浪沫往來沖刷一艘船的殘骸。它實在抵擋不住好像直衝進來的風浪。面對這巨大打擊，他們的心也屈服了。忽然船又重新起伏不休，彷彿想逃出這全軍盡墨的境地。

黑暗中海水好像從四面八方湧來擋住這船，要它在原地毀滅。船受到仇恨的對付、獰惡的打擊，好比一頭畜生給丟進一群洶洶的暴民之間，被人狠狠地推撞、毆打、抬起來、摔到地上，更在身上踐踏跳躍。麥回爾船長與朱克斯讓狂風吹得吸不著氣，震耳欲聾，只知互相緊緊抱著；風雨在肉體上的猛烈打擊，讓他們好像看見人家發一場大脾氣似的，深感震怖。在颶風平穩的吼聲中，偶會有一些恐怖的尖聲怪叫在上空神祕莫測地經過，這時有一陣這種怪聲忽然像鷹鷲一般撲落船上。朱克斯放盡喉嚨喊叫來蓋過它。

「船熬得過嗎？」

這問題揪住他的肺腑，語出無心，像腦海浮出念頭一樣自然，所以他自己一點也沒聽見自己說什麼。喊完便什麼都沒有了——思想、意圖、努力——他喊聲不可聞的震盪也納入風暴的氣流波動中。

他不期待有回答。他完全沒有期待。因爲這問題怎能回答呢？可是過了一陣子，他很詫異地聽到耳畔有那無力氣然而不降伏的聲音，那在天翻地覆的變動中仍不屈膝的低矮聲音。

「或許熬得過！」

是一種沉滯的喊聲，比咬耳朵更難聽清楚。這把聲音馬上又來了，半湮沒在周圍巨大的轟隆聲中，好比一隻船在與大海的浪濤奮戰。

「希望它熬得過去吧！」這聲音喊道。聲音很小，孤零零的，也不激動，既不見希望，也不知畏懼。它忽隱忽現，變成斷斷續續的話：「船……這……再也不——總之……往好處想。」朱克斯洩了氣，不求聽懂了。

後來，這把聲音好像忽然悟到了抵禦風力的訣竅，最末的幾聲斷續呼喊似乎愈來愈有氣力而且堅定：

「錘個不住……造船的……靠得住……有希望……幾副引擎……洛特……靠得住。」

麥回爾船長把胳臂從朱克斯肩上拿開，由於四周漆黑一片，這一來他的大副便不覺他存在了。朱克斯剛才渾身上下的肌肉都綳得緊緊的，這時真想任由自己垮下來。說也難信，在深受全身不舒服之苦的時候，他非常想睡覺，彷彿整個人讓打擊和煩惱得昏昏欲睡。風有時捉住他的頭，使勁要把它從肩上搖脫；充滿水的衣服沉重如鉛冷冰冰溼淋淋，好比一套冰製鎧甲在融化；他打顫打了很久；雙手緊抓著扶手之物時，他由得自己慢慢陷入肉體痛苦的深淵。他無主無爲地只顧想著自己一身，等到有些什麼東西輕輕觸到他雙膝背後時，就嚇得跳起來。

他受驚而前撲時，撞到麥回爾船長背上，船長卻動也不動；接著他大腿給一隻手抓到了。風暴這時沉了下來，屏息威脅著。他覺得給人摸遍了；原來是船上的水手領班。朱克斯認得那雙手，那麼厚重，巨大無倫，儼如另一種人類的手。

水手領班先前是四肢著地逆風爬到橋上的，頭頂先碰著大副雙腿。他馬上伏著，以合乎下屬身分的手觸，請罪般小心自上而下探了朱克斯的身體。

他是個聲啞而貌寢的小個子，年屆知命，長臂短腿，遍身粗硬的毛，十足一頭老猿。他力大無窮，怎麼重的東西，到了他那雙毛茸茸前臂盡頭鼓起宛如一雙黃褐色賽拳手套的巨爪中，都輕如玩具了。但除卻胸口有一片厚厚的灰毛，聲音粗嘎而姿態嚇人之外，粗漢的特質他都沒有。他品性純良得近乎癡呆，任人捉弄，隨和而愛說話，毫無主見。朱克斯因此並不喜歡他；可是麥回爾船長似乎視之爲一流的基層管事人員，這給了朱克斯一肚子鄙蔑的悶氣。

他扯著朱克斯的雨衣站起身來，但這冒犯行動做得很小心，只限在烈風所逼的程度內。

「幹什麼呀，領班，幹什麼呀？」朱克斯不耐煩地喊道。這混蛋領班在船橋上想搗什麼鬼啊？朱克斯的心情早被颱風弄壞了。這人粗嘎的喊聲，雖然不知所云，卻像有一種生趣盎然的滿足。這錯不了，這蠢老頭爲了不知什麼原因很高興。

水手領班的另一隻手摸著另一個人了，因爲他換了個腔調問起來：「老爺，是您麼？老爺，是您麼？」風窒了他的喊叫聲。

「是我，」麥回爾船長喊著答道。

第四章

水手領班呼喊得天翻地覆，麥回爾船長由此得悉的只是一個很奇怪的消息，「老爺，前頭夾艙那批支那佬統統不見了。」

處身下風，朱克斯聽見那兩個漢子在他鼻子前面六吋之內大聲呼喊問答，一如靜夜裡聽見兩個人於半哩外隔一塊出地交談。他聽見麥回爾船長很冒火地問：「說什麼呀？說什麼呀？」另一個人則勉力抬高沙啞的聲音回答。「弄成一團……親眼看見……老爺，嚇死人啦……我想還是……報告您。」

朱克斯始終無動於衷，好像是由於風力太大了，動什麼念頭採任何行動都是徒然，於是人也就沒有責任了。此外，又因他年紀很輕，要把心完全硬起來以應付最壞境況已使他無暇他顧，他極不願意從事別的活動。他並非害怕。這一點他很清楚，因爲他堅信自己是不會再能見到日出的了，他便一直都很平靜。

這些就是英雄豪傑也毫無舉動的時刻，好漢子也束手了。許多航海人員一定都能從自身經驗中記起一些事件，是一船的人都一下子變成失魂落魄只會準備吃苦的。但是朱克斯對於人性以及風暴都無甚經驗。他以為自己很平靜，不屈不撓地平靜；其實他是嚇慌了。也不是慌得十分丟人的模樣，而是個堂堂正正的人尚不致鄙厭自己那麼驚慌。

倒像是心靈被迫麻木了。是烈風長期不絕的壓力造成的，是對永不停息而愈來愈強的災難的懸望心情造成的。在這過分的狂亂之中，光是維持生命存在便已令人疲憊，這種疲憊摸索著滲進人的胸膛，使他的心憂煩起來。人的心是改不了的，它於人世間的一切好處之中最盼望的是安寧——尤過於生命本身。

朱克斯其實還不知道自己已是多麼麻木了。他堅持下去——很溼、很冷，四體僵硬；有一陣幻覺，只見與目下情況無關聯的回憶一幕幕在眼前經過，據說人在淹死的一刻是這樣檢討自己一生的。他記起父親來，是個體面的商人，後來在經營很困難的時刻一聲不響的上了床，在毫無指望的心情中一下子就去了。朱克斯當然並沒有回憶這些細節，而是在無所關注之中，似乎很清晰地看見這可憐人的臉孔；他也看見自己還不過是個大孩子時，在桌子灣的一條船上所玩的一局牌，這船後來沉了，一船人員全葬身海底；還有他所服侍的頭一位船長的粗眉毛。他還憶起他母親，那個十分有決斷的女人，守寡的景況很不好，教養他非常嚴厲——現在也不在了，但他想起時竟絲毫不動情緒，就像多年前他沒精打采走進她房間看見她坐著看書的情形。

這些心像持續了不過一秒鐘，也許尚未有這麼久。一條沉重的胳臂搭上他雙肩；麥回爾船長的聲音把他的名字送進他耳朵裡。

他察覺到那深深關懷的語調。風壓下來，想把船按進浪濤裡。船給海水沖刷淨盡，就像一段水中浮沉的木材；結集的浪濤從遠處洶湧而來威脅著。黑夜中湧起的浪頭有一種鬼魅似的亮光，這些浪沫猛烈拂騰的微光，把每一個浪如何捲上來、沉下去、四散翻滾的情形，都照映到窄長的船身上。船一刻也無法不被水淹過；朱克斯僵硬地在船的運動上感覺到一種亂動的惡兆。船已經不再有板有眼地奮鬥了。開始要完蛋了；麥回爾船長忙碌關注的語調像一種盲目的惡性愚昧行爲，徒使他厭煩刺耳。

「朱克斯！朱克斯！」

朱克斯著了風暴的魔了。他給穿透了，吸收了；他癡呆地注意著，在裡頭生了根。麥回爾船長繼續喊著，可是風牢牢地阻擋在兩人之間。他吊在朱克斯頸脖上，重得像塊磨石；忽然兩人的腦袋碰在一起。

「朱克斯！喂！朱克斯先生！」

他不得不回答這把不肯靜默的聲音。他於是如常地答應道：「……在，老爺。」這時他的內心因受風暴腐蝕，但求安寧，對訓練和命令的壓迫馬上起反叛。

麥回爾船長把大副的腦袋穩穩夾在肘間，壓向自己呼喊著的嘴唇邊。有時朱克斯會插口匆忙地警告一句：「老爺小心！」麥回爾船長也會喊一句懇切的勸勉：「來，抓緊了！」這時整個黑暗的宇宙也恍若和船一同在翻滾。他們兩人住了口。船還是浮的。麥回爾船長於是又喊叫如故。「……報告……全體……沖走了……該去瞧瞧……怎麼回事。」

剛才暴風全力打擊輪船時，甲板各處馬上都容不了身，水手們頭昏心怯，躲到船橋下左舷通道上。通道後方有道門，他們關上了，通道變成很黑暗，也很寒冷淒涼。船每次重重地摔一下，他們就在黑暗中齊聲呻吟，論噸的水可以聽得見在四處奔流，好像想從上頭瀉到他們身上。水手領班起先在粗聲粗氣地說話，但據他事後說，他一輩子沒見過比這班人更不講理的。他們在那兒挺舒服，沒危險，也沒有派任務；可是他們只顧嘮叨埋怨，像一群小娃兒生了病似的。最後有一個水手說，倘使起碼有點兒燈火可以看見大家的眼睛鼻子，就會好些。他說，躺在黑暗裡等待這倒楣船沉下去，他真要瘋了。

「那你幹麼不走出外頭去，馬上了事？」領班罵他。

這激發一陣高聲咒罵。領班看見眾人紛紛責難他，他們好像因爲不能爲他們憑空馬上造出一盞燈來便很不高興。沒燈來照著淹死，他們就要鬧！然而儘管他們罵得這樣明白不講理——因爲誰也不能冀望走得到前頭的燈房去取燈——他卻因此很難過。他覺得他們這樣絮絮不休實在不像話，就對他們直說了，卻招來眾口一詞的謾罵。他於是一言不發，藏身在懊惱的沉默之中。然而他們這樣又怨又嘆又嘀咕使他十分不舒服，他隨後省起前頭夾艙裡掛著六盞球燈，拿走一盞對那些中國苦力也無傷。

南山號有個置在中段的煤艙，因爲有時用來載貨，便裝了一道鐵門與前面夾艙相通。煤艙這時空無一物，進口就在過道最前方，水手領班因此可不必走出甲板外頭便能進去；但他料想不到的是，水手們誰也不肯幫幫他忙把進口的蓋子拿掉。他自己還是摸索著去找那蓋子，可是有個攔道臥著的水手竟不肯讓讓路。

「唉，你們鬧著要燈，我就是去給你們弄個臭燈來嘛，」他似乎可憐巴巴地說。有人叫他跳海去吧。他後來說，可惜當時聽不出是誰的聲音，也因爲太黑看不見人，不然的話，他怎麼也去剝了那兔崽子的皮。不過他已經立下決心，一定要弄盞燈來讓他們瞧瞧，即使賠上命也在所不惜。

由於船搖晃得凶，動一動都很危險。躺平也不容易，他下煤艙時幾乎脖子也斷了。他仰面跌到艙底，左右兩邊滑來滑去，與老大一桿隨時會傷人的沉重鐵棒爲伍——大概是一把堆煤用的鐵鏟子，不知何人丟在這底下。這東西好像一隻猛獸似的，使他十分緊張。東西又看不見，因爲艙房蒙上煤屑後黑極了；可是他聽見它在滑來滑去，敲敲撞撞，部位都離他腦袋不遠。這傢伙還異常喧囂——沉沉的嘭嘭聲，彷彿是個船橋外梁粗細的巨物。這實在不尋常，所以他在給左右亂拋而拚命想抓住滑不溜手的艙壁時仍注意到了。由於通往夾艙的門裝得不嚴，他看見下邊透進一線昏暗的光。

他以海員之身，更兼至今活動不息，所以稍有機會便能站了起來；也是湊巧，他爬起身來之際，一手正好抓著那鐵鏟，於是把它撿了起來。若非如此，他真怕這東西打折他的腿，或者讓他再摔個跟頭。開頭他站著不動。在黑暗中船的晃動變成失常難料，也難以應付，他覺得很不安全。有一陣子他怕得不敢動彈，唯恐「再承受衝擊」。在煤艙中粉身碎骨有什麼好？

剛才他腦袋撞到兩次，現時微感昏暈。他好像還清清楚楚聽見那鐵鏟在他耳朵旁砰砰碰碰的飛舞，於是他手腕加勁握一握，以向自己證明那東西是安全在掌握之中。處身艙底，卻也能清晰地聽見狂風怒號，他不禁有些驚訝。在空煤艙中聽來，風這樣咆哮嘶叫，儼若具有人類性格，具有人的怒氣與苦楚——不是巨大，而是說不出的深切。隨著船身每回搖晃，都有嘭嘭的聲音，很深很沉，恍若有個五噸上下的巨物在艙裡搗鬼。可是貨物裡沒有這樣的東西呀。在甲板上？不可能。船舷邊上？不會。

這一切他都想得很快、很清晰、很顯本領，誠不愧爲海員，然而到頭來仍是大惑不解。不過，這嘭嘭聲夾雜著海水濺潑在他頭頂甲板上的聲音，是從外頭減弱了傳進來的。是風嗎？沒錯了。它在下面產生一陣喧嘩聲，活像有一大群瘋子在吶喊。他這時發覺原來自己也盼望有盞燈——即使只爲了有得照著來淹死——並且很緊張地盼望盡快離開那煤艙。

他把門閂拉開了，沉重的鐵門板依著鏈打開，那股狂暴的喧鬧聲更無阻擋地湧進來。迎著他的面是一陣沙啞的呼喊聲：空氣是凝定的，頭頂上海水的洶湧聲也被一片從勒住的喉嚨中發出的嘶叫聲所掩蓋，這片鬧嚷嚷的嘶叫聲造成極度混亂的效果。他又開兩腿攔住了門口，伸長脖子來看。起先他只看見自己來找尋的東西：六個黃色小火焰，在烏黑的大船艙中搖擺得很厲害。

這艙的支撐方法好像個礦坑，中間是一排柱子頂著橫梁，一直沒入前方幽暗之處，無窮無盡。靠左舷那邊隱約是一大團東西，斜斜堆著，彷彿船身陷進了一大塊。這整個地方，帶著無數的形和影，一直動個不停。水手長瞪大了雙眼，船猛地向右一搖，那一大堆好像崩塌山泥的東西又大聲嚎叫起來。

碎木頭嗖嗖地飛過他身邊。心想這些是木板呢，他驚慌得說不出來，忙把腦袋縮回。有個漢子在他腳下滑過，仰面睜眼，伸出雙手卻一無作用；還有一個，來勢似一塊彈跳的石頭，他雙手緊握著，腦袋藏在兩腿之間，豬尾辮子在空中抽鞭著。他想要抓住水手領班的腿，從他打開的手掌中有個白亮的小圓東西滾到領班的一隻腳上。他認出那是一個銀元，不禁驚奇得喊出聲來。左舷那堆亂動如痲的軀體這時滑離了船邊，沒有主動地掙扎著，只聽見光腳板的踩踏聲和喉嚨裡頭的喊叫聲，末了是沉沉的砰的一聲，他們狠狠地撞到右舷去了。喊叫聲也就停了，水手領班只在狂風的怒號和呼嘯聲中聽見長長一陣呻吟；他看見許許多多頭和肩、亂踢的赤腳、高舉的拳頭、翻倒的背，還有腿、豬尾巴、臉孔，雜亂無章糾纏在一起。

他嚇壞了，喊了一聲：「天可憐見！」便把鐵門轟然關上，不看了。

他上船橋報告的就是這件事。這批苦力的事他不能悶在心裡不言，而船上只有一個人值得他傾訴。他從夾艙回來時，過道上的水手罵他是笨蛋，怪他不把燈取了來。那班苦力是死是活，關誰什麼事嘛！可是當他走出甲板上，看見船的絕境，又覺得艙內的事無足輕重了。

開頭他以爲這正是船沉的時刻。船橋的梯子早給沖掉了，可是一個使後甲板灌滿了水的巨浪把他浮起來。過後他只好腹部貼地趴了好一會，手抓著一個栓環，吞著鹹水，偶然換口氣。由於心裡驚惶錯亂，不敢回頭，他用兩手和膝蓋使勁向前爬，這樣子去到輪舵房後面。在那處稍能託庇的地方他找到二副，一時又驚又喜，因爲他還以爲甲板上的人早已全被海浪沖光了。他急切地打探船長的所在。

二副貼身伏著，像灌木叢下一隻惡毒的小野獸。

「船長？海裡去了，還連累我們到了這種田地。」大副也去了吧，他才不管呢，那傢伙也是個笨蛋。無所謂啦，早晚誰都要去的。

水手領班再爬回到風裡；依他說，他這樣做，並非以爲有多少機會找得到人，只是不要與「那傢伙」爲伍而已。像那些無家可歸的人，他爬出去面對難挨的世界；因此找著朱克斯和船長時便欣喜若狂。但到了這時候，夾艙的事他已覺得不甚要緊了，而且在狂風暴雨中話也很難讓人家聽清楚。但他還是設法說出了這些支那人如何帶著箱子在飄浮翻滾，他本人是特意上來報告這件事的。至於水手呢，他們倒沒事兒。話說完，他心平氣和地坐倒在地，用四肢抱住輪機房通訊器的台座——那是柱子粗細的一塊鑄鐵，他估量等到這東西也斷的時候，他也就算了。他不再去想那些苦力了。

麥回爾船長至此讓朱克斯明白了，他要他下去走一趟——看一下。

「老爺，他們管我是誰啊？」朱克斯說時溼淋淋的身體在打顫，使他的聲音像羊兒叫。

「先看看……領班……說……亂飄。」

「那個領班人頭長個豬腦，」朱克斯抖著吼道。

要求得這麼荒唐，令朱克斯陡生反感。他不願動，好像他一離甲板，船就非沉不可似的。

「我非要知道……不能由得……」

「老爺，他們會穩下來的。」

「打架……領班說他們打……幹麼？不能隨……船上……打架……你留這兒好得多……萬一……我本人……沖下海了……想方法……制止……你看了告訴我……用輪機房通訊管。不想叫你……上這兒來……次數太多。甲板上……走來走去……危險。」

朱克斯因爲腦袋給麥回爾夾著，不得不聽那些似乎十分可怖的建議。

「不想……沒了你……只要船沒有……洛特……靠得住……船……許多……挨過這關……還成。」

朱克斯一下子了解到跑一趟是免不了的。

「你看船還成嗎？」他直著嗓子問。

但是船長的回答給風吞掉，朱克斯只聽見一個字，那是說得很帶勁的：「絕……」

麥回爾船長鬆手放了朱克斯，俯身湊著水手領班喊道：「跟大副回去。」朱克斯這時只知船長的胳臂已經離開了他的肩膀，他已給打發去執行一些命令了——執行什麼呢？他氣得鬆開手，於是立刻被風吹走了。他覺得這回非給吹到從船尾落海不可，就連忙撲到地上，緊隨身後的水手領班也就跌倒在他身上。

「長官您先別起來，」領班叫嚷道。「別著急！」

一個浪掃過來。朱克斯聽見水手領班氣急敗壞地說船橋的梯子全毀了。「我抓著手放您長官下去好了！」他高聲喊著說。他還喊著說什麼煙囪滾到海裡去也有可能。朱克斯覺得十分可能，他想像鍋爐的火熄滅後輪船沒了動力……水手領班在他身旁繼續喊著。「什麼？你講什麼？」朱克斯苦惱不堪地大聲問他；他就重複了一回，「我家老大娘要是看見我這樣子，要怎麼說啊？」

過道裡流進了許多水，在黑暗中濺潑，眾水手闃寂無聲，等到朱克斯撞著一個，並惡言相向，毒罵他好擋路時，才有兩三個人很低弱也很急切地問，「我們還有命嗎，長官？」

「你們這些蠢才怎麼啦？」他暴戾地說。他覺得自己也想跟他們躺在一起，不想再動了。可是他們卻好像受到他的鼓舞；他們把他放進下面煤艙，一邊奴顏婢膝地提醒他，「小心點！長官，留神進口蓋板碰著。」水手領班在後頭跌下來，一站起來就說，「我老婆會說，『你這傻蛋老不死要去航海，活該！』」

水手領班家裡有幾個錢，常常故意提一下。他妻子——是個胖女人——帶著兩個長成的女兒，在倫敦市東區開一家店子賣蔬菜水果。

朱克斯兩腳浮浮的，在黑暗裡留神傾聽一陣不清不楚雷鳴似的聲音。那是隔壁傳來的一陣不停息的喊聲，就像在他肘邊叫著；頭頂上更嘈雜的風暴聲也落到這較爲接近的聲音中。他只覺暈眩眩的。在煤艙中，船的顛簸好像是他未嘗航海經歷過的，很具威脅，減弱他的決心。

他頗想就跑回去算了；可是一想起麥回爾船長那把聲音就辦不到。船長命令他來看一看，他倒挺想知道看來幹麼。他氣沖沖地對自己說，當然會看看。可是水手領班踉踉蹌蹌的告誡他開門得要小心，裡面打得正凶哩。朱克斯好像渾身痛苦，十分煩躁地問他們在爭什麼。

「銀元！長官，在爭銀元。他們的臭箱子全破了，臭錢滿地滾，他們追得命也不要了，又扯又咬。裡頭鬧得天翻地覆。」

朱克斯使大勁猛然開了門。小個子的水手領班探頭從他臂下張望。

燈有一盞熄滅了，說不定是打碎了吧。直著嗓門惡狠狠的喊叫聲轟到兩人耳邊，還有一種奇怪的喘聲，那是這大群人一同盡力呼喊的結果。一個浪重重打在船身上，海水轟然落在上面甲板上；在這昏暗地方的最前方，空氣重濁而略見紅光，朱克斯看見有個人腦袋重重撞到艙底，兩隻粗小腿踢在空中，壯碩的胳臂緊抱著赤裸的軀幹，一張神情狂野的黃臉孔，張著嘴巴，翻眼往上瞧，然後便滑到別處去了。一只空箱子翻轉時噼啪作響；有個漢子像是給人家踢到空中，頭向下跌倒在地；在更遠處，朦朦朧朧還有些人湧下來，像一大堆卵石滾下河岸，亂舞著手臂，腳掌拍打著艙板。艙口的梯上也擠滿了苦力，像蜂群聚在一根樹枝上似的。他們攀著梯級而形成密麻麻蠕蠕動著的一大團，發瘋似地用拳頭打那道封死了的艙門，在他們喊聲的間歇裡，可以聽見上頭甲板上海水直接沖擊的濤聲。船身傾側更甚時，他們就攀不住了：先掉一個，再掉兩個，然後一起都掉下來，發出老大一陣喊聲。

朱克斯看呆了。水手領班焦急地求他，「長官您別進去。」

整個船艙好像扭歪了，而且跳個不住；一個巨浪把船拱起來時，朱克斯幻想這些人會整群被摔到他身上。他抽身退回，把門甩上。抖著雙手把門推上了。

大副一走，船橋上孤零零的麥回爾船長踉蹌側行到輪舵室。由於室門是向前方打開的，要進去他便須與狂風競力，好不容易進得去時，門格嗒一聲開後馬上轟然關閉，聽來恍若他是像顆槍彈般給射穿門扇而進去的。他執著門把子在房中站立了一會兒。

輪舵管漏出蒸氣，只見羅經櫃的橢圓玻璃在白色薄霧中閃亮。風聲時而咆哮，時而吟哦，時而呼嘯，一發作便轟得門扇和窗板都格格作響，水花惡狠狠濺潑其上。一條長長的繫物索子吊著兩捲測海錘繩和一只小帆布袋，一下子擺向外頭好遠，一下子盪回來貼著艙壁。腳下的格子板差不多浮了起來；大浪掃來時海水就從門縫各處猛噴進來，操舵那個人已把帽子和外套脫下，只穿件條紋襯衫，敞開胸膛，倚著輪舵的座殼站著。小小的銅舵盤在他手中，看來像個亮閃閃然而不牢固的玩具。他頸脖上的筋突出，又硬又瘦，喉嚨凹處只見一片黑影，臉龐深陷而毫無動靜，像死了似的。

麥回爾船長擦擦眼睛。剛才差些兒把他送進海裡去的巨浪將雨帽從他的禿頭上沖掉了，使他很懊惱；他鬆鬆的金髮溼透後變沉了顏色，像一絞不值錢的棉紗，圍繞點綴著他赤裸的腦袋。他的臉給海水弄得溼溼亮亮，讓烈風和浪沫吹打得通紅，倒像是剛才在鍋爐前弄得汗如雨下似的。

「你在這裡啊？」他沉濁地低聲說。

二副摸進輪舵房一陣子了。起先他蹲在一角，豎起膝頭，兩拳抵著太陽穴。這姿態顯示他心中又憤怒又悲傷，但認命而降伏了，然而惡狠狠的絲毫不肯饒人。他這時慘兮兮而又不服氣地說，「輪到我下去值班，是不是？」

蒸氣舵管格嗒格嗒，響一陣，停了，又響起來；舵手飢餓的臉上兩隻眼球像是要跳出來，彷彿以爲羅經櫃裡的羅盤是一盤食物。天曉得他給派在這裡掌舵已有多久，好像一船的夥伴都把他忘記了。鐘沒有敲過，也沒有人來換班；船上的秩序早已隨風飛逝，他卻仍在竭力讓船向東北偏東行駛。船舵還在不在他也不曉得；火熄了沒有，機器有無故障，船要不要馬上像條死屍似的翻轉，他全不曉得。他只擔心自己搞糊塗而失了方向，因爲羅盤針在軸上來回亂擺，有時好像整整轉了個圈。他在精神上大受壓力，同時也很害怕這輪舵房保不住。如山巨浪不住倒下來，每回船頭險惡地下沉時，他的兩邊嘴角都抽搐一下。

麥回爾船長抬頭望望輪舵房的大鐘。用螺絲釘旋在艙壁上的鐘，字盤是白的，上頭兩支黑指針好像動也不動。時間是凌晨一點半了。

「又一天了，」他喃喃自語道。

二副聽見了，像個在斷垣殘壁中悲悼的人，他仰頭喊道，「你看不到天亮的了。」他的腕和膝都看得見在抖得慌。「不行了，你看不到……」

他又使兩拳搗住臉。

舵手的身子動了動，腦袋在頸脖上卻一點兒也沒動——好像柱子上的石頭腦袋，固定了方向似的。船猛一顛簸，麥回爾船長的兩腿連長靴都幾乎摔掉，他踉蹌站住，一邊嚴峻地說：「你別管那個人講什麼。」隨後，語調稍變，他很正經地加上一句：「他不是當值。」

水手沒說什麼。

烈風轟然作響，搖撼那像是密不透風的小室。羅經櫃的亮光一直閃動著。

「你一直沒有下班，」麥回爾船長瞧著地板說下去。「不過我要你守著舵盤，能掌多久就掌多久。你已經熟了這副舵，別人來掌沒準兒弄得一團糟，那不行。不是小孩兒鬧著玩啊。再說，別的人大概在下面忙著。你看能辦得到嗎？」

輪舵忽然格格地響了幾下，不再像堆火燼似的冒煙了；那個默不作聲寂然凝視的漢子這時好像把全身的衝動都送到嘴邊似的，一下子大喊出來：「老爺，天知地知，要是沒人在嘮叨，我掌到那一天都成！」

「呀！對！好吧……」船長至此方才抬眼看這漢子，「……赫克特。」

他像是不把這事放在心上了。他俯身對著與輪機房通話的管子吹口氣，側下頭來接聽。洛特先生在下面應了他，他馬上把嘴湊著管口。

狂風在四處怒吼，他一時湊上嘴巴一時湊上耳朵，聽見下面大車的聲音，粗粗暴暴，一如戰鬥正烈。大車說有一個爐工受了傷，其餘的都頂不住，二車和輔機工在加火，三車在守著蒸氣活門。機器現在都是人工操作。甲板上面情況怎麼樣？

「夠瞧的了。現在全靠你們了，」麥回爾船長說。大副下來了嗎？沒有？馬上會到的。洛特先生讓他使輸音管講句話好嗎？——使那通甲板的管子，因爲他（船長）馬上又要回到船橋上去。那些支那人在鬧事，好像是打架。打架是怎麼也不可以……

洛特先生走開之後，麥回爾船長的耳鼓感得到機器的搏動，那像是輪船的心房。下面傳來洛特先生在遠處喊叫。船頭直沉下去，搏動驟然響起，帶著騷亂的嘶聲，繼而停了。麥回爾船長木著臉，茫然瞅著蹲伏的二副。洛特先生在底下又喊叫一番，那一下下的搏動恢復了，慢慢的，漸漸快起來。

洛特先生回到輪音管旁邊，匆匆說道，「他們怎麼幹也差不了多少，」說著又惱了，「船盡往下栽，好像都不想浮了。」

「風浪嚇人呢，」上頭船長的聲音說。

「別叫我加力把它送下海底了？」所羅門．洛特從管中吼上來。

「又天黑又下雨，前頭看不見，」那聲音說。「一定要——夠速度——能轉向——才有機會。」聲音說得很清楚。

「我已經放盡膽子幹了。」

「這上頭——我們——正狠狠——在挨打，」聲音溫和地說下去。「還算——挨得住。當然啦——倘使——輪舵房保不了——」

洛特先生側耳聆聽，低聲說了句生氣話。

可是上頭那有板有眼的聲音又有精神了，它問：「朱克斯到了吧？」稍停又說，「盼望他能幫一把。叫他事情一了就上來，以防萬一。船要人管。我孤掌難鳴。二副已是完了。」

「什麼？」洛特先生把腦袋自輪音管口挪開，對著輪機間大喊道。繼而他又向著管口喊問，「掉海裡去了？」喊完就接耳聆聽。

「給嚇昏了，」上面的聲音仍然是按事直說。「情況真他媽的窘。」

洛特先生一直在俯頭聆聽，至此睜大了眼睛。可是他還聽到似是打鬥之聲，夾著斷續的呼叫。他側起了耳朵；這時候那三車畢爾始終高舉雙手，捧著從一大根銅管上伸出的一個小黑輪兒。他好像在耍把戲似的把輪兒平穩地頂在頭上。

爲了平衡身體，他把一邊肩膀抵著白色艙壁，曲著一膝，一塊擦汗布塞在腰帶中間，沿臀部垂下。他光光的臉頰弄汙了卻又透著汗紅，眼皮上的煤粉像化妝用的黛色，增加了眼白處水汪汪的明亮，讓他年輕的臉龐平添幾分外地女子的嫵媚。每當輪船向前一沉，他便急忙使勁去旋那輪子。

「發了瘋，」船長在輸音管裡忽然說。「剛才……直撲過來。只好把他揍倒……剛才發生的事。洛特先生，你聽得見嗎？」

「活見鬼！」洛特先生咕噥著說。「畢爾留神了！」

他的喊叫聲在輪機房鐵壁之間響得像喇叭吹出警號。鐵壁髹作白色，直上天窗昏暗之處，像屋脊般傾斜著；這裡整個高聳的空間很像一座紀念碑的內部，由鐵格板分作數層，每層上都有些燈火閃爍著，中間卻是一大團陰暗，流連在各汽缸集成不變的轟隆聲籠罩下那副機器的圓柱運動之間。烈風的各種聲音所造成的高亢回響，停留在靜止的暖空氣裡。這裡頭有炙熱金屬和油的氣味，還有蒸氣的薄霧。海浪的轟擊似乎變成一種沒有餘音的沉重震盪，從這邊傳到那邊。

好像長條黯淡火舌似的暗光，在金屬的光滑表面上顫抖；下面地板上，許多巨大的曲柄頭子依次聳起又沉下去，發出銅和鋼的閃光；那些接合桿，關節粗大活像四肢的骨頭，好像把它們推下去又拉上來，精準得不容分說。在深處的明暗之間，其他棒桿一板一眼地來回躲閃，十字頭點動著，金屬輪盤滑溜地互相磨著，溫和緩慢，在光和影混合之中。

有時這些強有力而且一絲不苟的運動會一齊慢下，好像是一個活的有機體忽然失去了氣力；這時洛特先生的眼睛在灰黃色的長臉上便發出更沉鬱的光。他做這番戰鬥時，腳上只是一雙拖鞋；一件發亮的短上衣僅僅蓋過腰部，他兩隻白手腕都遠遠伸出窄袖之外，彷彿由於情況危急，他的個頭便長高大了，四肢長了，顏色更見蒼白，眼睛也更深陷了。

他爬到高處，又鑽到底下，很有主意地忙個不休，等到停下來站在啓動機關之前握著鐵護欄時，也還不住地瞟向右方，在搖曳燈光中看那釘在白牆壁上的氣壓表和水表。在他肘後兩個輸音管的嘴巴傻兮兮地張著，輪機房的訊號機上，字盤就像一個大時鐘，只不過盤面上印的是簡短字語而不是數字。環繞著盤面的深黑大字著實能代表洪亮的呼喊聲：「前進」、「後退」、「慢機」、「半速」、「準備」；現時粗黑指針正向下指著「全速」。這兩字一經選擇，就像一聲尖叫，分外怵目。

外頭包著木材的低壓圓筒，肥肥的在上面皺起眉頭，每次推動都發出低微的嘶聲；除卻這一點聲息，眾多的機器都或快或慢、沉著順當地伸拳舒腳。所有這一切，包括白牆壁、運轉中的鋼件、洛特腳下的鐵板、頭上的鐵格板，以及昏暗裡的微光等等，都隨同沖擊船身的浪濤，一同繼續不斷地上升下沉。這高聳的空間在風的怒號中發出空洞的回響，上方好像一株樹般搖搖擺擺，被風推來壓去，眼見就要整體翻倒了。

「你趕快講，」洛特先生一看見朱克斯現身在鍋爐間的門前就大喊。

朱克斯的目光飄忽不穩；他那張紅臉泡泡的，好像是睡得太久了，他剛才走了一段很吃力的路，走時內心的激動正與身體的勞累相當。他從煤艙中跑出來，經過黑漆漆的走道，跌跌撞撞的踩著許多人，他們迷惘地在他周圍惶恐低聲問道，「老爺，出什麼事了？」他走下鍋爐間的扶梯，匆忙中踏空了許多級，落到一處其深如井其黑如獄的地方，那兒像個蹺蹺板般傾來側去。船一顛，船底的積水就聲若雷鳴，煤塊左右蹦跳，嘎啦之聲宛如山崩時一攤鵝卵石滾下一個鐵的山坡。

有人在那裡呻吟叫苦，還有個人看得出是趴在一條似乎是躺直了的死屍之上；有個人在咒罵天地，罵得十分有勁；每扇爐門下的紅光都像一潭起焰的血，在軟滑的黑暗裡發射亮光。

一陣風吹在朱克斯的後頸上，繼又覺得它溜到他潮溼的腳踝處。鍋爐門的通風器嗚嗚作聲；六個爐門之前只見兩個粗野不文的人形，腰上脫個精光，俯身弓背蹣跚地全力對付兩把鏟子。

「噯，現在不愁通風了！」二車一看見朱克斯就嚷道，就像是一直都在等著他似的。

輔機工是個乾乾淨淨的小個子，皮膚白皙異常，長一撮薑黃色小鬍子，正一聲不響發狂似地幹著活。他們維持著蒸氣的全壓，使這裡總是響著很深沉的隆隆聲，像一輛搬運家具的大車空身駛過一座橋梁時的聲音，於是在別的喧囂聲的底下始終有這一股低音。

「一直都在放氣呢，」二車繼續嚷道。通風器忽然發出好像百個鍋子洗刷的聲音，在他肩上吐下一股鹽水，他就發出一連串的詛咒，把天地萬物連同他本人的靈魂都罵盡了，然而始終不忘本分的工作。隨著一聲響亮的金屬撞擊，白熾的火光照亮了他子彈似的頭顱，顯現了他兩張動個不休的嘴唇，還有傲慢的臉，但隨後哐啷一聲，亮光又不見了，就好像一隻鐵眼白熱地眨了一下。

「這條死輪船開到那兒去了？你曉得嗎？我這雙眼睛啊！到海底下了——還是怎麼樣了？水成噸成噸倒進來。氣窗的鬼蓋子都死到那兒去了？喂，你什麼都不曉得的——你這麼個快活水手……？」

朱克斯迷糊了片刻之後，乘輪船顛簸之機竄了出去；待他的眼睛看好了這邊比較廣闊、和平而且明亮的輪機房時，船尾就深深地沒入水中，使他俯著頭衝向洛特先生。大車的胳臂如八爪魚的爪，好像彈出來似的伸直相迎，改變了他前衝的方向，使他一旋而到了輪音管之前，洛特先生同時很認真地再說：

「不論是什麼，你趕快講。」

朱克斯向輪音管叫：「老爺，您在那邊吧？」叫完便傾聽著。沒回音。忽然間，風的怒號聲直落入他耳朵裡，但馬上有個微小的人聲輕輕地把號呼的颶風推開了。

「朱克斯，你嗎？——怎麼了？」

朱克斯要說的已準備好了，只是似乎不夠時間來說。一切都很容易解釋。他能夠清楚地想像那些苦力如何被封閉在那臭氣薰天的夾艙中的情形，他們如何在那許多行箱子中間躺著，身子不舒坦，心裡又怕。後來有一個箱子——說不定是好幾個一起——在輪船顛簸時離了行列，撞亂了別的箱子，有些箱子就綻開了，箱蓋也飛開，於是那些駑鈍的支那人就一體起身保護財產。以後船身每回震盪都把那群叫號踐踏的亂民送來送去，他們和打壞了的木料、撕破的衣服、滾動的銀元混成了一團。一場架一旦打起來，他們便無法自休。現在除了用武，別無他法可制止他們了。這真是一場浩劫。他親眼目睹，沒有什麼別的話可說。他相信有些人準是死了，旁的人還會打下去……

他把話輸送上去，那些話你擠我擁，塞在狹窄的輸音管裡。它們向上升，彷彿升到了一片沉著的開明見識之中，這見識在上頭伴著風暴獨處。在輪船危急萬分之際，橫路殺出這麼一樁討厭的事，朱克斯只求不必理會它。

第五章

他等著。在他面前，機器挨著慢慢地動，在猛可一轉之前，當洛特先生喊「畢爾小心！」之際，它們幾乎停住了。它們是有知有識地駐著，在機械衝程未了時停下，一根沉重的曲柄還是斜著，彷彿意識到危險，也意識到時間逝去。然後，大車一聲「來了！」咬緊的牙關中洩出了氣，它們才一舉完成那中斷了的運轉，並開始另一個衝程。

這些機器的運作，大有謹慎的智慧和巨大力量的籌劃。這是它們做的事——這樣耐心地連騙帶哄把這條瘋船弄過了狂濤，直駛進風眼裡。洛特先生的下巴不時沉到胸口，他看著這些機器，沉思不覺，雙眉關鎖。

使朱克斯聽颶風而不聞的那把聲音又說了：「你領著夥計們……」不料卻沒說完。

「我領著他們能幹麼呀，老爺？」

忽然響起了橫暴猝然的一下刺耳轟聲。三雙眼睛一同抬起看那訊號機，只見指針像是落入魔鬼手中，從「全速」跳到「停止」去了。這輪機房中的三人隨即親身感覺到輪船一慢，奇怪地一縮，就像在集中氣力打算拚命一跳。

「停船！」洛特先生大吼。

船上的人，連麥回爾船長在內——只有他一人在甲板上先看見一道白沫迎面撲來，其高度實無從置信——誰也不曉得那個浪濤是如何的陡峭，那颶風在奔騰的浪壁後面所挖出的空谷又是深得何等駭人。

這巨浪迎船衝來，南山號好像備戰似的一收步，抬頭便是一躍。燈盞上的火焰一時都低了，輪機房暗下來。有一盞還熄滅了。以噸計算的海水以掃蕩之勢撻瀉在甲板上，造成天旋地轉的騷亂，恍若輪船竄過了一道大瀑布。

在輪船下層他們都傻了，只會面面相覷。

「從頭掃蕩到尾，天哪！」朱克斯喊道。

船頭直沉進浪谷中，好像已走出了世界的邊緣。輪機房向前傾側得可怕，像一座地震中的高塔。老大一陣鐵器倒塌的聲音從鍋爐房那邊傳來。船駭人地傾斜了很久，使畢爾終於四肢著地爬行起來，好像還打算四肢齊用而狂奔出去；洛特先生也終於轉了轉腦袋，他僵僵硬硬的，一臉坑洞，下巴跌下來。朱克斯早閉上雙眼，他的臉一下子變成像個瞎子的臉，七情盡失而很溫和。

船終於緩緩浮起，馬步不穩，彷彿在受命用船頭舉起一座山來似的。

洛特先生合上下巴；朱克斯眨了眼睛；小個子畢爾就連忙站起來。

「再來一個這樣的，船就了事了，」大車嚷道。

他和朱克斯互相看一眼，大家同時想起：船長啊！什麼都一定給沖去了。輪舵設備沒有了，船與一根木材已無二致。一切馬上都完了。

「快去！」洛特先生不自覺地含糊叫了一聲，睜大狐疑的眼睛看著朱克斯，朱克斯卻還以猶豫不決的一眼。

訊號機的銅鑼哐噹一響，馬上給他們一顆定心丸。黑指針一下子從「停止」又跌落到「全速」上。

「畢爾，來了！」洛特先生喊道。

蒸氣低聲嘶叫，活塞桿各自滑進滑出。朱克斯耳朵湊到管子上，聲音就來了，說道：「把錢全給撿起來。幫幫忙。等一下我要你上來。」話到此爲止。

「老爺？」朱克斯往上喊。沒人答應。

他像個敗軍之將般蹣跚走了。他的左眉之上不知如何劃傷了，其深至骨，他可一點兒也沒有覺察到；因爲中國海上無數個力足折頸的巨浪已經沖過他的頭顱，已把傷口洗淨，並用鹽處理過了。傷口沒有流血，只是張著紅口。但眼上這道傷，加上亂髮蓬鬆，衣衫不整，使他看似在打架時吃了虧。

「受命去把那些銀元撿起來呢。」他怪可憐地胡亂笑了笑，請洛特先生評評理。

「說什麼了？」洛特先生凶暴地問道。「撿……？我管它……」他繼而渾身顫抖，然而以一種過分的慈父口吻說，「看天份上，你現在就走吧。你們艙面上的老倌兒都要把我弄傻掉了。那位二副要打船長老頭兒。你真不曉得？你們沒活幹就要鬧事……」

聽到這些話，朱克斯自覺怒火起了。沒活兒幹——哼……懷著一肚子對這大車的鄙蔑，他轉身沿來路走回去。鍋爐房裡那胖胖的輔機工仍在一言不發地揮鏟苦幹，活像舌頭已遭人家割掉似的；可是那二車還在喋喋不休，像個嚇不怕的瘋子，但那是一個仍然擅長在輪船汽鍋底下撥火的瘋子。

「噯，你這個遊來蕩去的管事！喂，喚兩個你那些窩囊廢來鏟鏟煤灰，行不行？我這兒火都燒不起來了，媽的，噯！喂！記得船規嗎：『水手火夫須互相幫助』？喂，聽見嗎？」

朱克斯正沒命地往外爬，那人於是抬頭朝向他背後吼道：「你啞的？你在這兒逛蕩幹什麼？你究竟玩什麼把戲？」

朱克斯心亂如麻，激動異常。等到他回到漆黑走道上置身水手群中時，他心裡想只要看見誰有一絲畏縮不前之意，他就把他們的脖子全都扭斷。這麼沒膽子，他想到都要生氣。他不能畏縮不前的。他們也不該畏縮不前。

他來到他們中間，挾著的那股狠勁帶動了他們。起先他們看見他跑來跑去，動作是那麼快又那麼猛，早已吃了一驚；他的竄來闖去其實是感覺到而不是看見的，他卻因而顯得很不簡單，忙於生死攸關刻不容緩的事。他一開口，就聽見他們乖乖的一個個碰通碰通地跳進煤艙。

他們也沒搞清楚要幹的是什麼。「什麼事啊？什麼事啊？」他們在互相詢問。水手領班盡力解說；一陣激烈打鬥之聲忽然傳到。海浪的大力衝擊在黑黝黝煤艙中回響是那麼可怖，使他們知道自身的危險。當領班打開門時，眼前好像是颶風的一股旋流竄過了輪船的鐵壁，把這些苦力的人體攪得像塵埃一般旋動著。眾水手只聽到一團混亂的喧嘈、一陣暴風雨般的嘩叫、一番狠狠的低罵，還有一陣陣愈來愈低的尖聲怪叫，以及腳步踐踏之聲，混合著海浪的沖擊。

他們一時睜大眼睛，呆呆地堵住了門口。朱克斯蠻橫地把他們推開，擠身進去。他一言不發，只是闖了進去。梯子處另有一班苦力正在不顧死活地極力想要打開那釘封了的艙口，他們又如前一般跌下梯來，朱克斯這時便失蹤於他們身下，恰像一個人被山崩掩埋掉。

水手領班緊張地呼喊起來：「來啊，把大副救出來。他要給踩死了。來嘛。」

水手們衝進人堆，踐踏在眾多胸膛、手指、臉頰之上，腳絆在衣服堆中，踢著碎木片；可是他們未到，朱克斯卻已冒出頭來，腰下則埋沒在又扯又抓的手群之中。在他剛才失蹤的刹那間，他上衣的鈕扣全扯脫了，背後直裂到領子上，背心也撕開了。那大群爭鬥著的支那人隨船傾倒到另一邊，黑麻麻無主的一群，在昏暗的燈光中只見許多眼睛奇怪地閃著光。

「別管我啦，媽的。我沒事兒，」朱克斯尖聲叫著說。「趕他們往前去。船一往前栽，把握時機就趕。跟他們一同向前移。把他們趕到艙壁上。頂住他們。」

眾水手擁進煙霧瀰漫的夾艙，好像在沸騰的鼎鑊中澆進了冷水，騷亂稍沉了一會兒。水手的胳膊相連，打橄欖球似的把大部分的支那人封住頂緊了，藉著船頭狠狠一沉之助，發勁一推，把他們像個結實方塊一般送到前方。在他們背後，零散的小堆人體跌在各處。

水手領班的體力大顯神通。他大張長臂，每一邊的巨掌抓緊一根支柱，把七個肢體相纏的支那人擋住了，不讓他們像一大塊礫石般滾下去。他的骨節咯咯作聲；他叫一聲：「哈！」他們便脫開了。木匠更顯聰明，他一言不發，回身到走道那邊拿了幾圈起先見到的綁貨鎖鏈和繩子，造了些救生索。

眾苦力沒有反抗。這一場來歷不明的爭鬥變成了盲目驚慌的竄避。眾苦力當初或者是追逐散落地上的銀元，現已只爭立足之地了。他們掐住彼此的咽喉，只爲了免得自己給亂摔一番。誰在那兒穩住了，就踢那些想要抓著攀住他腿的人，等後來船身一傾，大家又都一同摔進船艙去。

這批白鬼子到臨，把他們嚇慌了。是來殺人的嗎？從人群中拖出的苦力進了海員手中都是有氣沒力的：有些人給抓著腳跟拖到一旁，他們張大動也不動的眼睛，像死屍一樣毫無主意。不時有個苦力像求饒似的跪倒；有幾個由於恐慌過度而亂來，就給硬拳打在眉心，打得不敢再動，那些受了傷的也任由粗暴對待，急促地眨巴著眼睛，毫無怨言。許多人血流滿臉；許多剃光的腦袋上都有傷，抓破的、撞著的、扯裂的、割到的。最後這類創傷，主要該由箱子裡來的破碎瓷器負責。各處都見得到辮子散亂的支那人眼睜睜地在料理鮮血淋漓的腳板。

他們被緊湊地排好了。因為他們已經給好好地制伏了，摑了幾個耳光減低了興奮，又聽了些好像保證有壞事發生那麼樣粗聲惡氣的鼓勵話。他們垂頭喪氣的一排排坐在甲板上；末了，木匠由兩個水手幫著，忙忙碌碌一處又一處把救生索結好抽緊。水手領班用一臂一腿勾著一根支柱，盡力想要點起壓在胸口的一盞燈，一邊咆哮不休，活像一隻勤奮的大猩猩。水手不住俯下身來做著田間拾落穗的動作，把什麼東西都往煤艙裡丟：衣物啦，碎木啦，破爛瓷器啦，還有銀元，都用上衣兜著搬。水手雙臂抱滿了雜物蹣跚走向艙門時，一雙雙乜斜的眼睛也傷心地跟著走去①。

船一顛簸，那幾行坐著的天朝子民就會斷斷續續地向前搖擺，船頭大幅下沉時，剃光的頭顱便成列撞下去。上頭艙面上海水沖刷之聲稍靜下來時，因勞累而仍然顫抖不已的朱克斯，便覺得自己在艙下的這番瘋狂奮鬥多少是把風也克服了；船靜了下來，寂靜

① 西洋人慣常說中國人的眼睛是乜斜的。

中海浪拍船的聲音便像雷轟一般。

夾艙中的東西都清除了——水手謂之爲災場殘破。他們搖搖晃晃地站著，比那些垂著雙肩的苦力高了一截。有些苦力呼吸時嗚咽一下。在高掛的燈盞光照之處，朱克斯看到一個人嶙峋的肋骨，又一個人懨悶的黃臉孔。他看到彎下去的頸脖，有時卻是一張臉孔呆看著他。他沒料到竟沒有人死掉；可是他們大多數都像馬上要完蛋了，他覺得這比較全部死光了更可憫。

有個苦力突然講起話來。燈光在他緊張的瘦臉上來去；他仰頭的姿勢像隻狗在吠。煤艙那邊傳來敲碰之聲和銀元亂滾的叮叮聲；他伸出一條胳膊，嘴巴張成一個黑洞，那些不可理解的喉音不類人言，倒像是一隻野獸在竭力滔滔不絕，使朱克斯心中生出一種奇怪的情緒。

又有兩人開口了，朱克斯聽見似是猛烈的責罵；別的人也咕嚷不安。朱克斯連忙下令眾水手撤出夾艙。他自己斷後，倒行退出艙門，這時咕噥聲已提高成爲咭咭呱呱，許多人伸出手來指著他，當他是歹人了。水手領班鬥上艙門，不自在地說，「老爺，風好像停了呢。」

眾水手回到走道裡都很慶幸。私底下每個人都在暗想，到了最後關頭，個人總還可以衝出艙面去，那是差堪告慰之事。淹死在艙底下才真不是味道。他們現在解決了那些支那人的問題，才又想起船的處境。

一出了過道，朱克斯只見自己差不多淹沒在喧鬧的水中。他上了船橋，覺得視力變得超乎自然的敏銳，模糊地看見一些輪廓，一些外形的線條。不是南山號熟悉的外貌，而像他記得的一件什麼東西——他多年前看見的一艘拆光了的舊輪船，鏽爛在一片泥灘上。南山號現在使他想起那條破船。

沒有風吹來，一絲也沒有，只有船身搖擺所造成的微弱氣流。煙囪拋出的煙正緩緩沉落甲板上，他向前走時聞到了。他能感受到輪機從容的搏動，又聽見似是適才的喧鬧所遺下的微細聲響：附件鬆脫後的碰擊聲，船橋上一件什麼東西撞毀在地上翻滾之聲。他朦朧看見船長蹲下的身形，手抓著扭曲了的欄杆，人好像在船板上生了根，沒有動作然而搖著晃著。周圍空氣想不到這樣沉寂，使朱克斯不自在。

「老爺，我們事辦完了。」他喘口氣說。

「早料到的，」麥回爾船長說。

「你早料到？」朱克斯低聲自語道。

「風剛才一下子就停了，」船長繼續說。

朱克斯炸了：「要是你以爲那事好辦——」

可是船長抓住欄杆沒有理會他。「依書本講，最要命的還在後頭呢。」

「他們要不是大多數人都暈船了，都嚇得半死了，我們一個也別想活著走出夾艙，」朱克斯說。

「該還他們一個公道，」麥回爾船長呆頭呆腦地呢呢喃喃。「有些東西書也不講。」

「哼，要不是我下令弟兄們撤得快，他們一定會起來對付我們，」朱克斯氣呼呼地說。

早時他們兩人放盡喉嚨也只像在低聲私語，現在以平常聲量發言，在這奇怪的闃寂之中，竟變成那麼清晰而且十分響亮。他們只覺是在一個響著回聲的黝黑密室中談話。幾顆星星的光亮，透過雲陣中一條曲折的縫射落在漆黑海面上，光影凌亂，時高時低。有時海浪升起如錐，浪頭倒落船上，與淹沒了甲板沖刷出白沫的海水混成一體，南山號就這樣在一個環形的雲槽底下搖擺笨重的身軀。這一圈濃重的水氣，中心寧靜，周圍旋轉如狂，像一堵沒有缺口的圍牆，環繞著輪船動也不動，說不出的邪門。圈內的海水，彷彿內有騷亂不安，上下跳躍成無數尖頂浪峰，互相推擠，重重拍打船身；一陣低沉的呻吟在對風暴的凶橫做無盡的申訴，從那教人不安的寧靜中心界限之外傳來。麥回爾船長一直不作聲，朱克斯留神的耳朵卻忽然聽到一陣拖得很長的低微呼號聲，那是一個無與倫比的巨濤在濃重黑暗中湧來了，這駭人的黑暗限制了他的視覺。

「當然啦，」他這樣怨憤地說，「他們以爲我們乘機打劫。當然啦！您吩咐——把錢都撿了。做起來可沒有嘴說容易。他們不曉得我們肚子裡想什麼。我們一進艙，不由分說——直去到他們中間。不得不來猛的。」

「只要做得……」船長呢喃著說，也沒有看看朱克斯的意思。「只好公公正正啦。」

「事情過去了，我們還有好多麻煩呢。」朱克斯說時很不高興。「等他們稍微恢復過來，您等著瞧好了。他們要我們的命的。老爺您留神啊，這條船如今不是英國船啦。這班畜生也很清楚的。這面泰國旗最該死。」

「然而咱們是在船上呢，」麥回爾船長說道。

「麻煩還沒了呢，」朱克斯仍做他的預告。他晃了一下，慌忙抓住些東西。他不甚著力地又加一句，「船都廢了。」

「麻煩還沒了呢，」麥回爾船長用半高不低的聲音表示同意……「你照料一會兒。」

「老爺您要下去嗎？」朱克斯慌忙問道，就好像一旦由他獨自管這船，風暴一定會起而對付他似的。

他細看這艘船，孤零零的一艘，飽受打擊，在遙遠星球微光照及的如山黑濤中吃力地挨下去。它走得很慢，走時把多餘的氣力變作白色一團蒸氣，吐入烈風平靜的中心；氣體吐出時的沉聲震盪，好像是一隻海獸急著要再決勝負而呼嘯挑釁。震盪忽然停了；只聞靜止的空氣呻吟。朱克斯頭頂有幾顆星兒，把光照進一潭烏黑的雲霧裡。在這小片閃爍的星空下，墨色邊緣的雲盤怒對著輪船。星兒也似在凝神注視著船，好像要看最後一回似的，它們的清輝彷彿聚成一頂冠冕，戴在個愈來愈皺的眉頭之上。

麥回爾船長已走進了海圖室。室裡沒有光，可是他感覺得到自己間常過日子的這塊整潔地方現已凌亂不堪了。他的靠手椅子翻倒了。書從架上跌出來落在地板上；他腳下踩碎了一塊玻璃。他摸著尋找火柴，在深壁架的擱板上找著一盒。他擦著一根，瞇著眼，把那小火焰伸到氣壓計上，只見玻璃與金屬的頂部閃閃生光，向他點頭不絕。

水銀很低——低得難入信，令麥回爾船長哼哈不已。那根火柴熄了，他急忙用僵硬的粗手指又抽一根出來。

又一個小火焰在那點頭不已的氣壓計頂部亮起來。他瞇起眼來細看，好像在等候一個極微細的跡象出現。他面容嚴肅，像一個未知上帝與耶穌的古人對著偶像燒香，只是這個古人形體怪異，又穿著靴子。錯不了，他一生沒在氣壓表上見過更低的讀數。

麥回爾船長輕輕吹了一下口笛。他竟忘卻自己，直到火柴的焰縮成一個藍色火點，燙了他的手指之後熄滅了。說不定是這東西出了些毛病吧！

睡椅上方還釘著一個空盒氣壓計。他走過去又擦一根火柴，只見那個儀器的白色盤面從艙壁上看著他，其間大有深意，似是說，儀器質料如何都無所謂，人類這種智慧顯見沒有錯。這一來再沒有置疑的餘地了。麥回爾船長啐了一口，把火柴丟到地上。

那麼，最壞的情況還在前頭了——如果書本沒講錯，這最壞的情況會是很要命的。過去六小時的經驗讓他更能了解天氣會惡劣成什麼樣子。「那真會嚇壞人，」他心中判斷道。剛才擦亮火柴時，除了氣壓計之外，他並沒有著意看看別的東西；可是不知怎的，他還是看見水壺和兩只肥大杯子都給摔到几外去了。這便使他對於輪船曾經歷過怎麼樣的一番顛簸，有了似乎更親切的認識。他心想，「若非親睹，我真不會相信呢。」他的桌子也給掃個一乾二淨；長短的界尺、鉛筆，還有墨水瓶，原先個別放置得安安穩穩的東西，都不見了，就好比有人搗蛋，把它們一一掏出來扔到溼漉漉的地板上去。是颶風闖了進來，擾亂了他私生活井井有條的秩序了。這樣的事情從來沒有發生過，沮喪之情由是深入他鎮靜的心內。最壞的情況還在前頭呢！他真欣幸那邊夾艙的麻煩事及時給發覺了。倘使這船終歸不免，至少在葬身海底之際，船上並沒有一大群人正打個不亦樂乎，不然就太不像話了。這樣的觀感之中，其實有一種合乎人道的用心，對世間事物合宜或不合宜，也有朦朦朧朧的判斷。

這些當下的感觸可也是來得笨重遲緩，與這人的天性無二致。他抬手把整盒火柴放回擱板角落原處。這兒總是放著火柴──這是他吩咐的。庶務早把他的命令銘記在心。「一盒子……放在那兒，看見了？別太滿了……庶務，就在我伸手搆得到的地方。說不定忽然急需點個火。忽然會急需什麼，在船上說不準的啦。別忘了。」

他當然也是小心惦記著把火柴放還原處。他剛才就放了。可是手尚未抽回他卻突然想到，也許自己再也不會需要使用這盒火柴了。這念頭是如此生動，使他的手駐了一下，幾隻手指在剎那間又抓了抓那小盒子，好像當這小東西象徵所有這些閒常習慣，這些將我們與繁瑣日常生活連結在一起的小習慣。他最後還是鬆了手，倒身長椅之中聽候風聲重來。

風尚未來到。他只聽見海水沖刷之聲，沉重的濺潑聲，浪濤從四方亂湧上船來的低沉震響聲。艙面上的海水再也淌不光的了。

可是空氣中的寂靜緊張得驚人，而且讓人很不安穩，就如同有一把刀劍懸在頭顱上方，懸掛的只是一絲纖細的頭髮。藉著這駭人的靜止，風暴插穿了這漢子的防線，開啓了他的嘴唇。在艙房的黑暗與孤獨中他開了口，好像對自己心中另外一位醒過來的人說話。

他半高聲地說：「船丟了可不好啊。」

他坐在那兒，不爲人所見，與大海也與他的船分開，孤零零的，好比脫出了他自己生命之流，否則他是不會做出自言自語這麼怪異之事的。他把雙掌放在膝上，彎下短頸脖重重吐口氣，屈服於一種罕有的厭倦感之下。由於精神壓力下太勞累了，他弄不清這厭倦感是怎麼回事。

他從坐處搆得到臉盆櫃子的門。那裡頭該有一條毛巾吧。果然有。好極了……他拿出毛巾擦了臉，然後把溼漉漉的腦袋擦了又擦。在黑暗裡他用毛巾使勁擦自己身體，擦完就不再動了，毛巾擺在膝上。有一陣子，艙中闃靜得任誰也猜不到有人坐在其間。其後響起一句呢喃低語。

「船還是可能過得這一關的。」

等到麥回爾船長走出艙門來時，風已靜下逾一刻鐘，這連他想像起來也覺久得教人受不了。他是一下子衝出來的，彷彿驀然意識到自己已離開艙面太久了。站在船橋前部動也不動的朱克斯馬上開腔了。他似是把話從咬緊的牙關中說出，空洞勉強的聲音好像四散流入黑暗之中，在海上才又深沉起來。

「我讓輪舵換了班。赫克特已經開口在嚷，說挨不住了。他在輪舵旁邊臥倒了，人像死了一般。開頭我叫人來接這可憐蟲的班，誰也不肯爬出來。那領班完全不中用，我從來都這樣說的。那時還以爲只好自己進去抓著脖子揪一個出來。」

「喔，那麼樣，」船長低聲應著。他站在朱克斯身旁留神準備著。

「二副也在那裡頭，抱著腦袋。他受了傷嗎，老爺？」

「沒受傷——瘋了，」麥回爾船長簡潔地回答。

「可是看上去像是跌了一跤。」

「我逼不得已，推了他，」船長解釋。

朱克斯嘆了口不耐煩的氣。

「忽然就會來到，」麥回爾船長說，「我猜是從這邊廂。可是誰曉得呢。這些書只會把人弄得糊裡糊塗，神經兮兮的。情況會很糟，然後就過去了。只要我們能夠及時把船轉過頭來迎上去……」

過了短短的一會兒，有些星星連連眨眼之後就不見了。

「你把他們處置得很安全吧？」船長好像覺得這樣無聲無息太不好受，忽然開腔。

「老爺可是想到那班苦力？我在夾艙裡縱的橫的拉了許多救生索。」

「是嗎？好辦法呢，朱克斯先生。」

「起先我以為……您不要管——」朱克斯說著，船身一顛，好像有人在推他一樣，打斷了他的話，「我如何辦理……那樁好差遣。我們把事辦了。也許到頭來怎麼辦都一樣的。」

「公道事不能不做，儘管——不過是一班支那人。我們自己有多少機會，媽的，讓他們也有。船還沒丟呢。颱颱風時候給關在下面——」

「老爺您差遣我辦這事的時候，我就想到這點。」朱克斯情緒不佳地插嘴道。

「——即使沒給打得稀爛，也夠受的了。」麥回爾船長說下去，愈來愈激烈。「我便是明知船過不了一刻就沉，也不能聽任這種事情在上頭發生。受不了啊，朱克斯先生。」

一響空洞的回聲，像斷岩谷中翻滾著一聲呼喊，來到船上又走了。天際僅存的一顆星暗了，放大了，彷彿又演變回到它最初的那團炙熱雲霧狀態，與輪船上方深邃無比的黑暗鬥了一番，便熄滅了。

「來了！」麥回爾船長輕聲說。「朱克斯先生。」

「在，老爺。」

兩人彼此愈來愈看不清楚了。

「我們只好放手聽這船自己挨，度過這一劫。這樁事簡單明瞭。威爾遜船長那套避風戰略，根本不能考慮。」

「不能的，老爺。」

「船又有好幾個鐘頭要給悶著、颳著，」船長嘀咕。「艙面上現已沒剩多少東西能讓海浪帶走了——除非說是我或者你吧。」

「老爺，一塊兒吧，」朱克斯屏息低聲說道。

「朱克斯，你看見麻煩就興奮了，」麥回爾船長這樣責怪他。「一副不中用嘛是真的。你在聽嗎，朱克斯先生？就剩你一個人了，倘使——」

麥回爾船長自行打住，朱克斯卻只是四周看了看，仍一言不發。

「遇到什麼事都別慌張，」船長說下去，嘟嘟囔囔的說得很快。「船頭要對著風。別人怎麼說也罷，最厲害的浪頭是隨風而來的。對正了風——始終對正了風——這是過關的辦法。你在船上日子短。對著風來駛。這辦法誰也夠用的了。別慌張就是了。」

「曉得了，老爺。」朱克斯心跳了一陣。

船長隨後對輪機間說了幾秒鐘的話，並且聽到回答。

由於什麼緣故朱克斯感到有了信心，這種感覺好像自外頭吹進一陣暖風，使他覺得什麼使命他都擔當得起。有些微細的聲音從遠方黑暗中悄悄來到他的耳鼓。由於突然有了自信，他聽著而毫不動容，儼如一個人身披重鎧在站崗。

船在海水的黑丘間跋涉不停，為了生存，付出顛簸的代價。它在肚腹深處隆隆發聲，把一條白氣抖進黑夜裡，這時朱克斯的念頭像隻小鳥似的掠過輪機間，洛特先生——可靠的人——在那裡已準備停當。待那隆隆聲一停，朱克斯覺得似乎所有的聲音都停頓下來，在這死寂之中麥回爾船長的聲音響起，嚇了他一跳。

「這是什麼？一陣風？」——朱克斯沒聽過船長講話講得這麼響亮的——「在船頭呢。沒錯兒。船還是會度得過這關的。」

陣風低沉的聲音來得很快。在最前方的是一種欲醒還睡的怨嘆，遠處則聽到嘈雜的喧聲愈來愈大。那裡面有一股急促的震盪，好像有許多戰鼓齊敲著，造成急迫得駭人的調子，又像一大群人踐踏蹂躪時的歌聲。

朱克斯已看不清他長官的模樣了。黑暗已經不由分說，壓到船上來了。他充其量也只辨出船長的動作，隱約知道是雙肘張開，頭顱抬高，如此而已。

麥回爾船長這時正要扣他那件油布防水衣領上的扣子，他很少這麼急的。這一場颶風挾著翻江倒海沉船拔樹的力量，堅壁能摧，天空的飛禽也能撻下在地，遇上這麼個寡言的漢子，於是使盡氣力從他嘴裡擠出幾個字來。在陣風再發狂怒撲上輪船之前，麥回爾船長有感於懷，以聽來彷彿懊惱的語調說：「船丟了可不好啊。」

他可不用承受這一番尷尬。

第六章

在陽光明媚的一天，有微風追逐船煙到前方遠處時，南山號駛進福州。岸上馬上看見了，港內的海員說：「看啊！看那條輪船。那算什麼？暹羅旗——掛的是？看這船的樣子！」

船的外表的確而且像是曾被一艘巡洋艦用作活靶，用兩舷排砲轟過來，即便用小號砲彈炸了一番，也不會把它的上層弄出個更破更殘、更爲歷劫的模樣：船渾身帶著一般歷盡滄桑、從海角天涯來到的神色——這也確實並非虛妄，因爲在這段短短海程中它已去到很遠，真真正正連那「身後世界」的涯岸也望見了，船一旦到了那邊，便再也不能回航把水手還給這個塵世。整艘輪船給海水鹽封，變成灰灰的，直上到煙囪頂上和桅尖，好像是由「船上那班人從海底什麼地方撈起帶回來賣錢的」（這是一個愛說笑的水手講的話）。那水手見笑話說得好，得意之餘，又進一步出價五鎊來買——「照船的現況交易」。

船泊定後不到一小時，有個三寸釘模樣的瘦小個子，長一個紅頭鼻子和一張怒容長駐的臉，乘舢板登上外國租界的碼頭，回身向船把拳頭狠狠搖了一頓。有個高個子，兩腿瘦得與那圓滾滾的肚皮實不相配，一雙眼睛水淋淋的，蕩著走上來說道，「才下船，噯？真夠快。」

他穿一套骯髒的藍色法蘭絨西服，腳下是齷齪的木球鞋，一撮不乾不淨的灰鬍子從他唇上垂下來，帽子上下之間有兩處是透光的。

「喂！您在這兒有什麼貴幹呀？」南山號的前任二副慌忙握手應酬。

「等候補份差事——值得來碰碰運氣——聽到一丁點消息，」戴破帽的人隨著陣陣哮喘，淡然這樣說明。

二副再向南山號抖了一番拳頭。他氣得打顫，大聲說道，「那上頭有個傢伙，連管一條沒頂駁船也不配。」那另一個人卻只是無精打采地四圍望一望。

「真的？」

可是他看見碼頭上有一只沉沉的海員用箱子，鬆黃褐色，罩著捆邊的帆布袋子，用新麻繩綁著。他看著，心就動了。

「要不是船掛了他媽的暹羅旗，我就發話找麻煩的了。沒地方投訴嘛——不然我給他好看的。這個騙子！竟然跟他的大車——也是個騙子啦——說我嚇昏了。這麼一班蠢笨無知的傻蛋，在海上再也找不到。真找不到！你想也想不出……」

「工錢拿到手了吧？」他那位不甚體面的相識突然問道。

「拿到。就在船上給錢叫我走，」二副火爆地說。「他說：『上岸吃早點吧。』」

「狗蛋！」高漢含糊地說了句，伸出舌頭舔舔雙唇。

「他揍了我一頓，」二副氣呼呼的說。

「那還得了！打人啦！不會吧？」穿藍的人充滿同情的話多起來。「這兒講話太不方便。我想聽聽從頭到尾是怎麼回事。打人——嗄？我們找個人替您扛箱子。有個地方很安靜，有瓶裝的啤酒……」

朱克斯一直在用望遠鏡看岸上，他後來告訴大車說：「我們的前任二副這回交朋友快得很。那人極像個騙吃騙喝的閒漢。我看著他們兩個一道走出碼頭。」

修復輪船所不可免的敲敲搥搥，對麥回爾船長而言並不算騷擾。庶務在收拾得井井有條的海圖室中，發現他所寫的信裡有些段落有趣得教人不能捨去不看，以致有兩回他差些兒便被船長撞破了。可是麥回爾夫人在她那年租四十鎊的房子的客廳中，卻要忍住不讓一個呵欠打出來——許是出於自尊之心吧——因爲當時並無別人在場。

她斜躺在鋪瓷磚壁爐旁一張有長毛絨墊子的鍍金帆布椅子上，爐火熊熊，爐台上放幾把日本扇子。她雙手舉著信，在多張信紙上慵倦地跳著看。從開頭的「愛妻妝次」至結束的「愚夫白」，整封信寫得這麼平庸而且索然無味，這不能怪她。期望她了解這一切一切的船上事務，未免過分。有他的消息，她當然很高興；但究竟爲何高興呢？她倒也從沒有問過自己。

這些叫作颱風……大副好像對它沒有好感……書上找不到……絕不能任由它發展下去……

信紙沙沙的響得很。「……維持了二十餘分鐘的一場寂靜，」她讀得不甚用心；但在下一頁信紙頂上，她馬虎的眼睛看到的幾個字卻是：「再見到您和孩子們了。」她做了個不耐煩的動作。他老在想著回家。他現在賺的薪水比從前的都強啊。是怎麼回事？

她沒有想到要把信紙翻回頭來看。不然她就會看到寫著，在十二月二十五日清晨四點至六點之間，麥回爾船長真以爲他的船在那樣的風濤中再支持不了一小時之久的，他自己也不能再見到妻子和兒女。這一點誰也不會知道的了（因爲他的信札都是那麼快就給丟得不知去向）——除了那位庶務，任誰也不會知道。庶務給這番傾訴留下極深刻的印象，深刻到使他爲了要讓廚師稍微明白「我們大家逃出生天真是間不容髮的」，便嚴肅地向他說，「老頭子本人當時也以爲我們毫無機會的了。」

「你怎麼曉得的呢？」身爲老行尊的廚師輕蔑地問他。「他親口對你說了不成？」

「不過他對我隱約透露了這樣的意思，」庶務硬撐下去。

「滾你的！下回就說他是對我講的了，」老廚子回過頭來嘲笑著說。

麥回爾夫人警覺地瞥下去。

……做事有個公道……可憐東西……只有三人各折了一條腿，另一個……以爲不宜張揚……希望所做不違公道……

她讓雙手落下來。沒有，再沒有回家的話，一定是僅爲了表露一點誠心願望而已。麥回爾夫人放下心來，這時一座黑色大理石座鐘——本地鐘錶店標價三鎊十八先令六便士——悄悄的答一聲。

大門一下子打開，一位年在腿長衫短時期的女孩子竄進客廳來了。一大把相當幼細而無甚色彩可言的頭髮亂披在她雙肩上。她看見母親就站住，並且用淡色眼睛向信札窺去。

「爸爸寫來的，」麥回爾夫人說。「你的絲帶弄那兒去了？」

女孩兒舉手摸頭，噘起嘴。

「他很好啦，」麥回爾夫人慵懶地說下去：「至少我是這樣猜想啦。他向來不講的。」她笑了一下。女兒臉上露出一種游移的不甚在意之情。麥回爾夫人以鍾愛與自豪之心上下打量著她。

「拿帽子，」她稍後說。「我要出去買些東西。李南那邊在大減價。」

「啊，那可好！」那孩子說。她說得很有力，聲調響亮莊嚴，出人意表；說完就蹦跳出客廳去了。

這天下午天氣很好，天色灰白，人行道乾乾的。在布料店門外，麥回爾夫人向一個婦人展顏微笑，這婦人身披一領鬆大的黑色斗篷，外鑲黑玉爲護，帽上花朵盛開，與那張年長婦女陰沉易怒的臉孔實不相稱。兩人一下子同時互相招呼驚叫，喋喋不休得非常急促，好似唯恐大街會隨時裂開，那麼好的話未及說出來便都給吞噬了。

她們背後的玻璃大門開闔不停。人家被擋著走不過，男的只好耐心站在一旁等候，女兒莉荻亞只顧用陽傘刺弄鋪石的縫隙。麥回爾夫人話說得很快。

「多謝您了。他還沒打算回家來呢。他不能住在家裡我當然很難過，但是知道他身體這麼好，也就實在快慰了。」麥回爾夫人吸進一口氣。「那邊的氣候對他的身體好。」她喜孜孜地加上這句，說得好像麥回爾那可憐人是爲了健康的緣故到中國旅行去了。

大車也還沒有打算回家。洛特先生對好差事的價值知之太詳了。

「所羅門說，怪事天天有，」洛特夫人高興地對坐在火爐旁安樂椅中的老太太喊道。洛特先生的母親微微動了一下，枯乾的雙手戴著半截手套，放在膝上。

大車妻子的雙目乾脆就在信紙上跳舞。「他那條船的船長——是個滿老實的漢子，媽記得吧？——所羅門說他做了件挺聰明的事兒。」

「我好像還記得，家嫂，」老太太說得很柔順。她坐時垂下銀髮的頭，神色透露出內裡的寧靜，那是人到了年紀很大很大時的特色，他們好像都已忘情於觀看生命之火最後的一番閃爍。

所羅門．洛特，也叫「老所」、「所老爹」、「機長」，麥回爾還加一句「靠得住」——這位以父執身分容忍青年人少不更事的洛特先生，原是她許多孩兒中的老么，如今其他的都不在了。她最記得他十歲時的樣子，那還是遠在他離家到北方某大工廠去當學徒的時候。此後她見到他的時間是那麼少，她又活了那麼久，現在要在時光的迷霧中重認他的容貌，她便須回溯很遠。有時她覺得媳婦好像在講一個什麼樣的陌生人似的。

洛特夫人失望了。「哼。哼。」她翻過一頁。「真氣人！他不講是怎麼一件事，卻說我不會明白其中種種深意的了。想想看！會是怎麼一回事呢，聰明成這個樣子？不肯講，真可惡！」

她不再評論了，只是冷靜地讀下去，最後便坐看爐火。大車在信中只講了一兩句關於颱風的話；可是他有了些什麼感觸，因此又說了些話，表示現在比從前更盼望與這位朗爽快活的婦人相伴相守。

要不是母親也須有人照顧，我今天就把路費給你寄上了。你在這兒安個小家也成。那麼我就時不時都能見到你了。我們不是愈過愈年輕的……

「媽，他很好。」洛特夫人嘆口氣，提起精神說。

「他小時候一直都很健壯的。」老太太說得很平靜。

可是朱克斯先生講述事情經過，確是既生動又詳盡。他那位任職西洋航運界的朋友很大方的把內容都告訴了輪船上的其他職員。「有個相識給我寫信，講了他船上發生的一件奇事，事情發生在那回颱風之中——即是兩月前報紙刊載的那回啦。真是有趣不過！你們自己去看他講些什麼吧。我把信給你們好了。」

信中有些話是有心要讓人覺得寫信的人有著輕鬆愉快而又不屈不撓的決心。朱克斯寫得有誠意，因爲寫信時他的感覺確是如此。他描繪夾艙的情況很是聳人聽聞。

……我一下子明白過來，那些倒楣的支那佬辨不出我們是不是一幫不要命的強人。要是支那人有氣有力，拿他的錢就不好啦。在那樣的天氣裡還去偷取錢物的話，我們也眞可算是不要命了，可是那些叫化子對我們能有多少了解呢？我於是想也不再想了，立刻把水手們弄走。我們的事辦完了——老頭子一心要辦的那件事。我們撤走了，也不問他們是否高興。我確實相信，他們要不是給風浪拋得這麼淒慘，要不是都不敢出頭——一個也不敢——我們早就給分了屍。唉！說眞話，差不一點點啦；你們在大西洋那邊來來回回一輩子，也不會碰上這樣的差事。

他隨後就輪船損壞的情形說了些本行話，繼而這樣寫下去……

風靜後，情況才眞難對付呢。我們最近又改懸了暹羅旗，於是更加無補；船長卻以爲無妨——「只要有咱們在船上」——是他講的。有些世故人情這人硬是不懂的，跟他講也講不來。眞是對牛彈琴啦。除此之外，船在中國海域行走也眞是孤苦伶仃，要是又沒有領事保護，連一條自家的砲艇也找不著，遇事都無處投奔。

我的主意是將這批人再關在艙下十五個鐘頭左右；因爲我們這樣就差不多到福州了。我們很可能在那邊遇到艘什麼軍艦，一有它的大砲保護就相當安全；因爲軍艦的艦長——英國、法國、荷蘭人都一樣——只要看見船上有糾紛，一定會替白人出頭的。將來要擺脫這批人和他們的銀子，只須把他們送到他們的道台或者大臣那兒，那些戴護眼乘轎子在臭氣薰天街道上來往不知怎麼叫的傢伙。

老頭子不知爲何緣故就是不答應。他不要事情傳開了。他心裡一有了主意，你便使蒸氣絞車也休想拽得出來。他要盡力使大事化小，爲了船的名譽好，也爲了船東好——他定住眼睛死死地看著我說，「爲所有有關係的人好」。我氣得七竅生煙。像這樣的一樁事體怎能不傳開呢？不過那些箱子已經收得好好的，世間什麼大風都不怕了，而這整件事情從頭到尾糟得眞是給你講也講不清的。

這時嘛，我累得站也站不住了。誰也沒有歇一歇，已將近三十個鐘頭了，老頭子卻坐在那兒只顧抹下巴、抹腦門，煩惱得連長筒靴子也沒想到要脫下來。我說了，「老爺，請您先別放他們上艙面來，等我們略有準備再說。」別誤會了，不是我很樂觀，以爲這班叫化子即使想鬧事，我們也制伏得了。跟一船支那人鬧糾紛可不是玩遊戲啊。而且我也累死了。我說，「盼望您允許我們，把這些銀元一古腦兒扔到他們下面，由他們爭去，我們就休息一下。」

「朱克斯，你在胡說了。」他說著就慢吞吞抬頭，那個老樣子，叫你渾身難過，說不出來。「我們得想個辦法，讓各方面都不吃虧。」

你想也想得到，我手頭的事務忙不完的，於是我打發了手下，自己就回去歇歇。床上睡不到十分鐘，一衝就衝進那庶務來抓我腿。

「出去吧！朱克斯先生，看天份上！先生快出艙面。唉，出去啦！」

那傢伙把我給嚇傻了。我也不曉得是什麼：是颶風重來，還是什麼。又聽不見風聲。

「船長要放他們出來。唉，他要放他們出來！先生您救救命，跑上艙面去吧。大車剛才跑下去拿手槍。」

那笨蛋講的話，我聽懂了這麼多。可是今天洛特老爹指天發誓說，他那時下艙去只不過是要拿一條乾淨手帕。怎麼說也罷，我一把抽好褲子，飛奔到船尾甲板上。船橋前方的確嘈雜得很。領班帶著四個水手在船尾幹活。在中國沿岸航行的船隻都在艙裡放著長槍，我就把幾支交給他們，領他們上了船橋。途中遇見老所，他慌慌張張，吸著一根沒有點火的雪茄。

「一起走，」我喊他。

我們總共七個人，往上衝到海圖室。什麼都完了。室內站著老頭子，大海靴還扯到屁股那麼高，穿著襯衫——我猜是想辦法想熱了吧。賓顯洋行那個油頭粉臉的職員站在他肘旁，髒得像打掃煙囪的，臉還在發青。我一眼就看出我這回有好受的了。

「朱克斯先生，你這樣算是搗什麼鬼？」老頭子問了，氣得不得了。我對你招了吧，我給問得啞口無言。他就說，「朱克斯先生，行行好吧，把這些人的長槍收了。再不收，馬上就有血流的了。媽的，這條船不比瘋人院更瘋才怪！打起精神來。我要你留在這上頭，幫忙我和賓顯的中國佬數那些錢。洛特先生您既已來到，也幫一下。我們人愈多愈好。」

剛才我睡的那陣子，他已在心裡打定了主意。假使我們的船是英籍，或者雖非英籍，只要是把這艙苦力送到各英國埠頭，比方說香港那樣的吧，我們就要遇到講不完那麼多的盤問查究、賠償損失、諸多麻煩。不過這些支那人比較我們更了解他們本國的官吏啦。

艙口早已打開，他們在艙下過了一天一夜，這時都走出甲板來了。一時看見這麼多憔悴的野蠻臉孔，讓你覺得怪怪的。這班叫化子呆呆的看看天，看看海，看看船，彷彿原以爲早就整艘都吹散了。也難怪啦，他們的一番經歷，若換上白人，早就靈魂出竅了。不過嘛，人家都說中國佬是沒有靈魂的。可他身上有股韌勁兒呢。那些受傷最重的中間，有一個的眼睛差些兒沒有打掉。那眼珠兒露在腦袋外頭，有半個雞蛋那麼大。受了這麼重的傷，白人就須臥床一個月；偏偏這個傢伙還在人群中擠來擠去，跟人家講東講西，好像什麼事也沒有。他們自己鬧得很吵，可是只要老頭子的禿頭在船橋前方一露出來，大家馬上鴉雀無聲，抬頭看他。

看情形，他一定是有了主意之後，就支使賓顯那個職員下艙去，向他們說明取回銀子的唯一方法。他往後跟我說，那些苦力既然都在一處地方幹活幹了一般久，依他看，若把我們撿來的銀元平分給他們，就是盡了力還他們一個公道了。他說，銀元是誰的也分辨不出來，倘使你每人問問帶了多少錢上船，恐怕他們會不老實，到頭來他會很不夠錢來派。我說他這樣想也對。至於說把這些錢交給他在福州找得著什麼官，他覺得不如自己把錢吞了，苦力們反正得不著好處。他們大概也這樣想。

天尚未黑，錢已分完了。那眞好看哩：海裡大浪洶湧，輪船殘破不堪，這些中國佬跌跌撞撞走上船橋逐一領錢，老頭子還是襯衫長靴，在海圖室門口忙著付錢，汗出如漿，不時又爲了這件那件事不能盡如他心意而數落我、數落洛特老爹。那些受傷不能來的，他親自給他們送到二號艙口。剩下三塊銀元沒派完，就給了受損最重的三位苦力，一人一塊。事後我們立刻動手，送到甲板上，一堆堆潮溼爛衫破布，原形已失以及無以名之的各種零碎物件，任由他們自行解決所有權問題。

這樣的確是已盡所能不讓事情張揚開去，以維護一切有關係人士的利益了。你們這些在郵輪上養尊處優、穿著漂亮時髦的人物，又有何高見呢？大車老頭認爲明白得很，只有這樣做才好。船長前幾天對我說，「有些東西是查書也查不到的。」我覺得以他這麼笨的人而言，問題眞是解決得非常好了。

愛媚・霍士特

甄沛之譯

甘尼地在農村行醫，住在東灣灘岸一個名叫蔬溪的小鎮。鎮內房舍的紅色屋脊後面，一塊高地陡起，將樣貌古怪的高街向著那條護衛它的防波堤擠去。堤後有一片荒漠的石灘，曲折連綿，長數十哩。賓薛村在水的他方，只見樹木一叢，中有尖塔一座，青冥顯著。再遠一些有一個燈塔，從遠望去，只有鉛筆一般大小，塔身直立的圓柱，爲陸地盡頭做了個標記。賓薛村後面的土地雖然又低又平，但那裡的海灣卻是頗好的避風去處，有時，大船遇逆風或惡劣天氣，也駛來碇泊，就在賓薛村船艦旅店後門正北一哩半地方。離旅店不遠，有一座破舊風車，站立在一個垃圾堆高矮的土墩上，將殘缺不全的手臂高高舉起來，搖搖欲墜；一座馬爹來塔，蹲在海岸防衛隊房舍之南半哩的水邊上。小船船長對風車和塔都不會陌生，因爲兩者都是海標，官方用來劃出這片海底安全可靠的地方。在海軍部的圖表上，這塊地方是以一群形成一個不規則橢圓形的圓點表示出來的，圓點圍著幾個「6」字，中間刻有一個細小的錨，圓點之上又有「泥與貝殼」的圖案。

蔬溪教堂方塔的背後，矗立著高地的坡頭。山坡青翠，有白路迴繞。沿路登山，俯瞰其下，一個空豁淺曠青翠的山谷，盡收眼底。草原列樹，向內聚合，形成一列一列青紫流動的線條，將後面的景物掩閉起來。

我的朋友甘尼地行醫，便是在這個山谷一帶，下至賓薛村、蔬溪鎮，上至十四哩外一個叫作丹津的市鎮。老甘起先在海軍部當軍醫，後來陪伴一位名人，到各地遊察。在那個時候，好些大洲的內陸仍未曾有人探勘過。他發表了一些有關動植物區系的論文，名字因而在科學界響起來。現在他來到鄉下懸壺濟世，完全是出於自己的選擇。照我看，他洞察事物的能力，就像一些有侵蝕性的液體一樣，摧毀了他求名利的心志。他有科學家那種睿智，以及尋根問柢的習慣。他永遠是這樣的好奇，好像相信每一件奇事都存有一份普遍道理似的。

記得很多年前，我從國外回來，老甘邀我和他同住。我當時亦樂於應承。由於他斷不能為了陪伴友人而不看病，所以他出外應診時，也帶我同去。有時一個下午，我們要跑三十哩上下的道路。我總是在病人家外邊大路上等他；拖車馬兒伸長脖子，吃那些嫩葉枝條，我則高高的坐在馬車上，有時老甘的笑聲會從農舍半掩的門內傳出來。他開懷洪亮的笑聲，似乎應該屬於一個個子比他大兩倍的人。他的身手矯捷，古銅色的面上長一雙深沉敏銳的灰眼睛，他有本領能夠令每一個人和他傾談，都是無拘無束的。他又可以很有耐性的聆聽他們講故事，從來不會感到厭煩。

有一天，我們駕著馬車，從一條大村子駛出來，走到一段有林蔭的道路上。左面有一間既低又黑的農舍，窗門鑲了菱形玻璃，後牆爬滿藤蔓，屋頂鋪木瓦，門廊甚是細小，廊上的格子細工東歪西倒的，種滿了玫瑰。老甘把馬車駛到一條步徑之前。有個婦人，在炎炎的日光下，正把一張滴著水的毛氈晾掛在一條繫於兩棵老蘋果樹間的繩子上。那匹截尾長頸的栗色馬突然要自由馳行，把頭一側，把老甘戴著厚狗皮手套的左手猛拉了一下。老甘提高嗓子，隔著籬笆叫道：「愛媚，你的孩子好嗎？」

我有時間向那婦人瞥了一眼。她呆滯的臉孔是紅紅的，不是害羞的紅，而是她平板的腮幫子像是給人摑紅腫了似的。她身材矮胖，稀疏的灰棕髮，緊緊的在腦後束了一個髻兒。從樣貌看來，她年紀頗輕。她說話時，喉頭像有一些東西梗塞著似的。她用一種低怯的嗓音回答老甘。

「他很好，你有心了。」

我們又讓那馬慢跑起來。我對老甘說：「她是不是你的病人？很年輕啊！」老甘心不在焉的用鞭子輕輕的打著那匹栗色馬，低聲說道：「我以前常給她丈夫看病。」

「她看來怪遲鈍的，」我淡淡的說。

老甘說：「正是。她是被動得很。你只要看看她那雙紅手，掛在那雙短臂膊上，那副呆滯的眼神，那雙突出的棕色眼睛，就可以知道她是多麼鈍。蠢鈍得再也不會給想像出來的東西驚嚇了。話雖如此，誰又不受驚呢？她這樣子也有足夠的想像力墮入愛河。她父親叫以撒‧霍士特，原本是個小農，後來漸漸淪落去牧羊。以撒‧霍士特的父親喪妻後，雇用了一個女傭燒飯，以撒‧霍士特後來卻和這個女人私奔。從那時開始，他就屢逢不幸。他父親是務畜牧業的，家道殷實，後來中了風癱瘓了。他因爲兒子和傭人私奔一事大動肝火，將兒子從遺囑中除名，還口口聲聲要取那個畜生的命。這一件醜事，做希臘悲劇的題材也夠了，起因主要是由於這對父子性格相近。一些不這麼醜惡、較細緻感人的悲劇所以產生，一方面因爲我們彼此迥然相異，不可調和；一方面也因爲我們對冥冥的神祕力量感到恐懼……」

那匹栗色馬跑累了，放慢腳步而行。路旁不遠有個已開墾的斜坡，坡面很平滑，在無雲天空中分外紅的太陽邊緣熟睡的觸摸著坡面，就像我見它無數次撫摸遠洋的水平線一樣。田裡犁鬆了的泥土，在日光下呈現一片均勻的黃褐色，淡淡的透過紅光，彷彿那些粉末狀的泥土正流出數不清的農夫辛苦工作時所滴下的晶瑩汗珠。在我們的頭頂，有一輛木頭車，由兩匹馬拖著，正從矮樹叢沿著山脊慢慢的移動，在紅太陽的前面隱隱若現，分外顯得巨大威武，好像一輛巨人的戰車，由兩匹踏著慢步伐的碩大無朋的戰馬拉著。木頭車前面有一個人，領著開路馬，蹣跚而行，他笨拙的身軀，投影在無涯的天空裡，顯得粗獷而有丈夫氣。他把馬鞭一揚，鞭尾在藍天中顫抖。老甘又開腔了。

「她兄弟姊妹很多，她居長。她十五歲的時候，父母將她送到新倉農場做傭工。這個農場是史密斯開的，我到農場給史太太看病時，第一次見到她。史太太頗爲斯文，鼻子尖尖的，要她每天下午都穿一襲黑色的衣裳。我也不明白她有什麼東西引我注意。有些人的面貌平凡得可以，但卻每每因其輪廓模糊而惹人注意，就像我們在霧中行走時，會凝視一些形狀曖昧的物體一樣。這些物體說不定只是些路標罷了，沒有什麼奇特的地方，我發覺愛媚・霍士特只有一個特點，她說話的時候，總是稍微溫吞；起初時結結巴巴的，但開了口後這毛病就漸漸消失。別人喝罵她，她會立時驚惶失措；但心地非常好。沒有人聽過她說什麼人討厭；她對什麼生物都非常溫和。她一心一意的服侍史太太、史先生、他們的貓、狗、金絲雀。至於史太太養的那一隻灰鸚鵡，因爲很有特色，更是深深的吸引她。但當這隻怪鳥被貓突襲而發出尖銳的求救聲時，她卻掩著耳朵跑到院子裡去，任由罪案發生。對史太太來說，這樁事件又一次證明她蠢鈍。但在另一方面，因爲史密斯這個人是出了名的輕薄，她之沒有魅力，便是一大德。她那一雙近視眼，會爲了一隻不幸墮入圈套的老鼠而灑下同情之淚；又有些男孩子看見她雙膝跪在溼草上，幫一隻癩蝦蟆脫險。有個德國佬說，『沒有磷就沒有思想』；假如這話對，那麼，『沒有相當的想像力就沒有愛心』這話便更對了。我想她多多少少有一些想像力。她如果沒有想像力，又怎能了解別種生物的痛苦，憐恤牠們呢？從她墮入愛河這一件事，我們更不懷疑她有相當的想像力，因爲至低限度，你要有一些想像力，才能有『美』這個觀念；我們要在一些陌生形體找出我們的理想形象，就更需要有想像力。

「她怎麼會有這樣的能力?這能力的泉源從何而來?這些問題都是不可知曉的謎。她土生土長，從來沒有離開過自己的鄉下，最遠也只是過蔬溪、丹津鎮走走而已。她在史家那裡住了四年。新倉農場和其他房舍相隔甚遠，離開大路也有一哩之遙，她天天面對同樣的田畝、窪地、高地、樹木、樹籬，永遠是田莊四個男人的面孔，便已經感到滿足。她的生活，日日一樣，年年一樣，從來沒有轉變。她從沒有讓人覺得她也想跟人談話，而且，據我看，她連笑一下也不懂。有時星期天下午天氣晴朗，她會穿上自己最漂亮的衣裳，著一雙又硬又厚的皮靴，戴一頂有黑羽毛裝飾的大灰帽（我曾經見過她這樣盛裝打扮），手持一把細長得令人忍不住笑的陽傘，爬越梯磴，走過三片田地，大概再走二百碼的道路——從來不會再走遠一些。她家的農舍就在這裡。她會幫助母親弄下午茶給弟妹吃，洗刷廚房的陶器瓦器，親吻弟妹一番，然後返回新倉農場去。她的生活便是如此。她要休息，要換點花樣，要調劑一下生活，也僅僅如是而已。她似乎對生活從來未曾有過更高的要求。可是她卻戀愛起來。她默默的、固執的——或者不由自主的墮入愛河。她的愛情來得很慢，但來到時卻有一股好大的魔力。古人所了解的『愛』就是這樣的：一種衝動，一種不可抗拒、能夠將生命扭轉的衝動，令人像著了魔似的。真的，上天注定她要被一張臉孔纏住迷住。她像個異教徒，在歡騰的天空下參拜美好的形體。上天也注定她最後會從神祕的忘我境界、魔力和恍惚的心神中醒過來。一種恐懼、一種像野獸所有的無可名狀的戰慄，使她終於甦醒過來。」

夕陽西下，低低的掛在天邊。高地的外沿，將廣闊的草原圍著；在斜陽的掩映下，草原添上一份絢爛而暗沉的顏色。一股刺人心弦、像聽悲音而引起的哀愁，從原野的沉寂中脫身而出。我們在路上遇見的人，都是沒有笑容無精打采的，低著頭，慢慢的從我們旁邊行過，彷彿負荷過重的大地，將哀愁的鐐銬加在他們的腳上，令他們垂著膊，低著頭，眼望下的移行。

「是啊！」老甘聽了我的話說：「這塊大地想是著了邪，因爲在芸芸眾生當中，這些鄉人是最靠近它的，卻每一個都是形骸鄙陋，走起路來也是垂頭喪氣，心中像有萬般哀愁似的。但就在這條路上，在這一群粗手笨腳的鄉民當中，你或者曾經見過一個身材修長手腳敏捷的青年人，他走路時神采飛揚，朝氣勃勃，身子筆直像株青松。或者這只是對比的結果吧，但每當我見到他和這群鄉民一道走時，總覺得他是足不沾地似的。他遇到柵欄便一按躍過了，上下斜坡也總是大步邁進，彈蹦蹦的步伐老遠便看得見。他有一雙又黑又亮的眼睛，棕欖色的皮膚，目光溫柔而容易驚訝，舉止無拘無束，風度翩翩，的確與眾不同，令我想到山林的動物。他是從那處來的。」

順著鞭子所指的方向，下面遙遙一片大海，從斜坡高處超過路旁公園樹浪望去，水面平闊，好像一所宏大無比的建築物鑲上暗色漣漪條紋的地板，拖著一條一條靜止不動的閃光，在天邊底下水平如鏡的地帶收結。薄薄的煙霧，從一艘看不見的汽輪噴出來，在明朗的天水交界處消散，就好像人呼出一口氣，水氣在鏡面慢慢消失一樣。離海岸不遠，一條商船的白色風帆，好像慢慢從樹枝中擺脫出來，從樹上簇生的葉子間浮開去。

「他的船在這個海灘擱淺了？」我問老甘。

「是的，他從中歐移民去美國，不幸中途遇風，給浪打上岸來。他對外面的世界一無所知，連英格蘭這個國家也從來沒有聽過。他要在這裡住上好一段時日，才曉得有『英格蘭』這名字。當他在黑夜中爬過防波堤，滾到堤壩另一方時，一定以為會在那處遇上一些生番猛獸。他在壩中沒有淹死也可以說是一個奇蹟。像困獸一樣，他順乎本能盲目掙扎，終於給他爬上田野。他內裡一定比外表更加扎實，要不然怎能禁得起那麼些風浪，忘命掙扎，以及那種種激烈恐懼，還沒有送了命？後來他用蹩腳的、怪像小孩子牙牙學語所說的英語告訴我，在那個時刻他將自己完全託付予上帝，相信自己已經離開人世。真的，他再說，他又怎樣能夠知道自己身在何方呢？在狂風暴雨中，他奮力匍匐前進，最後爬到一群擠在籬笆後面的羊群中。牠們嚇得立即四散奔逃，在黑夜中咩咩亂叫，而他在岸上第一次聽到他熟悉的聲音，十分高興。那時候大概是凌晨二時左右。就我們所知，如此這般，他便來到我們這裡了。當然，和他同船的也有不少人，但他們漂上岸時已是日間稍後的時間，那情景甚為可怖……」

甘大夫收緊韁繩，用舌頭發出「滴答」的聲音，我們的馬快步跑下山坡，拐過一個很彎的轉角，轉入高街，急促的馬蹄踏在石路上，發出「卡搭」「卡搭」的響聲，不多時便到家了。

在傍晚時分，老甘舒了先前積在胸中的悶氣，繼續說那個故事。他咬著煙斗，在狹長的房中踱來踱去。他書檯上的燈將光線都集中照射著檯上的紙張；我靠窗坐著，從敞開的窗子往外望，只見一片煙霧瀰漫的大海，經過一個無風的大熱天後，在迷濛的月色下靜靜地躺著，發出寒冷的光輝。窗外下面的地上靜悄悄的，語聲、水聲、沙石聲、腳步聲、微風聲，一樣也沒有。除了攀緣生長的素馨花的香氣，一點生命的跡象也沒有。老甘的聲音從我後面傳來，穿過闊大的窗子傳到外面，在寒冷而美不可言的寂靜中慢慢消失。

「……古時沉船的故事，總要敘述很多苦難。遇難漂流的人往往餓死在荒涼的海岸上；再不然就是遭橫死，或者做了奴隸，在異鄉過著朝不保夕的日子，由於音容相異，人家都懷疑、厭惡、懼怕他們。這類事情我們在書中讀到，確是很淒涼的事。試想想如果有朝一日，我們發覺自己身處地球某個偏僻的角落，迷落在異鄉中，無人幫助、無人了解，別人都把自己當作出身神祕的陌生人看待時，我們會怎樣難受。可是普天下沉船遇險的人，似乎都沒有像我方才講述的那個人那樣悲慘的遭遇。這個思想最單純的冒險犯難的人，便是在這個小灣遇到船難的，你從窗子這兒便幾乎可以望得見。

「他不知道那船叫什麼名字。說真的，後來我們發覺他甚至不知道船可以有名字的——『就像信教的人一樣』。有一天他站在托佛山頂，俯視下面一望無際的大海，馳目遠望，怔怔的出了神，彷彿他從來沒有見過這些景象似的。或者他真的沒有見過。依我了解，他在易北河①河口和很多人一同擠上了一條專載移民的船隻，他那時又慌又倦又憂心，自然沒有心情去留意和關心周圍的事物。他們被人趕下中艙，艙口跟著便給人用扣板釘密了。他說那間房是木做的，頭頂上面有一條條橫梁，就跟鄉村的房舍一模一樣，但你要爬下一張梯子才能落到下面。房間很大，又冷又溼又暗，『床』是木箱做的，人們在上面一個疊著一個的睡覺，在船行期間，那房間東搖西晃，沒有一刻安穩。他也爬進其中一個箱子，和著多天前離家的衣服躺著，將包袱和棍子放在身邊。搭客的呻吟聲、小孩子的哭啼聲，不絕於耳，水滴淅瀝不絕，燈火時滅，四面的牆發出輾軋的聲音。船一晃動，所有東西便跟著晃動，所以搭客一入了箱子躺下，便不敢抬起頭來。他和唯一的同伴也失去了聯絡；據他說，那同伴很年輕，也來自同一個山谷。狂風不停在外面颳吼，隆隆的吹打聲不時傳來，他病得差些兒忘記要做禱告。那時候真可說是晝夜不分，在那裡，整日都像是漫漫長夜。

「在登船之前，他在一條鐵的路上走過一段很長很長的路途。他往窗外望去，玻璃明淨異常，樹木、房舍、原野、長長的道路都彷彿在他周圍團團飛舞，令他頭也暈了。他又告訴我在路途中見到無數的人，整國整國的人，穿著富人的衣裳。有一次他受命下車，晚上在一間磚屋的長板凳上以包袱做枕頭睡了一夜。又有一次，他被迫在石板地上坐了不知

①歐洲中部的河，源出波捷邊境，流經捷克西北，中下游斜貫波德平原，在西德北面注入北海。

幾個鐘頭，豎起膝頭打瞌睡，包袱放在兩腳之間。他頭頂上面的屋頂像是用玻璃造的，十分之高，最高大的松樹大概也可以在這裡生長。有蒸氣的機器從一端滾進，又從另一端滾出。擁擠的人群，比節日間在迦米列修道院天台向那有神蹟的聖像朝拜的人還要多。修道院就在他家鄉下面的平原上，在離開家鄉前，因爲他虔誠的老母親要去禱告保佑兒子一路平安，他曾用木頭車將她載到那裡。雖然他講不清那地方究竟有多大多高，如何的嘈雜陰暗，有多少煙霧和鏗鏘的擊鐵點，但有人告訴他說，這地方叫作柏林。就在那時候他聽到搖鈴聲，跟著另一部蒸氣機器來到，他又再一次繼續他的行程。機器經過一片半個高山也沒有的平原，坦蕩蕩的，看得他眼睛也倦了。又有一個晚上，他被關進一座像個上好馬槽、地板鋪些稻草的建築物，在那裡人很擁擠，他守著自己的包袱。他說的話他們一句也聽不懂。第二天早上，他們被帶到一條極其寬闊的濁河的石岸上，河水不是流在山間，而是流在龐大無倫的高樓廣廈中間。一部蒸氣機器走在水上，他們摩肩接踵的站在上面。現在和以前唯一不同之處，是人群中多了許多婦女和小孩，吵鬧得很。冷雨灑下來，寒風撲打在他的面上。他和來自同一個山谷的那位少年手拉手的站著。

「他們以爲這部蒸氣機器很快就把他們載到美國了，怎知它突然撞向水中一件像大屋似的物體，這件物體的牆壁黑而平滑，幾株十分高大的十字架形的禿樹從中間升起，就好像是從屋頂長起來似的。因爲他以前沒有見過船，所以船在他眼中便是這個樣子。那便是載著他們遊過重洋去花旗國的船了。那時，叫喊之聲不絕於耳，所有東西都東搖西晃。他看見一張梯子在水中升升沉沉，便又爬又抓，沿著梯子爬上去，心裡非常害怕要掉下水裡。那時水的濺打聲的確很嚇人。他和鄉里從那時起便分開了。當他下到船艙下面時，突然覺得整個人發軟。」

他對我說，也就是從那個時刻開始，他和另外一個人失去了聯絡。這個人和另外兩個男人在前一年的夏天走遍他家鄉山麓的小鎮。每逢趕集的日子，他們會駕著一輛農夫用的木頭車來到市集上方，在一間旅店或猶太同鄉的屋子裡開設一個辦事處。他們一共三人，其中一個長著長鬍子，一副可敬的模樣。他們的衣領是紅布做的，衣袖也鑲金邊，好像政府官員的制服。他們坐在一張長桌子後面，神氣十足。在另外一間房裡，他們不讓大家知道，悄悄地放了一座刁鑽古怪的電報機，藉以和美國皇帝通話。鄉親父老們在辦事處門前徘徊不去，但小伙子擁進去圍著桌子問東問西，因爲他們聽聞在美國整年都有工開，三塊錢一天，而且不用當兵。

但美國皇帝也不是阿貓阿狗都要的。當然不會啦！他便是經過種種困難才入選的。爲了給他打電報，那個穿著制服樣貌莊嚴可敬的長者一而再再而三的走出房間，那個美國皇帝終於見他年輕力壯雇用了他，日薪三塊錢。但是不少年輕力壯的小伙子因爲害怕長途跋涉，最後要打退堂鼓；而且，單憑年輕力壯也還不成，還得有些錢。有些人將茅屋和土地賣了，才能籌得一筆旅費。但你只要一踏足在那裡，便可以每日賺取三塊錢；要是你伶俐的話，更可以找到一些金山，黃橙橙的金子在那裡俯拾即是。他的家食指浩繁，兩個兄弟已經成了家，有了兒女。他許下諾言每兩年從美國寄錢回家。他父親將一頭老母牛、兩隻親手養大的雜色山地矮馬，和在松山斜坡上一塊向陽的良好牧地，賣給一個開旅店的猶太人，爲兒子湊足船費，一心盼望兒子到美國後可以很快的發一筆財。

「他這個人一定很富冒險的精神。試想想，在征服世界的種種豐功偉業中，有多少件在開始時，不是只爲了迢迢千里以外的海市蜃樓或真金子，便將父親的牛送出去的呢！在這兩三年，我一有機會便和他閒扯，斷斷續續的從他口中獲悉他的經歷，我告訴你的便是這些內容。他訴說自己驚險的經歷時，兩排白色的牙齒閃閃生光，一雙靈活的黑眼睛炯炯有神。起初他說話就好像小孩子焦急時一樣，後來英語慢慢上了口，說得非常流利，但語調總是十分柔和、抑揚有致、蕩漾，最平凡的英文語詞一上他口，便注入了一種奇妙動人的力量，變得好像神仙言語。他每次講到踏足船上甲板時內心那種難受的感覺，總會停下來，用力搖頭，不肯再說下去。踏上甲板以後的一段時間他似乎神智不清了，至少他對以後發生的事很是模糊。他一定是暈船暈得很苦，內心苦惱極了。當這個溫和而熱心的闖天下的人躺在船上的移民臥鋪時，內心一定因極度寂寞而難過，因爲他本性非常靈敏善感。以後，我們知道他曾經藏身在夏蒙的豬欄，那豬欄和海岸的直線距離是六哩，就在往諾頓那條路的旁邊。他不大願意談及這些經歷：它們似乎在他心坎燙下了令他黯然神傷、詫異和憤怒的烙印。他來後，這一帶許多人你傳我說，說有一天夜裡西蔬溪的漁夫都給鬧醒了，有人在大力敲打他們茅舍的板牆，一把尖聲喊叫出一些聽不懂的話。有幾個大膽的走出門外看個究竟，但他在黑暗中聽到他們此起彼落的咒罵叱喝聲，嚇得拔腿便逃。他一定是憑著一陣子的狂亂，一口氣跑上了諾頓山。第二天清早，賓薛村那個運輸工人看見一個人躺在路旁的草地上（照我看，應該說是暈倒在草地上），這個人一定是他。那個工人曾下車走近想看個真切，後來見那流浪漢一動也不動的在驟雨下竟睡得這麼安穩，覺得有些不對勁，嚇得裹足不前。在那天稍後的時間，諾頓一些學童慌慌張張的衝回學校，驚動了那位女校長，她於是急忙走出來，怒氣沖沖地斥責路旁一個『面目可憎』的漢子。他低著頭側身退開幾步，突然發足狂奔，轉眼間不知其蹤。貝利牧場那位送牛奶的車夫亦公開的告訴別人說，他曾經用馬鞭抽打一個樣子像吉普賽人的毛烘烘小子：他在文斯家門前經過時，那個小子突然從路的彎角處撲上來，伸手要抓住馬轡。說時遲那時快，他一鞭打去，正好抽在他的面上；據他說，那一鞭將他立時打下去，翻倒在泥濘中，跌下去時比跳上來還要快許多。可是車夫卻要跑了整整半哩才能夠將馬兒拉停下來。或者這個可憐蟲亟需別人的幫助，所以便迫不及待的要將馬車拉停下來。後來還有三個頑童都自言曾經向一個樣子滑稽的流浪漢擲石子，這個浪人渾身泥濘，溼淋淋的，似乎酩酊大醉，在石灰窯旁邊一條狹路上踉蹌而行。這些故事，數個月來成為三條村人酒餘飯後的笑談。但芬太太（史密斯的運貨馬車夫的妻子）的見證更是不容置疑，她說看見他爬過夏蒙牧場豬欄的矮牆，踉踉蹌蹌地直向她走來，胡言亂語，大叫大嚷，光那聲音便把人嚇死了。她那時正用搖籃車推著她的小寶寶，她喝令他快走開，他卻硬要走近來，她於是鼓足勇氣，用傘狠命的朝他頭上打下去，然後頭也不敢回，推著搖籃車一口氣向著村莊跑，一直跑到村口的房舍才停下來，上氣不接下氣的把事情告訴正在搥石的老頭子路易士。老路一邊聽著，一邊除下他那副巨型黑鐵絲護目鏡，搖搖擺擺地站起來，向她手指的方向望去。他們的眼睛一同追著在田野奔跑的人，看見他跌下去，又爬上來，然後向著新倉農場那邊跑過去，身子搖搖欲墜，一雙長手臂向天揮動著。可以說，他從那時開始便墜入慘暗命運的圈套裡。他以後的遭遇，我們都清清楚楚。以下數點，我們現在知道得很確實：史密斯太太嚇得失了魂；當她神不守舍時，霍愛媚卻傻頭傻腦的堅信這個人『沒有惡意』；史密斯從丹津市集回來時，發覺家中飼養的狗隻在狂吠，後門也鎖上了，老婆的情緒激動，舉止失常，查問之下，原來是有一個滿身泥濘的臭乞丐爬了進來，立時怒火中燒。他聽到這個乞丐還在稻草場出沒時，心想：這個王八蛋竟敢在太歲頭上動土，埋伏在我家嚇女人，讓老子好好的教訓他。

「史密斯的性子是出了名火爆的，但當他看見一隻形容古怪、滿是泥濘的東西盤腿坐在許多亂草稈之間，像鐵籠中的大熊將身子向前後左右猛搖時，卻也立時猶疑起來。這時，流浪漢一聲不響地在他面前站了起來，由頭到腳滿是泥漿汙物。那時正當黃昏，天色昏暗，外面狂風暴雨，犬兒拚命吠著，他獨個兒面對此魑魅，不禁毛骨悚然。當那怪物用一雙黑手像撥開窗簾似的，將垂在面上糾纏黏結的長髮撥開，他一雙暗暗發亮、狂野、黑白分明的眼睛直盯著他時，兩人默然相對的古怪氣氛，使他兩腿也發軟了。他後來向人自承（這裡的人在酒餘飯後談這個故事，談了三年之久了）他後退了好幾步。但那怪物突然開機槍似的亂嚷，他立刻明白自己原來面對一個從瘋人院逃出來的病人。事實上，這個印象在史密斯的腦海裡永遠不能磨滅；直至今日，在他的內心深處，他仍然相信這個人是不大正常的。

「當那瘋子走近他，口中念念有詞時，史密斯（他不知道這怪物原來在用『善心的施主』稱呼他，用上帝的名義懇求他賜予食物和庇護）一邊用一種堅定而溫和的語氣和他繼續說話，一邊退呀退的，退到後面的天井處。最後，看準了時機，他突然像野牛般用頭將那瘋子撞入柴房裡，並立刻把門閂上了。那天雖然寒冷，他卻要用手抹去眉心的汗珠。他已盡了做鄉民的責任，將一個流浪街頭、隨時會危害他人的瘋子鎖起來。史密斯的心腸絕對不硬，但那時在他的腦袋中卻只有『這傢伙是瘋子』的想法，他從來沒有問問自己，那個人會不會是飢寒交迫。那個瘋子發覺自己被人鎖在柴房裡，發了狂地大吵大鬧起來。史太太那時將自己反鎖在樓上的睡房裡，聽見那瘋子狂叫，嚇得也尖叫起來；愛媚卻在廚房門口悽傷飲泣，使勁的扭著自己的雙手，一邊喃喃自語：『不要嘛！不要嘛！』我看史密斯那天晚上一定不好過，因為家中哭啼呼號之聲此起彼落，從門外又不時傳來陣陣的呼天搶地、瘋瘋癲癲的叫喊聲。他那時一定很心煩意亂，因此不能將這個吵吵鬧鬧的瘋子和他在丹津鎮街市聽聞的東灣沉船事件聯想在一起。我敢說那天晚上那個關在柴房的漢子一定是瀕於瘋狂。他在黑暗中四處亂撞，在骯髒的粗布袋上面打滾，又生氣、又冷又餓、又驚詫又失望，亂咬自己的拳頭，直到筋疲力竭爲止。

「他是中歐喀爾巴阡山脈東部的山地人。早一晚沉在東灣那艘移民船叫作蘇菲雅多露西雅公爵夫人號，港籍是漢堡。這船有些駭人的往事。

「幾個月之後，我們在報章上讀到一個招搖撞騙的『移民代辦處』，那班無賴專門在奧國窮鄉僻壤向斯克拉逢農民下手，目的不外是攫取那些貧苦愚民的土地。那班惡棍和當地的高利貸吸血鬼狼狽爲奸，將大部分上了他們當的人由漢堡運出來。至於那艘船，我在事發前那個下午就在這個窗口望見它，當時的天色昏暗得很嚇人，那艘船展著短帆，迎風駛入海灣，按照海圖正確地在賓薛海岸防衛站對開的海面拋了錨。我記得在黑夜降臨前，曾經再次從窗口望出海面，看見在淩亂灰黑的雲層掩映下，船的桅桿黑黑尖尖的，就像賓薛教堂塔樓左邊多了個較爲纖小的尖塔。風在黃昏時颳起來，午夜時我在床上聽見外面颳著陣陣狂風，下著傾盆大雨。

「就在那時候，海岸防衛隊的隊員相信起先見到在拋錨地點有一艘輪船發出燈光，但這些燈光迅即全部熄滅。但有一點是可以肯定的：在這個月黑風高的晚上，另外一條船駛進海灣想要避風，在黑暗中向著那條德國船攔腰撞去，撞了一道大裂痕——一個潛水員後來告訴我說，裂痕之大，『一條泰晤士河的大平底船也駛得進去』。肇禍的船隨即駛走了——船身也許無恙，也許已撞損，誰知道呢？但它駛出港灣後，就在茫茫大海裡神祕失蹤，後事如何，沒有人知道，相信凶多吉少吧。以後這船再也沒有消息了；要是它還在五洋七海上，世人的震怒一定不會放過它的。

「這場殺人害命的災劫就好像一宗做得乾淨俐落的罪案一樣，靜悄悄地不留痕跡，當年也很聳動聽聞。在狂風飆飆之下，船上的人即使在海上喊破喉嚨，岸上也聽不見。他們顯然來不及發出求救的訊號，也來不及焦急擾攘就隨勾魂使者去了。那條漢堡船迅即入滿了水，一邊沉一邊翻側，天亮時，船桅的末端已看不見。當然，大家發覺它失了蹤，海岸防衛隊隊員起先估計它或是拖著錨、或是在夜間某段時間斷了錨，被風吹出海去了。其後，船骸在轉潮後一定是移動了少許，將困在船內一部分的屍體放了出來，因為第二天早上一個小孩——一個身穿紅色外套的金髮小孩——的屍首漂到和馬爹來塔平排的海岸上。到了下午，一具具赤著腿的黑沉沉浮屍先後漂到岸邊來，在翻騰的浪花當中穿來插去，散布到沿岸三哩各處。搬屍的人用擔架、竹框、梯子將直挺挺滴著水的屍體抬走。屍首當中，男的樣貌很土，女的也不柔美，小童多有金黃頭髮。搬屍的行列很長，從船艦旅店的門前走過，將屍首一行行的停放在賓薛教堂北面圍牆之下。

「官方的說法是：第一件漂上岸的是那紅衣小女孩的屍體。但你也知道，我的病人當中有些是在西蔬溪那個漁港居住的，所以我私下裡聽到說，溪中有兩兄弟那天天未亮就去到海灘，想要檢視一下他們那條拖了上岸的平底橈船。他們在離賓薛頗遠的地方，發現一個船上常用的雞籠，在灘上高高臥著，籠內有十一隻淹死的鴨子。他們兩家人將鴨子宰吃了，將籠子用斧砍開做柴薪。船下沉時，假如有人恰好在艙面，他可能會抱著那個雞籠漂浮上岸。我說可能，雖然我也承認這可能性不大，但那個男人又從何處而來？我們在起先那個星期——不，我應該說許多個星期——卻總想不到他會是這宗慘劇唯一的生還者。那人又辭不達意，甚至後來稍微達意了，也說不出什麼。他記得後來覺得好受一些（照我推想，大概是船下了錨以後），但在黑壓壓的暴風狂雨中他透不過氣來。依這樣看，他在夜間某段時間是上過甲板的。我們不要忘記，他那時被人關在船艙下面已有四日四夜，暈船既暈得混混沌沌，對於船和海又毫無認識，所以他對當時的情景不可能有一個清晰的印象。風雨和黑夜他知道是怎麼回事；羊兒的咩咩叫聲他亦斷不會弄錯；他記得當時身處困境，內心非常痛苦；而當他發覺別人並不察覺、了解他內心的痛苦時，他感到傷心、詫異。他看見這裡的男人都是怒氣沖沖而女人又都是很厲害，弄得他很沮喪。他承認自己當時的確以乞丐的身分向他們走過去，但在他家鄉，他們即使不施捨，亦會對乞丐和和氣氣。大人不會教小孩子向討錢的叫化子擲石子的。史密斯將他關在柴房裡，給他極大打擊。那木造的柴房就像一個不見天日的地牢，他們跟著會怎樣對付他呢？怪不得霍愛媚在他眼中變成一位希望的天使。那女孩子因爲想著柴房那個可憐人，一夜不能入睡；次日天一亮，她便趁著史密斯還未下床，悄悄溜出後面的天井，輕輕拉開柴房的木門，探頭一望，伸手遞予他半個白麵包——他後來常常都說：『這種麵包在我家鄉只有富人才吃得起。』

「他慢慢地從垃圾堆中站起來，手腳僵硬，飢腸轆轆，全身在顫抖，悽悽惶惶半信半疑地望著她。『這個你可以吃？』她用溫柔靦腆的聲調問他。他一定將她看作一位『好心腸的小姐』。他狼吞虎嚥地吃，淚水落在麵包殼上，突然他又丟下麵包，一把握著她的手腕，親了她的手一下。她也沒有畏懼。在他窮途落魄的景況中，她看出他樣貌長得很好。她關上門，慢慢走回廚房。過了很久，她才將早上的經歷告訴史太太。史太太一想到她被那怪物觸摸過，心中便打冷顫。

「憑著這件惻隱之行，他才在新環境中重返人間。他再也忘不了這件事——再也忘不了。

「就在那天早上，史威化老先生（史密斯的近鄰）來到，給他出主意，結果自己把那個怪物運走了。當兩個男人在他身旁用一種他所不懂的話交談時，他搖搖晃晃的乖乖站著，身上滿是半乾的泥濘。史太太說那個瘋子若不離開便不下樓；霍愛媚卻不但不躲在黑麻麻的廚房裡，反而打開了後門觀看。他盡量服從，兩人要他怎樣做他便怎樣做。但史密斯的疑心卻很大，『先生您當心！這說不定是他的詭計，』他接二連三的嚷著，叫史威化小心。當史威化叱令他的馬前進時，在他身旁謙恭坐著的可憐人險些從高高的雙輪馬車後面跌了下去。史威化馬不停蹄的帶了他回家，我就在那時候到達現場。

「我恰巧在那時駕車經過，那老頭子站在屋前的閘門處，用食指向我招呼。我當然便下了車。

「『有東西給您瞧。』他一邊引路，一邊喃喃地說，帶我來到一間離其他農舍頗遠的棚中。

「我就在那裡初次見到他，在一間低低長長像馬車車房那樣大小的房間裡。房牆用白灰水粉刷，房子幾乎是空的，向內那一端有一個小的正方孔，鑲了一塊塵封的裂玻璃。他仰臥在稻香薦上；他們給了他幾張馬氈，他似是把餘下的氣力都用來清刷自己了。他差不多一句話也說不出來；那些氈子拉到下巴，他急速的呼吸和閃爍不安的黑眼睛，使我想起陷入羅網的野鳥。當我給他檢查體格時，老史一聲不響的站在一旁，用手指尖摸著刮得精光的上唇。我給了他一些指示，答應送一瓶藥水來，自然又問了他一些問題。

「『史密斯在新農場的草料場捉到他，』那老頭兒慢條斯理淡淡地說，好像將那人真的當作野獸一樣。『他就是這樣得來的。真奇怪，不是嗎？大夫——以您是天南地北全走遍的——您說這個東西是不是印度種？』

「我嚇了一大跳，他長長的黑頭髮散在禾草墊上，和他臉上的蒼白棕欖色恰成強烈對比。我想他可能是巴斯克人①；雖然這並不等於說他一定懂西班牙文，但我也用我僅識的幾個西班牙字和一丁點法文試試他。我將耳朵俯貼在他的唇間，聽到他一些微弱的聲音，但完全不明白他在說什麼。當日下午牧師公館那邊來了兩位小姐，一位能藉字典之助來讀歌德，另一個則經年累月苦挨但丁。她們剛來到探望老史的女兒，這時便遠遠

① 巴斯克人是聚居於西班牙東北庇里牛斯山區的種族。

的站在門口，用她們的德文和義大利文試他。他在薦上一個轉身，對她們一輪機槍似的說了一大串感情澎湃的話。她們轉身便跑，略受虛驚。她們承認他的聲音很動聽，柔和而悅耳，但和他樣子夾在一起時卻頗為嚇人，全不像人說的話。鄉童爬上堤岸，從小方窗望進去，大家要看看老史怎樣對付他。

「老史的方法很簡單：他收留了他。

「要不是老史在這一帶有名望，鄉人一定管他叫老怪物。他們會告訴你老史如何挑燈夜讀，不至十時不止；又如何可以不假思索的便開一張二百鎊的支票。老史自己也會告訴你，他們史威化家族如何在這三百年來一直在這一帶和丹津鎮擁有土地。他今年一定有八十五歲了，但此公的容貌跟我初來這裡時沒有兩樣。他是一個養羊能手，做牲口買賣。無論天氣如何，路程有多少哩，他都親自趕市集；他駕車時坐著，身子向前俯，執著馬韁，灰白的長髮鬈曲披在禦寒大衣的衣領上，膝上圍著一塊綠色格子花毯。高齡人靜謐的心境使他的舉止予人一種莊重的感覺。他的鬍子刮得淨淨的，兩片薄嘴唇很敏感，臉上各部分的配合，賦予他一種帝王的剛直之氣，令面容更顯得高貴。人家說他會為了要看看某人園內的玫瑰花新品種，或一棵畸形的捲心菜，不惜冒著雨駕馬車跑上好幾十哩路。他喜歡聽別人講，也喜歡看他所謂『奇異』的東西。可能是那個人的奇形異樣影響了老史，亦可能是一種不能用理智解釋的任性使然。我只知道三個月之後，我看見史密斯說的那個瘋子在史威化家廚房對開的園子裡翻土。他們發覺他會用鏟。他赤著腳來掘。

「他的黑頭髮在肩膊飄垂，那件條紋棉布的舊襯衫一定是老史給的；但他仍然穿著那條有民族色彩的褐色褲（他沖上岸時便是穿著這條褲的），它像緊身長內褲似的裹著他的雙腿，在腰部束了一條鑲上小圓銅片的闊皮帶。他還不敢在村內行走。就他所見，這裡的土地都打理得井井有條，就像地主大宅四周圍的庭園一樣；這裡做粗重工作的壯馬，大得令他咋舌；這裡的道路像公園的行人道；這裡的人，從他們的打扮看來，尤其在星期天，顯得很富裕。他真不明白這裡的人爲什麼是這樣的鐵石心腸，這裡的兒童又爲什麼這樣的肆無忌憚。他在後門拿他的食物，小心翼翼的用雙手捧到他住的那座柵裡，然後一個人坐在禾墊上，用手畫一個十字後才開始吃。在日短夜長的日子裡，他總是天黑便跪在禾墊旁邊，高聲念誦主禱文。他見到老史照例恭恭敬敬的向他深鞠躬；當那老頭子將手指放在上唇、一言不發的對他上下打量時，他站得非常挺直。他亦向史家大小姐鞠躬。替父親勤儉持家的史小姐，是一個骨大肩闊的女人，年紀有四十五歲了，她的衣袋滿是鑰匙，兩隻灰眼睛是定定的。這裡的人說，她就是教堂——她父親是浸信會禮拜堂的董事。她腰間掛著一個細小的鋼十字架，身上穿一襲嚴肅的黑衣裳，以紀念逝去的未婚夫。她未婚夫姓布萊德，這一帶很普通的姓，務農爲業，大約在二十五年前和她訂了婚，不幸在婚禮前夕打獵時跌折頸脖死了。她的表情像聾子一樣，絕不爲外物動容；她沉默寡言，兩片薄唇像父親，有時神祕莫測，隱含諷刺的撇一下嘴，令人十分詫異。

「他忠誠的對象就是這些人。那年冬季沒有陽光，從鉛樣的天空掉下的彷彿是一種壓死人的孤獨感覺。個個人都愁眉苦臉，沒有誰可以傾談，他自己亦不敢希望懂得別人的話。他覺得他們好像從另一個世界來的，他們彷彿是——幽靈——許多年以後，他還常常這樣的告訴我。我真奇怪他爲什麼竟沒有精神錯亂。他不知道自己身在何方；這地方一定是離他從前那個山區很遠，至少亦有一洋之隔。他弄不清是不是已經來了美國。

「他對我說，要不是見到史小姐腰間所繫那個鋼十字架，他還不知道自己身在一個信奉基督的國家。他常常偷偷的望一下那個十字架，使心靈得到慰藉。這裡的東西沒有一樣是和他家鄉相同的！泥土和水都不一樣；路旁也沒有救世主的聖像。即使是一草一木也不同。唯一的例外是老史屋前草坪那三棵挪威老松樹，這三棵樹令他回想起家鄉。一日黃昏，有人見他將額頭伏在其中一棵樹的樹幹上飲泣、自言自語。他說他那時覺得這些樹真好像兄弟一樣。其他的東西他都很陌生。日常生活中的種種事物都變得像噩夢的幻象那麼可怕，你試試想像他的生涯是如何慘澹吧。夜裡不能入睡時，他會不斷想念在這異域第一個遞麵包予他吃的那個女孩子。她既不凶悍，亦不怒氣沖沖，更不怕他。在他的腦海裡，她的面孔是他唯一能夠了解的；其他人的面孔都陰沉、冷漠、詭祕，就像一些死人的面孔，這些死人都擁有著生人所不解的知識。我不知道他是否因爲不時想起了她的同情心，所以沒有自殺。哎呀！我這個老頭子太過感情用事了，竟忘記了人類有愛生惡死的本能，一個人不到山窮水盡總不會不求生的。

「別人交給他的工作，他都做得妥妥當當，令老史不能不對他刮目相看。後來他們發覺他懂得耕種、擠牛奶、餵牧場的閹牛，養羊也可以幫幫手。此外，他學英文學得很快。還有，在一個春光明媚的早上，誰也想不到，他救了老史的外孫女的性命。

「老史的小女兒，嫁了一個姓韋葛司的律師，他是蔬溪鎮市政府的書記。他們每年兩次，到老史家小住數天。他們僅有的女兒那時三歲還未滿，穿著小白圍裙一個人跑出屋外，搖搖晃晃的走過花園的斜草坪，從一道矮牆上腦袋朝下的咕咚一聲跌進下面圍地的洗馬池裡。

「那個人當時和一個車夫帶著犁在屋子對開的田裡幹活，他領著馬兒，正打算犁一條新溝時，突然遠遠的從欄門開口處見到她掉下池去。普通人的眼至多只會見到一件白色物體拂動一下，但他兩隻黑眼睛很敏銳，望得很遠。似乎只在面對茫茫大海時，這雙眼才會畏縮而喪失它驚人的視力。他那時赤著腳，一身洋相——洋得極投老史的所好——丟下正要拐彎的馬兒便跑，不理會馬車夫面上那個非言語所能描述的厭惡表情。他在犁過的土地上大步奔馳，突然在孩子的母親面前出現，將孩子塞進她的懷抱，跟著又大踏步走開。

「池水不很深，但假如不是他好眼力，孩子就死了——被池底尺來厚的黏泥窒息，痛苦死去。老史慢慢踱出田裡，站在一旁等候犁車拖過，仔細上下打量了他一番，然後一言不發返回屋子裡。但從那一天開始，他們將他的飯菜放在廚房的檯上。那個身穿黑衣裳、心情莫測的史大小姐初時還來到大廳門口，看他在進食前用手大大的畫一個十字。我相信老史亦從那一天起定時支付他薪金。

「我不能夠亦步亦趨的看他的生活如何轉變。他將頭髮剪短了；每天日出而作日入而息，在大路上和村子裡走，與人無異。孩童不再在他後面大叫大嚷了。他後來也明白到這社會有階層，但許多年也還不能了解，在這富庶的地方那些教堂爲什麼會這樣寒酸。他亦不懂那些教堂爲什麼要在周日關閉，教堂裡並沒有什麼東西好偷的嘛！難道是怕大家祈禱得太多嗎？那時候牧師辦公處的人已很注意他，我相信那些小姐在準備使他改宗基督教。但她們迄未能使他戒除打十字的習慣。他倒也不是沒有改變，他將身上一些物品褫下了，包括一條穿有幾個像六便士大小的銅章的繩子，一個金屬做的小十字架，一塊他搭在頸上像肩布的方布。他將這些東西掛在床邊的牆上。可是，每日黃昏，我們仍然聽見他熱誠地用一種我們聽不懂的話慢慢念誦主禱文，就像他父親以前每日黃昏帶領一家大小跪在地上祈禱時一樣。雖然他工作時穿燈芯絨衣服，星期日穿一套椒鹽色的廉價西服，但在路上不認識他的人總會轉過頭來望望他。他的異邦本質給他打下了一個獨特而不能擦掉的印記。最後，鄉人見慣了他了；然而他們對他始終看不慣。他急速的、輕擦地面的步伐；他淺黑的皮膚；他戴得歪向左耳的帽子；他在天暖的黃昏像輕騎兵穿斗篷式短衣似的將外衣搭在一邊肩膊的習慣；他躍過梯磴那派不是爲了要賣弄輕功而只是平常走路的模樣：所有這些，鄉人都看得很不順眼。他們更不會在晚膳的前後直挺挺的躺在草地上向天凝望，也不會在田野中走來走去，喊破喉嚨那麼樣唱出憂鬱的歌兒。我曾多次聽見他從牧羊斜坡的山脊後面傳來高音嗓子，那把嗓子就像雲雀的歌聲那樣輕快飛揚，卻又隱含一股淡淡的人間哀愁，從平日只聞鳥啼的田野傳到我的耳朵裡。連我那時亦會嚇了一跳。嗳！他真是與眾不同，他心地單純良善，卻遭人排擠。這個流落異鄉的可憐人，就像一個移植到另一個星球的人一樣，自己的以往固然被一個巨大的空間隔開了，對自己的將來亦感到茫然。他急速而熱情的談話方式把鄉民全都嚇怕了，大家叫他作『緊張鬼』。有一天黃昏，在馬車酒館的酒吧間，他喝了一些威士忌酒後，唱起一首家鄉情歌來，使館內喝酒的鄉人心煩得很。他們大聲噓他，倒他的台，他很苦惱；但這也難怪，因爲那個跛足車匠帕列寶、那個胖子鐵匠文遜和其他的知名人士，喜歡在晚膳前安安靜靜的喝他們的啤酒。又有一次，他想教他們怎樣跳舞。霎時間，那鋪沙的地板升起了陣陣灰塵，他就在松木檯之間直直的跳起，兩鞋的後跟扣擊著，在帕列寶老頭子面前一下子蹲在一隻腳上，同時將另外一條腿踢出，口中發出狂野歡騰的叫聲，再縱身一躍用單足來旋轉，指頭在頭頂上滴滴答答的彈起來。一個正在酒館喝酒的陌生馬車夫咒罵起來，手拿著半品脫啤酒杯走開，轉入酒吧間去了。等到他突然跳上一張桌子，在桌面酒杯中間跳舞時，老闆出來干涉了，因爲他的酒館不是『功夫表演場』。他們抓著他。由於兩杯下了肚，史威化家這位傭工想要跟他們辯；他們卻一掄拳頭，打得他眼也黑了。

「我相信他一定感到了周圍的人對他有敵意，但他很堅強——無論是在精神上或肉體上他都很堅強。只有想到海他才驚慌，他像發了一場噩夢猶有餘悸，他家在遠方，現在也不打算去美國了。我時常向他解釋說，真金俯拾即是的地方，普天下都沒有的。他卻說，他的家人為了給他湊一筆去美國的路費，賣了一頭牛、兩匹馬、一塊地。他現在那有顏面空手回家呢？他說時眼淚汪汪，為了使眼睛避過閃爍的汪洋大海，他會撲倒在地上將頭埋在草裡。但有時他也會微微帶著勝利者的神氣，將手中的帽子歪戴在頭上，對我的至理名言不表贊同。他已經找到他的真金塊了。那便是霍愛媚的芳心；他會用深信不疑的語調說，那個心『金子一樣高貴，能夠體恤別人的悲苦』。

「他叫作洋哥，依他說，意思是小約翰。但由於他常說自己是山地人（『山地人』一詞在他家鄉叫『高羅』），他的姓就成了『高羅』。『高羅洋哥』這個名字便是他留在這裡教區的婚姻註冊簿上的唯一痕跡，那是牧師親手登記的，他自己的簽名式樣是一個歪斜的十字。對他來說，畫寫那個十字記號，無疑是整個結婚儀式最莊嚴的部分，他留給後世，可以使人記起他的名字的，現在也只有那個十字記號。

「自從他在這個社會找到一個岌岌可危的立腳點以後，他便開始向霍愛媚求愛，求了一段時間。他追求的第一步，是在丹津買了一束綠色絲帶送給她。在他的家鄉，你若要向心上人示愛，便要在市集日在猶太攤子上買一束絲帶送給她。我猜那女孩子拿著絲帶真不懂得怎麼辦，但他似乎相信自己光明正大的用心是不會被誤解的了。

「等到他將自己要和霍愛媚同偕白首的心意公之於世時，我才明白到整個鄉間的人原來是非常的——我該怎麼說好？——憎惡他。他們憎惡他的理由有百種之多，但都不值一哂。他的話一說出口，村中所有的老太婆都譁然反對。史密斯在自己的牧場附近碰見他，揚言假如再見到他在那裡徘徊，就要打破他的腦瓜子。他擺出一派要打架的樣子，擰擰自己唇上那把小黑鬍子，一雙溜轉的大黑眼睛凶猛的瞅著史密斯，史密斯後來便不敢動他分毫。但史密斯對女孩子說，假如她肯和他這類的瘋子結親，她一定是瘋了。但無論史密斯怎樣說，她一聽見他在果園外用口吹幾節奇奇怪怪的哀傷調子時，即使史密斯太太還未講完話，她也會立刻放下手中的東西，跑出去見他。史太太叫她作『不要臉的婊子』，她也不回話。她從來不和別人談這事，只好像聾子一樣默默走自己的路。我想在這一帶地方，只有她跟我能夠見到他的實實在在的美。他的容貌俊俏，動作優美，野得有些兒像一隻山林的獸類。那女孩子休假回家時，她母親對著她哀嘆不休；父親則板著面孔假裝不知有那回事。芬太太有一次開門見山的對她說：『愛媚，這個男人有朝一日會害了你的。』這樣的情形持續了一段時日。我們見到他們一同在路上散步，她傻兮兮的踏著重步，身上穿著她那身華美衣裳——灰上衣，黑羽毛，大靴子，一雙非常顯著的、百碼外也可見到的白色棉手套。他呢，外衣搭在一邊肩膀上，宛如畫中人物，在她身旁慢慢地走，風度翩翩，不時向他身旁那位心地像真金一樣值錢的女孩子投以溫柔的目光。我不知道他是否看得出她一些兒也不美。或者他面對著一群前所未見的人，便沒有了判別美醜的能力，又或者他爲她那種垂憐苦難的絕高品質迷著了。

「洋哥那時有一件事令他非常頭痛。在他的家鄉，你要結婚可以請一位父老替你出面說項。在這裡他可不知道應該怎樣進行。但有一天當他和霍士特一起在田野牧羊時（他現在已是史威化的放羊副手，和霍士特做夥伴），他突然脫下帽子，很卑躬向他提出要和他女兒共結秦晉之好，『她這頭蠢豬是會嫁你的，』霍士特只答了這麼一句。『然後，』霍士特以後常對人說，『他將帽子戴上，瞅著我，陰沉沉的，好像要殺我的頭似的，吹口哨帶著狗走了，剩下我一個人看羊。』要霍士特夫婦眼睜睜少了女兒的工錢，他們當然不會高興，因爲霍愛媚通常都把工錢全部交給母親；但霍士特心裡也確實非常厭惡這門親事。他承認這個人牧羊很有一手，但和那一個女孩子結婚都不配，因爲第一，他沿著籬笆走路時，總喜歡像頭笨驢似的喃喃自語；第二，這些外國佬對女人的行徑往往十分古怪，說不定他會把她誘拐到什麼地方去了，又或者在婚後逃之夭夭。總之這個人不大妥當。他對女兒諄諄勸誡，說這個人很可能會虐待她的。她卻不答話。鄉間的人你傳我說，這個人大概對她做了一些手腳。大家都談論這件事，談得興高采烈。面對著阻撓，這對年輕戀人繼續一同『出遊』。其後一件始料不及的事發生了。

「我不知道老史明白不明白這個外鄉客是如何視他爲父的。無論如何，他們的主僕關係是封建得出奇。所以當洋哥正正式式的求見時——『請小姐也出來』（他簡單的稱嚴厲耳聾的史小姐『小姐』）——他是請求他們准許他成婚。史威化紋絲不動的聽他說完，點一點頭打發他出去，然後大聲將消息對著史小姐那隻好耳喊過去。她沒有露出驚愕的神色，只用隱去了情緒的聲調冷冷地說：『別的女孩子一定不肯嫁給他。』

「史大小姐是管業錢財的，但沒幾天，村中的人都知道史威化先生送給洋哥一間村屋（你今早見過的那間）和一塊大概有一畝大小的田地。他將業權完全移交給洋哥。他的律師女婿很快就將契據做好；我記得他告訴我說，他很樂意幫這點忙。契據上有這麼樣的一行字：『爲了酬謝外孫女韋貝花的再造之恩。』

「當然，在這件事之後，天地間再也沒有什麼力量可以阻擋他們成親了。

「她婚後還迷戀著他。鄉人見她在黃昏時出外和他相會。她神魂顛倒的眼睛一眨不眨望著前面的道路，盼望他來到，盼望見到他無拘無束地走來，擺動著臀部，哼著家鄉的情歌。當他孩子出生時，他在馬車酒館喝醉了，又想唱歌跳舞，於是又給人攆走。大家都爲那個嫁給一個『盒子小丑』的女人難過。他並不介意。他對我吹牛皮說，現在有一個人了，他可以對他唱歌，可以用家鄉話和他交談，可以慢慢教他跳舞。

「我可能看錯。不過，我覺得他走起路來似乎沒有以前那樣輕快，身體笨重了，眼力也差了。大概只是疑心生暗鬼罷了。但我總覺得撒落在他身上那張命運之網收得比前緊了。

「有一天，我在泰津山的小路遇見他。他告訴我說：『女人真莫名其妙。』我早已聽聞他們婚後不很和睦。人人都說霍愛媚現已漸漸見到丈夫的廬山真面目。他茫茫的、冷漠的望著前面的大海。有一天，他在大門口的階梯上坐著，向兒子低低的哼著家鄉的搖籃曲，他妻子突然從他懷中將小寶寶搶走。她好像以爲他在傷害那小寶寶。娘們真莫名其妙。他在黃昏時高聲祈禱，她也要禁止。爲什麼呢？他一心盼望兒子不久能夠跟著他高聲禱告；他自己少時不也是跟著父親念主禱文嗎？我發覺他熱望兒子快快長大，將來能夠用家鄉話交談。他的家鄉話，在我們聽來，是很激烈、很古怪、很令人不自在的。爲什麼妻子不喜歡他們講家鄉話呢？他百思不得其解。但他說：『不會永遠如此的。』他像成竹在胸的將頭一側，然後拍拍胸口，告訴我說她有一副好心腸：她不冷酷、不凶猛、富同情心、肯憐恤窮苦的人。」

甘大夫走近窗前，向外面的大海望去，海面廣闊無涯，在煙霧迷濛中閃出寒冷的光輝，彷彿把整個大地以及所有在眷戀與疑懼中迷落的心靈都圍起來。

「從生理的角度看，」他一邊說，一邊很快的把臉轉開，「這是有可能的。這是有可能的。」

他停了一會兒，又說下去：

「無論怎樣吧，我再見到他時，他已經病倒了——肺有問題。他身子很結實，但也許並不像我起初所想那麼樣能夠適應水土。那個冬天天氣很壞；這些山地人有時當然也會思起鄉來，情緒低落便容易生病。他在樓下一張長椅上衣冠不整的躺著。

「一張蓋上暗色桐油布的桌子，占去了小房間的中央部分。地板上有個用柳條編成的搖籃，火爐上的水壺冒著蒸氣，圍爐屏上晾著一些小孩尿布。房間很暖，可是門正對著花園，你也許也留意到了。

「他發高燒，不斷喃喃自語。她坐在椅上，用她一雙棕色模糊的眼睛隔著一張桌子定定的望著他。『你爲什麼不讓他躺在樓上？』我問她。她嚇了一跳，慌慌張張結巴地說：『哦！那……大夫……我不能夠在樓上照顧他啊！』

「我告訴她應該怎樣照顧她的丈夫，出門口時，又再三叮嚀病人應當在樓上的床上休息。她絞扭自己的雙手，『我辦不到啊，我辦不到啊。他老是在說話——也不知道說什麼。』當我想到別人一定在她耳根說了她丈夫不知多少壞話時，我定著睛望著她。我直望進她那雙近視眼裡。這雙鈍眼在她一生之中曾經有一次見到一個美好的形體，現在雖然盯著我，卻似乎什麼也看不見。我發覺她十分不安。

「『他有什麼不妥？』她茫然不知所措的問我。『看不出他有什麼大病嘛。沒有見過有人這個樣子的。』

「『難道你以爲他裝病嗎？』我惱了。

「『大夫，我沒有辦法呀，』她遲鈍地說。突然她合上雙手，左邊看了，又看右邊。『我們又有小寶寶。我害怕死了。他剛才還要我把寶寶抱給他。他對寶寶說些什麼，我也不懂。』

「『你今天晚上在左鄰右舍請個人來幫忙，不成嗎？』我問她。

「『大夫呀，我看沒有人肯來的，』她喃喃的說，癡癡呆呆完全認了命。

「我盡量使她明白病人必須極其小心照料，說完話便只好走了。那個冬天，很多人生病。我離開的時候，她輕輕喊著說：『唉，希望他別再說話了！』

「我不明白為什麼我會看不到要出岔子——但我的確看不到。可是，馬車要拐彎時，我見她站在門前一聲不響，好像在盤算要不要奔上那條泥路。

「傍晚，他燒得更厲害。

「他在長椅上輾轉反側、呻吟，不時喃喃訴苦。她則坐在椅上，隔著桌子注意著他一舉一動和聲音，心中滿是恐懼，莫名的恐懼，懼怕那個她所不能了解的男人。她將那個柳條搖籃拉到腳下。在那時，她心裡除了母親的本能以及那股不知從何處而來的恐懼之外，便一無所有。

「他突然醒過來，覺得喉乾，要一些水喝。她卻一尊佛似的坐在那裡。她不明白他說什麼。他或者以為自己在說英文。他等她拿水，望著她，整個人發著高燒，不知道她為什麼寂然不動，終於不耐煩的大喊起來：『水呀！給我喝水呀！』

「她跳起來，慌忙抱起嬰兒，動也不動的站著。他對她說話，但他激動的埋怨聲只有增加她對這個陌生男人的悸怖。我相信他一定和她說了很多話，懇求她給水喝，問她為什麼不給，跟她講理，後來大概又命令她給。她說她當時曾盡力忍受。最後他的怒火終於爆發。

「他坐起來，大聲叫出一個字來——某一個字。接著，據她說，他站了起來，好像一點病也沒有似的。這時他心中非常失望，又氣憤，又迷惑，便想繞過桌子到她那裡，她於是抱著兒子開門跑了。在路上她聽到他在後頭用一把駭人的嗓音叫了她兩次，她拔足飛逃。唉！你該在她呆滯模糊的眼神中看看那恐怖的心魔。它趕著她跑了三哩半，直跑進父親家門口。第二天我親眼看到的。

「後來是我發現他臉孔朝地上伏倒在柳條門柵對開的一潭水裡。

「早一天晚上我應診到鄉村看一宗急症，天亮回家時經過他們家，只見大門洞開。我的僕人幫我扛他進屋裡，將他放在長椅上。燈還冒著煙，火已經滅了，狂風暴雨的晚上，陣陣的寒意從慘澹的黃牆紙間滲出來。我大聲喊『愛媚』，叫聲似乎很快的便在空蕩蕩的小屋中消失，就好像在沙漠中叫喊一樣。他張開了眼。『跑掉了！』他清晰地說：『我只是向她要一些水喝！只要一點點的水。』

「他滿身泥濘。我給他蓋了被，站在旁邊靜靜等候，耳中又不時聽見他痛苦地喘出的一兩個字。他不再說他的家鄉話了。他的燒退了，將生命之火也帶走了。他悸動的胸膛和發亮的眼睛使我再一次聯想到陷在網中的野獸和鳥雀。她棄他而去，在他病倒，毫無辦法，口渴時離棄了他。獵人的矛已貫入他的靈魂。『為什麼？』他大聲叫喊，氣憤的尖聲向一個要負責任的造物主呼喊。回答他的是一陣猛風和一場冷雨。

「我轉身去關門時，他口中念出『大慈大悲』，隨後便斷了氣。

「後來我在死亡證上把心臟衰竭寫作死因。他一定是無心再戰鬥了，不然他或可抵受那一夜的風吹雨打。我替他把眼睛合上，駕車離去。走出屋子不遠，我遇上了霍士特，他沿著溼淋淋的路旁灌木氣呼呼的走來，還帶著牧羊狗。

「『你可知道你女兒在那兒？』我問他。

「『我怎麼不知道！』他大聲叫道。『我現在要跟他理論理論。將一個可憐的女人嚇成那個樣子。』

「『他以後不會再嚇她的人。』我說。『他過去了。』

「他將手杖打在泥土上。

「『還又有了孩子。』

「尋思了一會兒，他又說：

「『說不定這樣收場還是最好的了。』

「這是他說的。她現在也不提起他——隻字不提。難道他的形象在她的腦海中完全消失，就像他踏著大步，輕快的形體和歡欣的歌聲在我們的田野間消失了一樣嗎？他不再在她面前出現，激發她的愛與恨了；他的形象似乎已在她蠢鈍的腦袋中消失，就像一個影子在白色銀幕上飄過了一樣。她住在那間屋裡，替史威化大小姐做家事。人人叫她霍愛媚，叫她孩子『霍愛媚的兒子』。她叫他莊尼，意思是小約翰。

「這個名字會不會使她想起往事，誰也不曉得。她想不想往事的呢？我曾經見她彎身望著下面的搖籃，臉上充滿母親的慈愛。那小孩子面孔朝天的躺著，雖然有些怕我，但很安靜，兩隻眼睛又大又黑，有些像陷身羅網的鳥兒那麼樣驚惶。我望著他，似乎又見到那另外的一個——那個父親，他不知怎的讓大海吐回來，但最後在最淒慘的孤寂與絕望中死去。」

記福克

甄沛之
孫述宇 譯

我們幾個人全都多多少少跟海洋扯得上一點關係，那天在河畔一間小飯店共進晚餐。這飯店離倫敦不到三十哩路，離那個我們跑碼頭的誇口稱爲「日耳曼海洋」的險惡淺窪兒，亦不過二十哩之遙。從寬敞的窗子往外望去，泰晤士河下游的希望河段盡在眼底。但是飯店的菜卻粗劣極了。可以果腹的，只有外面的景色。

大海鹹水的氣息在我們的話裡瀰漫著。對我們許多人來說，海水就是生命的液汁。誰吃過海洋苦頭的，誰的口中就永遠留有海水的味道。但是，一兩個夥伴準是在陸上生活耽樂慣了，竟然喊起肚子餓來。嘿，這樣粗劣的菜，沒有一樣可以下嚥啊！真的，這裡一切的確又有股怪異的霉味。這間木造的飯廳，像一個湖居人的結廬，在灘岸泥濘上面，向著河面伸出去。地板似乎已經腐朽了，一個老態龍鍾的侍者模樣兒怪可憐的，顫顫巍巍的在一個蟲蛀的史前餐具櫃前面走來走去。飯桌上這些邊沿破損的碟子，說不定是從遠古湖居人的垃圾堆中發掘出來的，餐碟上面的肉排令人回溯到古老的年代，使我們猛然想起太古時代晚上的景象來。那時，混沌初開，人類剛剛懂得熟食之道，大夥兒圍著柴火，大塊肉的燒，在一陣狼吞虎嚥之後，就樂悠悠在啃殘的骨頭中間一屁股坐下，用質樸無文的話講起親身經歷來——挨餓的日子啦，打獵的遭遇啦——或甚至女人經！

但這飯店的酒幸好跟侍者一樣——夠老。所以肚子雖然有點餓，但大致上心中還是頗爲快樂的，我們一夥人於是悠然坐著，用粗樸無文的話講起自己的故事來。話題從大海扯到大海的一切所作所爲。大海從來就沒有變，它的所作所爲，許多人雖然談過了，卻依然充滿神祕的色彩。大家都慨嘆時代變了。話題從舊船、海難、機件的故障、桅桿吹斷等事件，扯到某君如何憑著一張應急舵，竟然能夠將船從柏提河駛過大西洋，然後安全進入利物浦的海港裡。又從船難、糧食配給，扯到海上英勇事跡——或者最低限度是報章所稱之英勇行爲。這些行爲所顯示的德性，跟原始時代英勇行爲所昭顯的，很不一樣。前後有幾回，大夥兒一下子都靜下來，定著睛望外邊出神。

一艘鐵行①船向下游駛去，有人就說：「鐵行船上的伙食挺不錯啊！」說著，一個好眼力的朋友就念出漆在船頭的船名來：阿卡地亞。有幾個夥伴更失聲讚美說：「好帥的一艘船啊！」一艘細小的貨船緊緊跟在這船的後頭。定睛一看，甲板上的水手正在將船旗拉下來，船旗顯示那是一艘挪威船。船上的煙囪噴出大股的黑煙。煙還未完全散去，一艘空載的短身高舷三桅木帆船就在窗前出現，由一艘明輪拖船拖著。船上所有的水手

① 英商輪船公司P&O，全名是Pacific and Oceania，華名是「鐵行」。

都在船頭忙於將聯動主機架起；在船尾只有舵手和一個頭戴紅巾、手拿灰色毛冷、在舵樓甲板踱來踱去的女人。

「相信是德國船，」一位朋友咕噥地說。「那位船長把老婆帶在船上，」另一位插嘴說。那時，一輪紅日，在灰暗的煙霧後面發出萬丈光芒，將晚霞燒著，又將信號煙火似的火光投射在三桅帆船的桅桿上，餘暉則在希望河段後面漸漸消失。

那時，一位一直保持緘默的朋友開腔了。此君年過五旬，當船長亦當了足足四分之一個世紀，他遙遙望著那艘在水光掩映下呈現一片漆黑的三桅帆船說：

這艘船使我想起許多年前一件十分可笑的往事。那時，我第一次受命指揮駕駛，接掌一艘正在東方一個海港上貨的三桅鐵帆船。那個海港是東方某王國的首府，位於一條河之上，就如倫敦位於我們的泰晤士河上一樣。那地方是怎樣的我亦不用多說了，反正那樣的事在任何一個有船、船長、拖輪和一位美豔絕倫失卻怙恃的孤兒侄女的地方也會發生。牽涉在這宗可笑的事件中的，有我本人、我的對頭人福克和我的朋友赫曼。

說到「我的朋友赫曼」六個字，他的語氣似乎特別加強。因此，一個朋友那時話題正好扯到海上之英勇行爲，就冷慢地問他說：

「那位赫曼是個英雄嗎？」

完全不是，我們那位滿頭銀髮的朋友回答說。英雄完全稱不上。他是位Schiff-führer：船舶指揮。在德國，商船船長就是這樣稱呼的。不過我還是比較喜歡咱們英國這一種叫法：Master Mariner（船長），這名字不單只是押實韻雙聲，咱們那個有悠久歷史和光榮傳統的航海業用來分別航階的那一套命名，更給我們航海的人一種團體的感覺：學徒、船副、船長。至於我的朋友赫曼，他也許是這個光榮行業中一個技高無倫的船長，但在公務上人總稱他爲Schiff-führer。而他樣貌淳樸莊重像個富農，和藹精明像個小店東主。他下巴刮得光光滑滑的，四肢豐圓，眼瞼下垂，看來並不像個要爲生活苦幹的人，尤其不像個海上的冒險家。話雖如此，他是以自己的方式在海上苦幹的，就好像掌櫃在櫃台後面工作一樣。他一家大小的生計就是靠他掌船維持的。

那艘船的噸位重，船身堅固，船頭鈍平，就像咱們先祖所用那些木犁頭一樣，予人一種原始的堅實感。船還有別的東西也給人農村淳樸的印象。它那幢用木造成的凸出部分很特別，我在別的船就從來沒有見過。它使正方形的船尾看來很像磨坊工人用來運貨的馬車尾部。至於船尾客艙的四個圓窗，則各自鑲有六塊淺綠色的玻璃，木窗框漆褐色，看起來跟鄉間房舍的窗戶差不多。加上白色的小窗簾和窗後面青蔥的盆栽，更與村舍毫無二致了。有一兩回，當我的船從它的船尾下面駛過時，我看見了一條圓潤的手臂正將一個水壺傾側，一個有一把柔潤秀髮的少女垂著頭。那個少女我以後就叫作赫曼的侄女吧，因爲我雖和赫曼一家熟絡，但事實上卻從來沒有聽過別人叫她的名字。

然而那是後來發生的事。在那時，我跟其他在那個東方海港跑碼頭的人一樣，都很清楚赫曼對衣著衛生是怎樣想的。他顯然以爲身體之上應好好的蓋上質地優良的堅韌法蘭絨。在大多數的日子裡，我們都可以見到一件件細小的上衣和圍裙，在他的船的後桅繩索上晾曬著，或者一小排的襪子，在升降訊號旗用的繩索上面迎風飄動著；但赫曼一家人洗淨的衣物，每隔兩個星期就放在一起展出，琳瑯滿目，將整個船尾蓋著。下午的微風吹過，這些密密麻麻的衣物就會古古怪怪、軟弱無力地活動起來，令人隱隱約約地聯想起那些遇溺、遭肢解和被壓扁的人來。沒有頭的軀體向你揮動沒有手的臂，沒有腳的腿沒頭沒腦地亂踢，隨風撲動，不時又摺疊在一起。當風從白色衣物鑲有花邊的衣領吹入時，這些長身的衣物會一下子暴脹起來，彷彿內邊有個肥大隱形的身軀。在這些日子裡，憑著船尾桅後面那些雜亂的色彩和古怪的騷動，你可以老遠的就認出那艘船了。

它就停泊在我船的前面，名叫戴安娜——不是以弗所的戴安娜，而是畢萊梅的戴安娜①。那個名字是用白油打橫漆在船尾的農舍窗戶下面的，有呎來長，字母與字母之間有相當的間隔（頗像商店招牌的字體）。那個名字之不恰當，已到達荒謬可笑境地，對那位最有魅力的女神簡直是一種侮辱，因爲那艘舊船除了在體力上不能參與任何的追逐外，它裡頭還有四個自成一幫的小孩。他們憑欄俯視駛過的船隻，間爾且向船隻擲下各式各樣的物品。我還未結交赫曼時，就已給他大女兒駭人的碎布娃娃掉在帽子上。可是，

①羅馬女神戴安娜，是月亮之神，也是狩獵和童貞之神。因此下文說這老船取名不當，因爲它不能追逐，而且船上有小孩，戴安娜的身分後來與希臘的女神阿蒂美絲（Artemis）以及西亞的以弗所所崇拜的女神合而爲一。至於畢萊梅，那是船的港籍，港在德國。

一般說來，這些小淘氣還算是守規矩的。他們一頭金髮，大眼睛，小懸膽鼻，長相大肖乃父。

這位畢萊梅的戴安娜可以說是艘天真爛漫不過的舊船，對險惡的大海似乎一無所知，就好像岸上有些人家不知道外面世界爾虞我詐一樣，但它並不惹人反感。基本上它予人一種「家」的感覺。它就是一個家。這些寶貝孩子就全都在它寬敞的後甲板上學識行走。我每次想到這點時，心中就快樂，甚至有些感動。我想，那些寶寶一定會用牙去咬齒輪末端的繩索。那位小寶寶尼古拉，我就曾經多次看見他用牙齒去咬搖動著的轉帆索。那個小淘氣最喜歡在捲索座板下面活動。大人一鬆手放他落地，他就向著捲索座板直爬。船上的水手經過一見他在那裡玩耍時，就會小心翼翼的用他們那雙滿是柏油的手將他高高抱起，帶回到船艙口。照我推測，在那船上一定有這麼的一條命令。但在遣送的過程當中，那位小乖乖——船上唯一的霹靂火——就會緊握小手，狠命的朝著那些健壯的德國年輕水手的臉打去。

赫曼太太是位討人喜歡的健碩主婦，在船上穿一襲寬鬆有白點的藍色衣裳。有一兩回，我見到她坐在一個小巧的木盒前用勁洗擦一些白衣領、嬰兒襪子和赫曼的夏天領帶。她發覺我望她時，就會像位不知所措的少女一般臉紅起來，跟著舉起那一雙溼淋淋的手，很友善的、不停的、遠遠的向我點頭打招呼。她的衣袖捲至上臂，她那枚結婚戒指的金環會在肥皂泡中閃閃生輝。他的聲線悅耳柔和，容貌嫻淑，頭髮是金輝閃閃的，服貼地束起來，眼神和悅。她既慈祥又頗爲健談。當這個純樸的女人微笑時，一對年輕的酒窩就會從她那鮮嫩寬闊的兩頰顯現出來。至於赫曼那個沉默寡言的孤兒侄女呢，我就從來沒有見到她啓唇一笑。但那不是因爲她陰沉，而是少年的穩重。

赫曼有一次告訴我說，這三年來他們一直把她帶在身邊，一來可以幫手照料孩子，二來赫曼太太身邊也有個伴。他有些煩惱地補充說，孩子年紀還都是很小時，真是十分需要她照料的。那個早上，我從後船艙的窗口望出去，猛然瞥見的是她一條手臂和一個髮光閃閃的頭，正在幾盆晚櫻科植物和木犀草上面翺翔，而當我第一次見到她的全身時，就不由得拜倒在她勻稱的身段下。那身段將她的倩影深深的印在我的腦海裡，就像一些女人憑著自己絕世的容貌、冰雪的聰明、敏銳的機鋒，或者仁慈的心腸，令人難忘一樣。

她難忘的地方是她的外型跟身量。她的體態散發出一股迷人的魅力。她也許是十二分的聰明、伶俐，又極有愛心。這我可不知道，但這又有什麼關係呢？我只知道，她是規模宏大地營造起來的，「營造」是最恰當不過的字眼。她彷彿是以帝王鋪張浪費的方式建造、樹立起來的。當你見到那麼多的材料胡亂花在一個黃毛丫頭身上時，一定會嚇了一大跳。她年少青春，卻又完美成熟，彷彿是位幸運仙子似的。她體態也許一些也不輕盈，但那又有什麼關係呢？這只有加強永恆的觀念。她才十九歲，但肩膀卻是那樣的優美，手臂那樣的豐腴。當她三兩個箭步撲去抓起翻倒在甲板上的尼古拉時，她強壯有力的四肢所投射出來的影子是多麼的……那簡直非筆墨所能形容。她似乎是位善良、沉靜的少女，對蓮娜的需要，古西塔夫的摔跤和卡爾的小鼻子的情況很留心——有責任心、勤奮……等等。但她的頭髮是何等樣的秀美——密、長、厚、茶色的，有寶石的光澤。她將頭髮緊緊的編成一束辮子。這束辮子很有少女韻味的垂在頸後，一直垂到腰間。那把髮又密又厚，你見了定會嚇一跳。噯呀！它使人想起一條棒子束。她的臉兒闊大、好看，神情沉著，膚色很好。她的藍眼睛顏色淺淡，她觀看外面的世界時，眼神看來跟塑像的一樣坦蕩。你不可以說她漂亮，她有更動人的品質。她衣著簡單，外型豐腴，風姿綽約，充滿生命力的青春氣息像花兒吐香似的從她身上湧出來。她美得像位質樸的女神。倘若你見到她高舉雙臂用手將衣物放在晾衣繩時，你會身不由己的虔誠膜拜起來。赫曼太太的寬鬆棉布長上衣在衣領和衣腳處還有一些簡單的花邊，但那個女孩子的印花上衣則連一個皺褶也沒有；只有她的裙子才有幾個垂至腳跟直溜溜的褶子。當她站立不動時，這些褶子卻有一種簡潔、塑像一樣的品質。無論她坐著或是站著，總自自然然的趨向於靜止不動。但是，我並不是說她像個塑像。她的活力太充沛了，但她的確又可以做一座代表地球的寓意塑像，我不是指我們這個疲乏殘破的地球，而是指一個年輕的地球，一個不受充滿著種種惡毒生物，充塞著飢餓與思想的凶殘鬥爭聲音的未來景象困擾的處女行星。赫曼先生這個好人不算很風趣，雖然他的英語我們還聽得明白，赫曼太太看見我例必以誠摯好客的聲調說上起碼一大攤話，說的大概是德國北部的低地方言吧！我聽不懂。至於他們的侄女，無論她的樣子如何悅目（不知怎的，她會令你對人類的前途抱有一種樂觀的看法），她和別人在一起時卻是嫻靜不發一言，大部分的時間忙於針織，偶爾也會拿著針線出神，像一般的大姑娘。她的嬸母在她對面坐著，也在做針黹，一雙腳踏在一張木凳上。在甲板的另一邊，赫曼和我會從艙裡拿出幾張椅子坐下，然後舒閒地抽起煙來。偶爾也打破緘默，溫和的交談一兩句話。差不多每個黃昏我都去赫曼那處。赫曼在那時會只穿著襯衫。他每次從岸上回到船上時，總是立刻將外衣除下，跟著戴上一頂有纓的繡花圓帽子，再脫掉腳上的皮靴，換上布拖鞋，然後在艙門前抽起煙來，帶著一派好市民的神態望著自己的兒女，直到他們一個接著一個的被趕到不同的睡艙就寢為止。最後，我們會在船艙內喝些啤酒。船艙內設有一張交腳的木桌子和幾張直靠背的黑色椅子——與其說這是條船上的廚房，不如說這是間農舍的飯廳。大海和種種的航海事宜似乎離開這個典範家庭的好客殷勤甚遠。

我喜歡到赫曼那處坐坐，理由是在那時我在自己的船上有頗多的煩惱。那艘船的船長突然死了，英國領事依據職權委任我接管那艘船。我的上手給接手人的指示，只有一批沒有收據的可疑帳單、幾張暗示有舞弊行為的乾船塢估價單，和一大堆可供揮霍三年的禮券。這些東西亂烘烘的放在一個滿布灰塵、內襯有深紅色天鵝絨的殘舊小提琴盒子裡面。此外，我還發現一本厚厚的帳簿，打開一看，嚇得我呆了，原來內裡每頁字都寫滿了押韻的輕佻歪詩，但我從來沒有見過這樣工整的字體。我在琴盒裡還發現我上手不久之前在西貢拍攝的一幀照片，背景是座花園，身旁有位衣著奇特的女士。他是一位臉容嚴峻、中年已逾的矮胖男士，身穿一套笨拙的大幅面厚黑呢衣服，頭髮向前梳，蓋著額角，髮式令人想起野豬的兩隻獠牙來。小提琴在船上找不到了，只留下它的外盒——它的空殼。至於那艘船最近兩水運貨所賺得的水腳，卻連空殼的痕跡也沒有留下。那些錢去了那裡，我丈二金剛摸不著頭腦。總之它不在船上。他亦沒有將錢匯回家，因爲我在抽屜中無意發現船東們給他的一封顯然是偶然保存下來的信。發信人對於他們十八個月來未獲賜覆頗有微言。船上差不多一些貯貨也沒有——一吋繩索跟一碼帆布也沒有。這艘船給刮得空空如也。我已預知將來要把船準備就緒啓程，必定是困難重重的。

由於我那時還很年輕——三十歲還未出頭——我對自己和自己的困難都看不開。那位年紀老邁的大副——他在上任船長的葬禮中是做喪主的——不大喜歡我來接管那艘船。但事實在法律上他又沒有當船長的資格，所以領事館盡可能也要找一位有正式文憑的人接管那艘船。至於那位二副，我只知道他的名字叫什麼屠特辛的。即使到了熱帶的地方，他總愛在頭上戴一頂汙穢的無邊毛皮便帽，毫無例外，他是我在海上所見的最愚蠢的人。他長得也是呆頭呆腦。由於他那副笨驢相，當我叫他名字他懂得應時，我嚇得登時呆了。

和這樣的人在一起，至少沒有什麼樂趣可言。我每次想到以後還和那兩個傢伙在船上相處一大段日子時，心也灰了。我獨個兒時的思想也很灰暗。那班水手病懨懨的，上貨的速度慢得出奇，我預見將來和租船主定有很多很多的麻煩，很懷疑他們會不會給我預支足夠的金錢，來維持船隻的種種開銷。他們對我的態度甚不友善。總而言之，我事事有阻滯。偶爾（通常在午夜左右）我會發覺自己一些經驗也沒有，對做生意之道一竅不通，全不適合當船長一職；當庶務因為有患上霍亂病的徵狀而要送入醫院時，我覺得船上唯一的正派人要給人奪去了。據醫生說，他定能復元，但要休息一段時間；在這段期間，我要找個僕人之類的頂替他。在一個叫作索姆堡的人的推薦下，我雇用了一個中國佬。索姆堡是當地兩間酒肆其中一間規模較小的東主。他是一個肌肉結實、身體多毛的亞爾薩斯人，非常喜歡說別人閒話。他向我保證那個人靠得住。「他是個頂會幹活的傢伙，以前當過知府曾大人的隨員。曾大人曾經在我這裡住了三個星期。」

他和我提起那個中國大人時，語調激動非常，雖然那位隨從看來也是個沒有什麼出息的。但是那時我並不知道索姆堡是個狡猾的老狐狸。那個僕人也許是四十歲，也許是一百四十歲。他跟所有面孔像骷髏的中國佬一樣，高深莫測。不出三日，他已原形畢露。原來是個毒癖已深的鴉片煙鬼、賭徒、膽大包天的賊胚子，還是一流的短跑家。當他挾著我辛苦儲下的三十二個金鎊，以最快的速度跑走時，我終於崩潰了。我儲下那些錢，以防萬一。現在錢不見了，我感覺自己跟托缽僧一樣身無長物。我的船雖然給我這樣多的煩惱，但我仍然緊守著它。但我最不能忍受的，就是要在船上廚房度過寂寞的長夜。廚房內的空氣，給一盞漏油的燈汙染了，而又被那位大副的鼻鼾聲攪動。那位大副每日一到下午八時，就將自己反鎖在自己那間密不透風的房間裡，跟著像個注滿了水的大喇叭發出震耳欲聾像豬嗥似的聲音。我在自己的船上還不能舒舒服服地煩惱，真是討厭極了。我想，世上每一件事——即使是掌管一條滿好的小三桅——對人類的驕傲心靈都可以變成一種假象和圈套。

一想及此，我就很高興能夠拋下心中的煩惱，登上畢萊梅的戴安娜號去。人世間種種罪惡，一點細微聲息也從沒有傳進這船上來。但它卻在廣闊的海上安然航行。那個有悲劇和喜劇性質的大海，那個自有其恐怖和壞事醜行的大海，那個有人居住而且為鐵樣的必然性支配的大海，無疑地是這世界的一部分。但那艘由一位家長管治著的老笨船，像聖者歸隱一樣，對大海一些回響也沒有。它與世俗隔絕了。它可尊敬的純真似乎給大海強烈的慾望——一種約束。但我在海上生活久了，並不相信它管你像話不像話。自然力量是坦率到無情的地步的。當然，這也許是赫曼領船有方的緣故，但我卻相信這是純粹因為聯盟的海洋有所保留而抑制自己，不去撞爛這些高高的船舷，解下那張隨波浪起伏的船舵，嚇怕那些孩子和開開那戶人家的眼界。它看來是有所保留的。這個祕密，最後終於為一個人揭露。這個人強壯有力，在一種單純的、基本的慾望的力量驅使下，將大海的一些祕密揭露出來。

但那是後來很久才發生的事。那時，每天一到黃昏，我就去那艘安詳的舊船避難。船上唯一似是有煩惱的人是小蓮娜。後來我又發現那個碎布玩偶的健康狀況原來奇差。這件物件在一個靠在右舷錨纜短柱上的木箱子內，過著一種奄奄一息的生涯，每個孩子都悉心照料看顧它。他們都樂於拉長面孔，躡手躡腳地行走。只有那個小寶寶——尼古拉——用一種冷漠、凶惡的目光瞪著眼旁觀，彷彿他是屬於另一個家族似的。蓮娜卻一年到頭望著那個箱子傷心。他們的面容都是挺嚴肅的。這個邋遢的東西，要我用鉗子夾起來我還不願意，這班孩子卻能對它產生惻隱之心。他們大概是想借助那個啞巴去練習和發展他們的種族傷感性。我真不明白爲什麼赫曼太太會讓蓮娜那樣寵愛和摟抱那一團爛布。那個玩偶真是毫無疑問地非常骯髒。但赫曼太太卻會在做針織活兒當中，抬起她一雙好看溫柔的眼睛，以一種覺得好玩的贊同目光來望望。不知怎的，她似乎不明白這件寵物是有損那艘船的純潔的。純潔，不是清潔，是最妥貼的字眼。他們追求純潔那種心，使我好像在其中亦察覺了一種過度的情感，彷彿汙穢在真正的愛中給除去了一樣。我不能用說話向你形容那艘船的整潔程度。那艘船好像每天早上都給人用牙刷大力洗擦一番一樣。它的第一斜桅一個星期總有三次給人用肥皂和軟法蘭絨裝扮一番。打扮一番——我必須說打扮——一種質樸的打扮。木上漆上耀眼的白油，鐵製部分則漆上暗綠色。這些顏色的簡單分布，卻在我們心中喚起沒有奸詐的和平與田園的幸福的印象，而那個幼稚的疾病哀傷喜劇，有時卻令我覺得是那個理想境界一個極爲醜惡的真正汙點。

我非常喜歡在赫曼那艘船閒混，而我自己亦給他們帶來些小溫和的刺激。我和赫曼的友誼是從捉賊那件事開始的。那天傍晚，赫曼一反平日的習慣在岸上留到很晚才回船。當我在捉賊經過他的船對著的堤岸時，赫曼正從一輛小馬車向後跳下來。他肩膀好像有眼似的，立刻就醒覺當時發生什麼事。他一個箭步搶前，加入追賊的行列。那個中國佬像個晃動的影子似的，在一條極爲東方式的道路的塵土上無聲疾跑而沒。我跟在後面。我的副手老遠落在後頭，像個野人喘著氣。那時候，一彎新月將一道羞怯的光芒射在一塊陰森地帶的平原上……遠遠的一座佛寺在天空中呈現一片漆黑。當然，我們追不到那個賊。我當時亦很失望。但我不得不稱讚赫曼的鎮定。這個笨重的漢子能夠一下子就決定幫一個跟他完全陌生的人的忙，贏得我衷心的感謝。他奮力追趕那個賊子，真正表現了一股熱誠的精神。

對於給那個賊子溜走了一事，他似乎跟我一樣懊惱。我多謝他，他不待我說完就說：「不用」，還在現場請我到他船上喝杯啤酒。我們在叢林裡東張西望搜索了一會兒，往一兩道溝渠胡亂望了幾眼。沒有一點聲息，一片片的滏泥土在蘆葦草中發出微弱的光輝。我們拖著沉重的步伐，在一彎新月之下垂著頭，慢慢向堤岸走回去。途中我聽見他用德文自言自語說：**Himmel!Zwei und dreissig pfund!**「老天！二十三鎊錢哩！」我告訴他我損失的數字，他甚表關注。我們很久也沒有聽見那位大副的喘氣和呼喊聲。

他跟著對我說：「每個人都有自己的煩惱。」當我們繼續往前行的時候，他補充說：「倘若他不是因爲非常偶然地給福克船長留在岸上，他對我的事就會一無所知。」他跟著長嘆一聲，語調哀傷。當然，我那時還以爲他是因爲同情我的不幸遭遇而嘆息的。

在戴安娜號的船上，赫曼太太好看的眼睛表示了無限的興趣和同情。我們登船時，那兩個女人正在開了的天窗下強烈的燈光中面對面的做著針織活兒。赫曼先行，一踏上入口的門檻處就脫下外套來，一面用一種洪亮、好客的聲音跟我說：「請進！船長。從這邊請進！」他還未將外套放下，就已開始向妻子一五一十的講述剛才發生的事。赫曼太太將自己豐腴的掌心合起來。我帶著一種沉重的心情向她們微笑、鞠躬。那個侄女放下手中的針線，站起來走去給赫曼拿他的拖鞋和繡花無邊便帽。赫曼神氣得像個教皇似的將帽子戴上，一面又不停的談論我的事。在艙房的地面上，白色的毛織品似波濤起伏的散布在椅子間。我聽到"Zwei und dreissig pfund"這樣的字眼重複用了好幾次。不久啤酒拿來了，那些酒似乎特別清涼潤喉。經過一番追逐和情緒波動，我的喉嚨很乾了。

午夜過了很久我才告辭。那時候，那兩個女人早已回房就寢多時。赫曼在東方做生意已三年多了，多數是運米和木材。他的船在海參崴到新加坡的所有港口是很有名的。它屬於他自己的物業。他賺的錢雖然不多，但在孩子還小時，總算可以充分維持一家人的生計。他希望一兩年後能夠將年老的戴安娜號以一個合理的價錢賣給日本一家公司，之後就帶同妻子孩子乘搭二等郵船返回畢萊梅的老家。他慢悠悠地將煙斗的煙噴出來，慢吞吞的一一告訴我他這個計畫。當他要將煙灰擊出來時，他開始擦眼睛。那時候我真替他難過。假如我不是要趕回我的船上，我是會和他坐到次日天亮的。爲什麼我這樣急呢？那是因爲我要去面對我艙房內那個被人打破和搜掠過的抽屜？唷！一想到這裡，我就感到不舒服。

我就此成爲他家的常客。我想赫曼太太一開始就把我當作一位傳奇人物看待。當然，我沒有因爲失了錢就在大庭廣眾中扯頭髮，但她卻以爲我大有貴族氣派，毫不把損失放在心上。我後來也許的確向他們講述自己一些冒險的故事——我也沒有誇大其辭——他們對我經驗之廣嘖嘖稱奇。赫曼會將其中他認爲是最精采的段落翻譯出來。他會站起來，像專家講解某個罕見現象似的，輔以手勢，給那兩個女人講述我的故事，那兩個女人亦會將針線慢慢地放在大腿上。那時候，我會對赫曼的啤酒杯，做出謙遜的樣子。赫曼太太會匆匆的向我瞥一眼，輕輕的發出唉唷的聲音。那位少女卻默不作聲，從來沒有說過話。但她偶爾亦會抬起她灰藍的眼睛，用她那種溫柔、不像看人的目光望著我。她的眼神絕不呆滯，而是像照在山水上的月光一樣，散發出溫婉的光輝——跟星星的窺探凝視很不一樣。你給她的目光淹沒了，想像自己的形象也是迷迷糊糊的。但同一的目光射在福克船長身上時，一定是發揮了跟戰艦探射燈一樣的威力。

福克是船上另一位勤來的訪客，但從他的舉止看來，他活像是來探望後甲板的起錨機的。他在艙門外和我們在一起時，很多時會目不轉睛的望著它。他把一隻有力的手放在椅背的後面，一雙比例勻稱的長腿子遠遠的向外伸出去，白襪子的褲管緊緊窄窄的；腳上的黑鞋子像一對平底方頭的船那樣寬闊。當他到達時，他會喃喃自語的跟赫曼握握手，隨著向那兩個女人鞠個躬，然後一屁股在我們的旁邊坐下，表現一派滿不在乎、人盡可憎的神氣，他離去時也匆匆，一跳起來，然後好像很惶恐似的跟人喃喃自語、握手、鞠躬。偶爾，他會謹慎地、緊張激動地走去跟那兩個女人低聲的交談一兩句話，至多也只是寥寥數語。這時赫曼尋常的凝視會變得沒有生氣，而赫曼太太仁慈的容貌會變得紅了。那位少女卻總是絲毫無所動。

福克或是丹麥人，或是挪威人，我現在不能肯定說。但無論如何，他總是個北歐人，而且是個趾高氣揚的專利者。他也許不熟悉這個詞，但他卻清楚知道享有專利是怎樣的一回事。他將船拖出拖入港口所要徵收的費用，昂貴得非常不合理，我從來就沒有見過別人這樣漫天索價的。他是河上唯一拖輪的指揮和東主。那艘白色拖輪起碼有一百五十噸重，非常整齊，可以說跟遊艇一樣的高貴整齊。它的駕駛台是圓形的，高高自船頭聳起，像座鑲了玻璃的角塔。船頭有一根上了漆的修長桅桿。或者現在還有幾位出海的船長記得福克和他的拖輪。他凶狠無情地要我們這些貨輪船主把大塊肉割下給他，使我們既憎他又怕他。索姆堡常常說：「我才不講那個傢伙。我想他從年初到年尾還未曾在這裡喝了六杯酒。但我奉勸諸位仁兄，如果做得到，最好不要和他打交道。」

這個忠告，除了那些不能避免的生意關係外，是容易遵從的，因爲福克從來不打攪別人。將一位拖輪船主跟希臘神話中的半人半馬怪獸相比，似乎很荒謬，但不知怎的，他令我想起兒時所讀一本小書內的一幅版畫。這幅版畫畫了一群在溪邊的半人半馬怪獸，其中一隻很特別，他在畫前方手拿著弓箭，昂首闊步的走著。他的五官端正，相貌嚴峻，胸前飄著自下唇垂下來的一大把鬈曲鬍子。福克的樣子就令我想起這隻半人半馬怪獸來。他而且還是一隻混成的生物。不是半人半馬，但卻是半人半船。他在他的拖輪上過日子。那艘拖輪從清早到黃昏結露的時分，都在河上穿梭。在落日的餘暉中，你可以從下游老遠的地方就見到他被風吹得高高掛在白色船身的鬍子。那艘船逆溪而上，攪起無數的泡沫，向著夜間停泊的地點駛去。你會見到那個白衣人的身體和他茂密的褐鬍子。但自腰間以下，你只可以看到船橋屏幕橫過船的白色繩索。順著這些繩索望去，你可以見到船頭那些搶眼的白色繩索，並看見那個船頭將混濁的河水劃破前進。

假如把他和船分開了——最低限度對我來說——他便像是不完整似的。那艘拖輪沒有了他在船橋上的頭和上半身，看來也像給人肢解了似的。但他極少離船。我在港口停留的時候，在岸上僅僅見過他兩次。第一次是在租船人的辦事處。他憤世嫉俗地走進來，要拿取前一天給一艘法國帆船拖出海的費用。第二次，我簡直不能相信自己的眼睛：他在索姆堡那間酒店的桌球室裡，在自己的鬍子下面，斜斜地躺在一張藤腳的椅上。

見到索姆堡特意冷落他是一件頂有趣的事。他的人工造作跟福克那種自然的不在乎成了強烈的對比。那位亞爾薩斯大塊頭和他的顧客大聲談話，從一張小桌子走到另一張，經過福克休息的地方時，眼睛直望前方。福克在那裡坐著，一杯尚未沾唇的酒放在手肘旁。房內的白人他一定個個認得，叫得出名字，可是，他卻沒有和任何一個人打招呼。他見到我時，眼瞼一垂，算是默認我在場，但他的表現亦止於此。他伸開手腳躺在椅上，偶爾用兩掌自臉上抹下，身子同時微微一抖。

那是他的一個習慣，我當然亦非常熟悉，因爲你和他在一起，一個鐘頭之內，你就會對他這個打破長時間沉默的充滿感情而不可解釋的舉動，感到驚奇。他以前在任何時間常常都會做出這樣一個動作；例如在聽過小蓮娜喋喋訴說那個苦命的玩偶後，就很可能會做一下。赫曼那些兒女總是圍近他的腳旁，雖然他怯怯地有些避著他們。可是他似乎非常喜歡赫曼一家人，尤其是赫曼。他喜歡和他作伴。以這一次爲例，他準是在等他，因爲他一出現，福克立刻站起，一同走出桌球室。索姆堡跟著向三、四位顧客發表他的理論，聲音大得我也聽見。他說福克在追求赫曼的侄女，並且滿懷信心地斷言他定會徒勞無功。他說，去年赫曼在這裡上貨時，情形就已是這樣。

我自然不相信索姆堡的話，但我承認以後有一段時間我很小心留意事情的發展。我只發現赫曼有些不耐煩。一見到福克踏上甲板，這個極好的人就開始喃喃地在牙縫間咀嚼一些聽來像德國人罵人的話。但是，我在前面也說過，我對那種語言並不熟悉，而赫曼和藹圓眼的容顏又保持不變。他呆滯地凝視著前面，從喉嚨底發出聲音，用Wie geht's①（即是「你好嗎」）向他打招呼。那位少女會舉頭望一望，輕輕地掀動一下嘴唇；赫曼太太會將手放在大腿上，用她好聽的聲音流暢地跟他交談大約一分鐘，然後繼續做針織活兒。福克會一屁股的坐在椅子上，伸出他的長腿兒，亦很可能會激動地將手從臉上抹下。至

① Wie geht es ihnen? "How goes it with you?"

於他對我的態度，不可說是刻意無禮，更確切的說法是：他好像對我存在與否這些雞毛蒜皮之事全不放在心上。身爲一個擁有專利之人，他實在大可不必友善。無論是皺著眉也好，微笑著也好，他反正肯定可以大大敲詐我一筆拖船費。事實上，他既沒有皺眉，也沒有微笑。但不久之後，他使我吃了不小的一驚，令到索姆堡比以前更加喋喋不休。

事情的經過是這樣的。在河口處有一片本來就應該改善的淺水沙洲，但當局卻在那時虔誠地忙於給那座大佛塔做鍍金翻新工作，以致再沒有錢去做疏濬的工程。我不知道那沙洲現在怎樣，但在那時真是給我們船隻很多麻煩。其中一個後果是，那些吃水達至若干的船隻，如赫曼和我的船隻，就不能在河上完成上貨的工作。這些船在裝載若干重量後，便要駛出海面，方能裝載其餘的貨物。整個程序令人討厭得要命。當你估計你的船的載貨量恰好能夠安全駛過沙洲時，你就走去通知代理人；他們就會通知福克，謂某某已經準備妥當，可以將船拖出海面了；那時福克（表面上是當這份工作跟他其他的工作配合時，但實在的情形卻只是當他興之所至時）就會在代理人的辦事處內，小心弄清楚某某是否夠錢來支付拖船費，然後方冷冰冰地來到，在船橋上用他的黃眼睛憤怒地瞪著你，跟著無情地將頭髮蓬鬆如繩索、凌亂如甲板的你像拉去行刑似的匆匆拖出來。他又會迫你拿著他的鋼纜的一端，用他的鋼纜自然又要多付一筆費用。你如大聲抗議他這樣子來敲詐，這個一手搭在機輪室電報機上的巨無霸，只一味將他滿是鬍子的頭在水濺聲、喧鬧聲和煙霧上面猛搖。那艘拖輪在聲、煙和明輪推進器所激起的水氣當中逡巡，表現得活像一隻凶猛和急性子的野獸。拖輪上那幫東印度群島水手是我生平所見最無恥的，他縱容他們對你無禮地大聲叫罵，船剛拴好，他就死命一扯，把你從臥鋪裡扯將出來也不顧，好像打爛什麼東西都不在乎。你得跟在他屁股後頭向下游走十八哩，再沿著海岸多行三哩，駛到一群荒涼岩島所圍成的避風拋錨處。在那裡，你的船就得單獨停泊在藍得發紫的海上，在凌亂的陸地間，露出它光禿禿的帆桅。這時，向周圍望去，只見到一個光禿海岸，一塊棕色平原的泥脊，剛才那條河墨綠蜿蜒其上，還有一座巍然獨立的巨塔，其曲線和尖頂像熱帶岩塊發出色彩燦爛的石質晶光。你除了煩躁地等著餘下的貨物非常不定時地從河運出外，就無別事可做。高興的話，你也可以安慰自己說，這個麻煩的階段畢竟意味著最後你真的可以很快就離開這些海岸。

赫曼和我都要經過那一個階段，而在我們心中似乎都有一種默契：誰的船先準備妥當，誰就贏了這次競賽。我們平排並進，一直到終點那一刻我才占個先著，因爲我在上午親自到代理人的辦公室通知他們，而赫曼卻因爲很遲才決定上岸，所以那天很遲才去到代理人處。在那裡，他們告訴他，我的船輪到第二天早上起行；我相信他告訴他們，他並不急，遲一天起行對他更加適合一些。

那天黃昏在戴安娜號船上，赫曼兩個圓胖的膝頭分得很開的坐著，一面凝視前方，一面抽著他那根煙嘴彎曲的煙斗。不久，他有些不厭煩地叫他侄女帶孩子回房睡覺。正在和福克談話的赫曼太太聽了突然住了口，不安地望著丈夫。但那個女孩子卻立刻起身，將面前的小孩子趕到睡艙去。沒一會兒，從睡艙內傳來一陣吵鬧聲，赫曼太太唯有離開我們去鎮壓，看來是一場危險的叛亂。這時候赫曼對自己低聲發了句牢騷。以後半個鐘頭，甲板上只剩下福克、赫曼及我。福克煩躁不安地在椅上坐著，一邊輕輕地在嘆息。最後，他在將手自臉面抹下後，終於站起來，像已經放棄了將自己意思講明白的希望似的（他一直也未嘗開腔），用英語說：「好……晚安，赫曼船長。」他在我的椅子前面停了一會兒，定著睛低著頭望著我——我簡直可以說，怒氣沖天地瞪著我——他甚至從喉嚨地方發出一些低沉的聲音來。由於這些舉動是這樣的顯著，他在我們有限的點頭和哼哈兩句的交往當中，第一次在我內心激發起一些類似興趣的感覺。但他跟著卻很令我失望——因爲他甚至頭也不點就大踏步匆匆走了。

誠然，他的舉止常常是很古怪的，而我對他的舉止確實又沒有特別留意。但在他冷淡的態度中，那種像池塘內謹慎的老鯉魚那樣潛伏起來的隱晦意圖，卻從來沒有這樣接近表面。他顯然已經喚起我的期望。你如果問我期望些什麼，我也答不出來。但我怎樣也預料不到，就在第二日清晨他會給我一記悶心棒。事情的發展真是荒謬。

我只記得，在那日黃昏，他的舉動有很多地方值得我在他走後開聲問問自己，他究竟想怎麼樣。聽到我這樣問，在遠處一張椅子坐著的赫曼將身一擺，將腳盤起，跟著惡狠狠地坐定下來，然後說：「那個傢伙自己都不知自己想怎麼樣。」

這樣的批評也許有些見地。我保持緘默，赫曼則仍然避開我的目光，補充說：「我去年在這兒，他已是這個樣子。」一陣煙草的煙突然噴了出來，將他的頭圍著，他的脾氣彷彿像火藥那樣爆發了出來。

我頗想直截了當地問問他，最低限度是否並不知道爲什麼福克這個出了名孤僻成性的人會孜孜不倦地探訪他們。我突然想到，這畢竟是一件耐人尋味的事啊！我現在也不知道那時赫曼會怎樣回答。但事情發展的結果卻是：他並沒有給我問他的機會。他似乎將福克忘得一乾二淨了，竟開始自言自語地談他未來的計畫：賣船啦，回老家啦。他一邊咬著煙斗，一邊尋思忖度，定時噴出煙霧來，嘴裡卻爲路費咕噥。他似乎爲了必須替家人支付路費這件事而煩惱。關於這一點，我真的摸不著頭腦，因爲照平時看來，赫曼並不吝嗇，但他卻像個平日坐著不動、但終於決定了到外地走走的乾貨店商人一樣，爲了就快要搭郵船的小事而煩躁。我想他的節儉是有民族性的，而對他來說，旅行要他掏荷包一定是件新鮮的事兒——海上旅行對他一家人來說是正常的生活狀態——對他們大部分的人來說，是由坐搖籃的日子開始的。我看得出，要這樣悖理花掉的錢，他一文也捨不得。這一點是頗有趣的。他會爲路費而哀愁，跟著焦躁地嘆一聲說，除了要買三張二等的船票外——再加上四個小童的路費，現在可以說是別無他法。一大筆錢就要在一時之間花掉。一筆很大很大的錢。

我坐著（不是第一次）聽他訴說自省的話，一直到了我非常想睡了，我才折回自己的船上睡覺。第二天黎明，我被一陣刺耳的叫喊聲，一連串短急嚇人的汽笛聲，以及船身一輪厲害的顛簸驚醒。福克駕著他的拖船已經來找我了。

我立刻起身更衣。真是奇怪，我船上的回應聲以及我頭頂上滴滴答答的腳步聲竟突然間停了。但從較遠方處卻傳來一些從喉嚨發出、似是表示詫異和煩厭的叫聲。接著我聽見我的大副向著遠處某人發出高聲抗議的咆哮聲。其他人的聲音跟著加入，似乎很是憤怒。一群聽來像辱罵的聲音齊齊回答。汽笛不時又發出刺耳難聽的聲音。

總而言之，這樣無謂的喧囂令人心煩意亂，但我在下面的艙房裡卻泰然處之。我那時這樣想，再過一會兒，我就會向著這條可厭的河的下游駛去；最多再過一個星期，我就會完全擺脫這個醜惡的地方，以及這兒所有醜惡的人了。

一思及此，心中有無限的安慰。我一手抓起髮刷，望著鏡中的我就開始梳起頭來。突然，外面的聲音靜了下來。我跟著聽見（我艙房的門窗是打開的）——我聽見一個低沉鎮定的聲音（但不是在我船上），堅決地用一種外國口音很重的英語高叫：「前進！」

在一個人的生命中，也許有順境也有逆境。在時機來臨時……如此如此。就以我個人來說，我仍然注意等候著那個重要的轉捩點。不過，我恐怕在芸芸眾生當中，大多數都是命中注定要永遠在一個四岸乾涸非常的一池死水中枉然掙扎。但我亦知道在人生當中常常會出現一些出人意表地——甚至不合理地——使人茅塞頓開的時刻，那時候，一個本來是尋常的聲音，或者只是一個再普通不過的姿勢，都足以向我們揭示：我們私底下洋洋自得，只是反映了我們的淺薄愚昧。「前進」這兩個字，即使我們以一種外國口音去念它，本應沒有什麼特別，但當我對著鏡微笑聽到這兩個字時，嚇得登時呆了。然後，我一方面不相信自己的耳朵，一方面卻已氣沖斗牛地衝出我的艙房，跑上甲板來。

我簡直不信自己的眼睛，但事實就擺在眼前，不由我不相信。我兩隻眼睛只見到戴安娜號。被拖著走的竟然是它。它已經離開了停泊地點，從河的一邊迅速地駛向另一邊。「這個瘋子拉這艘船出來的方式真有趣啊！」我的大副在我的耳旁惶恐地說。「喂！福克！赫曼！這是什麼葫蘆賣什麼藥？」我狂怒地高叫。

沒有人聽見我的叫聲。福克一定聽不見。他的拖輪在另一邊堤岸下面開足馬力轉彎。它和戴安娜號之間那條拉得像豎琴弦線一樣緊的鋼纜在振動著，發出驚人的聲音。

由於張力過緊，那艘高身的黑船向著一邊傾側了。從船上傳來一陣震耳的噼啦聲，跟著是木材撕開破裂的聲音。「看哪！」我耳畔那個惶恐的聲音說：「他已經將他們拖船的那塊墊木扯走了。」然後興高采烈說：「哦！船長，您看！您看！您看那些荷蘭佬，在前甲板上東跳西跳閃躲那鋼纜。最好是沒有拖完就已經打斷他們幾條腿骨。」

我高聲抗議絲毫無效。橫斷原野的旭日照暖我的背部，但我已氣得渾身發熱。假如不是我親身的經驗，我真不相信一項簡單的拖船工作能夠這樣清楚地喚起綁架及強姦的意念來。福克簡直是挾著戴安娜號私逃。

那艘白色拖船瘋了一樣衝入河中央。它狂急轉動的紅色明輪輪翼，將整段大河翻成白泡。戴安娜號就在河中央團團轉地跳起華爾滋來，舞姿像個舊穀倉那樣優雅。在它的蹂躪者後面飛奔。透過亂蓬蓬在水上急速飄過的煙霧，我瞥見在一頂馬車輪大小的白帽子下面福克靜止的雙肩，瞥見他的紅臉龐，他瞪著的黃眼睛，他那把豐盛的鬍子。他沒有密切注意前面的航道，卻特地將身子轉過來，背對著河，瞪大眼睛看拖著的戴安娜號。這艘又高又重的船，以前從來沒有給人這樣對待的，這時似乎已經失去了常性；它很厲害地逸出正常的路線，有一陣子樣子嚇人、笨拙，像座溜脫的山似的直向我們衝來。它鈍平的船頭捲起一個飄動的、發出嘶嘶聲的、洶湧的浪來。我那班水手全體大嘩一聲，然後屏息以待。險極了！但福克已得到了它！已把它牢牢抓著。我彷彿聽見那條鋼纜如波浪一般橫過戴安娜號的前甲板時所發之砰聲，甲板上的水手都四散奔逃，險極了！赫曼那時頭髮凌亂，身穿一件褐黃色法蘭絨襯衣，一條芥末色黃褲子，早已衝了出來幫忙掌舵。我見到他受驚的圓面孔；我見到他的牙齒在一種勉強、凝固的苦笑中露了出來；兩船之間的海水正在跳動喧囂之際，戴安娜號靠近我的船邊飛奔而過，船近得我可以將個髮刷擲到他頭上，因爲在那時我手裡似乎一直都拿著那些髮刷。赫曼太太這時肩上披著一條羊毛圍巾，安安靜靜地坐在天窗上面。這位好太太見我怒氣沖沖地打著手勢，只是猛搖手中的手帕兒，以頂和善頂和善的態度向我點頭微笑作答。那些衣服只著了一半的男孩子，在後甲板上歡天喜地的跳來跳去，展露他們豔麗的背帶；蓮娜則著上一條短紅裙，露出瘦削的手肘和臂，專心照料那個碎布玩偶。整個家庭在我的眼前越過，就好像給人拖著橫過一個發生空前暴力事件的地點。我最後見到的是赫曼的侄女，懷中抱著小寶寶尼古拉，離開其他人而站立。她身穿一件緊身印花上衣，身段完美，氣質懾人，太陽像是只爲她而升起。強烈的光線，使她外型的豐盛和青春的活力更顯得美好。她彷彿迷失在沉思當中，完全靜止的經過；只有她的裙邊在風口上搖曳；太陽光在她光滑的黃褐色頭髮上折射出來；那個禿頭的小潑皮尼古拉正在使勁的朝她肩膀打去。我見到他那條小胖手臂熟練地舉上舉下。接著，戴安娜號那四個農舍窗戶出現眼前，迅速地向河的下邊退去。窗框是拉上了，其中一塊白洋布窗簾在航跡內攪動的水上面，像一條飄帶似的直向窗外顛撲。

從來沒有聽過有人是這樣給人騙去自己的機會的。我立刻到代理人的辦公室投訴，他們一面向我道歉，一面卻堅決聲明他們也不明白爲什麼會弄錯。我後來走入索姆堡那間酒店吃午飯，索姆堡見到我時雖覺詫異，卻滿有準備地給我一個解釋。他當時在一張又長又窄的桌子一端坐著，面對他老婆——一個骨瘦如柴、五短身材的女人，拖著長鬈髮，口中有一隻藍色的牙齒。她在外頭傻氣地微笑；但你和她說話時，她卻現出驚慌的樣子。在他們中間，一座搖擺的布風扇吹向二十張空著的藤座椅子及兩行光閃閃的碟子。三個穿著白色制服的中國佬手裡拿著餐巾在那個荒蕪地帶閒著。索姆堡那個拿手的客飯那天卻沒有多少人問津。他氣沖沖地將食物往自己嘴裡送，內心似有無限的怨恨。他用一種粗暴的語調命令侍者把肉排拿回給我，一面在椅子上將身子轉過來說：「他們告訴您弄錯了，是不是？完全沒有這回事的，船長，您可不要信這番鬼話。若不是別有用心，福克不是一個易弄錯的人。」他堅信福克一直以來都想不費分文的巴結赫曼。「不費分文——你聽著！他這樣侮辱您，卻沒有花掉一個子兒。赫曼船長比您搶先一天出了海。時間就是金錢！對不對？我相信您和赫曼是好朋友，但人占到一些小便宜時總會高興的。赫曼船長是個懂得做生意的人，而商場沒朋友啊，對不對？」他將身子伸前，開始像往常一樣把眼睛瞟來瞟去。「但福克是——以前一直都是——條可憐蟲。我不會把他看在眼內。」

我氣鼓鼓地低聲說我對福克亦沒有特別的敬意。

「我不會把他放在眼內，」他說得很執著，並現出很焦慮的樣子，倘若我不是十二萬分的不愜意，定會覺得他的樣子很有趣。對一個頗有責任心和滿懷年輕人特有的好意的後生小子來說，當前那件苛待來得特別殘忍。幼嫩得相信罪惡、清白以及自己本身的青年人，永遠會懷疑自己也許不應該有此報。我面容憂鬱，食慾不振，跟碟上的肉排搏鬥了一番；索姆堡太太則坐在一旁，跟平常一樣咧著嘴傻笑，而索姆堡卻愈談愈起勁，話兒像倒瀉垃圾一樣，一發不可收拾。

「讓我告訴您吧！都是那個妞兒的緣故。我不知道赫曼船長怎麼想，但如果他問我，我可以給他講講福克這個人。他是條可憐蟲。那個傢伙是個真正的奴才。我就是這樣叫他的。奴才。我去年開始做這個客飯，派了許多片子出去——您也知道的。您想他會在這店裡吃一頓飯，對不對？試一試這些菜如何？一次也沒有。他現在請了一個從印度馬德拉斯來的廚子。那是我用藤條從店裡攆出去的可惡騙子。他不配替白人燒飯。不，甚至不配替白人的狗燒飯；但您看看，對福克先生來說，任何一個能夠煮一煲米飯的土鬼子都夠好了。——他就靠從外面的漁船花幾分錢買進的米和一點兒魚來過日子。您不會相信吧，是不是？還是個白人……」

他用手中的餐巾怒沖沖地抹抹嘴唇，一面把眼盯著我。在沮喪中，我的腦海裡閃過這樣一個念頭：鎮上的肉倘若都跟這些客飯肉排一樣，那亦很難怪福克了。我正想要說這些話，但索姆堡怒目凝視是很怕人的。「他也許吃素，」我改了口喃喃說。

「他是個守財奴，一個可憐的守財奴，」那個酒店東主使勁地說。「當然咯，這裡的肉沒有老家的那麼好。價錢又貴。但看看我，一頓午餐只收一元，晚餐亦不過一元五角。哪兒可以找到更便宜的？我爲什麼這樣做呢？這樣的生意，利錢都說不上。福克卻不屑望它一眼。我做這生意，是爲了這裡許多年輕白人，他們沒處可和一班正經人正正經經地吃一頓正經飯。在我的餐桌子前面永遠有一夥第一流的同伴坐著。」

他把眼去瞄那些空椅子時，那種像煞有介事的神態，令我感覺自己好像已經打攪了一些正在用午飯的亡魂。

「白人吃飯應該像個白人，他媽的，」他突然衝動起來，破口大罵。「應該要吃肉，一定要吃肉。我總算有辦法可以一年四季給客人供應肉類，對不對？我並不是爲了一班王八苦力而辦伙食的，再來一塊肉排吧，船長……不要了？你，跑堂的，拿走！」

他把身子往後一靠，臉容嚴峻的等人將咖哩飯拿來。那扇半閉的百葉窗使這間瀰漫著新石灰水氣味的飯廳變得黑暗；一群蒼蠅嗡嗡響，輪流停息下來。那個可憐的索姆堡太太的微笑，像將在這間四壁蕩然的飯廳內所有說過話、吸過氣、吃過粗劣水牛肉的低能人士的本質表露無遺。索姆堡只在準備把一大湯匙油膩膩的飯往口內塞才開口。他在將那辣辣的東西吞下肚子前，把兩個眼珠子左右溜轉，樣子很是滑稽；吞了飯後才再破口大罵。

「那真是丟臉不過。他們把那碟飯用蓋子蓋好，給他拿到駕駛台上面。他在吃飯前卻先把兩道門關了。事實！一定自己覺得羞恥。您問問那位輪機長。他沒有輪機長就不成——您明白了沒有——由於他不指望會有體面的人可以忍受這樣的飯菜，他每個月多給他們十五元膳食津貼。我向您保證我說的是真話！您只要問問費迪南達．哥斯大先生就知道。他就是他現任的輪機長。你也許在我這裡見過他。他是個文質彬彬、膚色淺黑的年輕人，兩隻眼睛挺秀氣的，唇上蓄一道小髭子。他一年前從加爾各答來到這裡。你別對人講，照我猜想，那邊的債主一定追得他很緊。他一有機會就衝來這裡大吃一頓。我問問您，一個受過良好教育的後生小子獨個兒在自己的艙房進食——像頭野獸似的——有什麼情趣可言？福克卻以爲他的輪機長多了十五元津貼後，就可以忍受這種方式。甲板上倘若稍有一丁點煮食的氣味，他就會在船上大吵大鬧一番。您不會相信的——幾天前，哥斯大叫廚子給他炸一塊肉——只是塊甲魚肉，並不是牛排。那塊肥肉大概被發現了。那小伙子哥斯大就是在這間飯廳告訴我的。「索姆堡先生，」——他說——「倘若汽缸蓋子由於我疏忽給爆掉了，福克也不可能更凶。那個廚子給他嚇死了，現在不敢再給我燒火做飯了。可憐的哥斯大流著眼淚。您設身處地替他想想，船長：一位臉皮薄薄、彬彬有禮的年輕人。難道要他生吃食物不成？但你的福克徹頭徹尾就是這個樣子。您可以隨便問人去。我想那份他不得不付出的十五元津貼，不停在這裡絞痛他的心窩兒。」

說到「這裡」時，索姆堡拍拍他那有男子氣概的胸脯。我被他那不著邊際的嘮叨話兒弄得有些頭昏腦脹的坐著。他突然用一種令人難忘、謹慎的方式緊緊地握著我的前臂，彷彿就要領我進入一個傾訴祕密的洞穴。

「這純粹是嫉妒心作祟的緣故，」他放低聲音說，話兒傳入我疲倦的耳朵裡卻有一種刺激的效果。「我相信鎮上的人沒有一個他不嫉妒的。我告訴你，他是個危險人物。甚至我自己也難保不為他所害。我肯定知道他曾經試過下毒……」

「哎！好了吧！」我大叫起來，感到一陣惡心。

「但我知道是真的。那些人親自來告訴我的。他到處去告訴人家，說我是鎮上比霍亂更要命的瘟疫。自從我開了這間酒店後，他就一直在說我的壞話。連赫曼船長也上了他的當。上次戴安娜號在這裡上貨時，赫曼船長每天總來這裡喝杯酒或抽口雪茄。這次他一星期也沒來兩天。您可怎樣解釋？」

他擰捏我的手臂，直至我嘰哩咕嚕地吐出些話來才放手。

「福克賺的錢是我的十倍。在這裡還有一間酒店跟我競爭。但在河上卻只有他的拖船。我沒有擋著他的去路，對不對？即使他有心，他也不會適合做酒店生意的。但這恰好是他的本性。他見我生活有了著落就眼紅起來。只盼他的本性使他潦倒街頭就好。他凡事都是這樣的。他不也是想餐桌上擺得體面一些嗎？但不——為了幾分錢不可以這樣做，要花的錢太多了。對他來說，這太多了。我叫他守財奴，就是這個意思。當他鼻子有點兒癢時，他會卑鄙得要和人廝鬧一番。您聽明白了嗎？這剛好把他的嘴臉畫出。又吝嗇又嫉妒。您不能再有其他的解釋啊，對不對？這三年來我一直在觀察他。」

他極想見到我會同意他的理論。假如索姆堡嘮嘮叨叨的話兒，不是永遠予人一種本質上是不負責任的不誠實之感，我在細細思量一番之後，是會認為他的理論表面上講得通。但是，我不打算研究福克的心理，那時，我正在垂頭喪氣地吃一片發了霉的荷蘭乳酪，傷心得連自己在吞噬些什麼也不理了，當然不會為福克的飲食之道煩惱。我不指望在他們的研究中，會找到一些線索能夠解釋福克做生意時的方法。在我看來，他做生意的手法，似乎完全不受道德觀念或甚至最起碼的社會觀感所束縛。這個傢伙竟敢這樣對我，可見在他眼中我是何等的微不足道，何等的可輕蔑——我突然這樣反省，身子這時由於內心痛苦而扭動著。由於我費盡心力將福克以及他所有的怪癖都交予了魔鬼，所以有一段時間竟忘記了索姆堡的存在，直到他硬將我的手臂緊緊抓著，我才回醒過來。「哎呀！您大可想來想去，直想到您的頭髮一根根脫光為止，船長。但您也找不到別的道理來解釋。」

爲了和平與寧靜，我連忙承認找不著。心中一面盤算他會到此停止了。但我的答話卻只有令他汗淋淋的臉孔狡猾得意地閃著。他把抓著我的手放開了，去將糖盒子內密麻麻的一大群蒼蠅趕走，但不一會兒，再一次把我的手臂捉著。

「當然找不著。同樣，誰也知道他想成家立業。只是辦不到。讓我告訴您一件事，兩年前，一位姓溫洛的小姐從家鄉來到這裡，替她的兄弟佛烈料理家務。溫洛小姐是個雍容嫻雅的姑娘，兄弟佛烈在水邊開了間做些簡單的修理工程的店子。福克突然每晚用了飯之後，就到他們那間平房去，在陽台上一言不發地一坐就坐上好幾個鐘頭。這個可憐的姑娘，打死她也不能告訴您怎樣應付如此的一個人，所以每日黃昏，她會不停地給他彈鋼琴、唱歌，一直弄到她累得要倒下才停止。她看來亦不是個年輕力壯的女人。她的年紀是三十歲，這地方的氣候把她弄得一團糟。那時候——不知您想到沒有——佛烈由於禮節的關係，只得陪他們熬夜，曾經連續幾個星期，沒有一晚可以抽個空兒在午夜前上床就寢。人家幹活累了，這不是件賞心樂事啊！對不對？況且在那時，佛烈還有別的煩惱。他的店子生意不佳，本錢虧蝕得很快，他只希望離開這兒，到另外一個地方碰碰運氣。但是爲了妹妹的緣故，他在這兒耽擱了下來，到頭來卻把債台築得高高的——關於這一點，我知道得很清楚。我在我的抽屜裡就隨時可以找出一些他賒購酒肉的帳單。但我卻不知道佛烈後來怎樣得到一大筆錢的。照我推想，一定是他那位在塞得港做煤炭生意的兄弟給他的。無論怎麼樣，他在離開這兒前將債務都還清了，但那姑娘的芳心卻幾乎破碎了。失意，當然，以她的年紀，想您也明白的……我的老婆和她是很要好的朋友，她也可以告訴您。痛苦的失望。常有一陣一陣的暈厥。真丟人啊！無人不知呢。這件事向四面八方傳出去，連薛老先生——不是您現時的租船主，是他的父親薛老先生，那位退休時家財萬貫、回老家時在船上海葬的老紳士——他亦要召福克入他的私人辦公室談談。他訓斥別人時，像個嘮叨嚴厲的老夫子。還有一點，薛氏公司從福克出道那一日起，就一直用相當多的金錢資助他。事實上就這方面而論，您可以說，是他們一手提拔他出來的。當他來到這兒的時候，由於公司每年都要租用大量的帆船，他們恰好需要在河上有良好的拖船設施。明白了嗎？唷，隔牆總有耳。事實上，」他放低聲音，神神祕祕的說：「那件事是我一個好朋友告訴我的，這朋友每天傍晚您都可在這兒見到，只不過他們交談時，聲調是頗低的。無論如何，我的朋友對於福克那時替自己百般辯護和薛老先生咳個不停這兩點是肯定的。但是，福克卻一直是想結婚的。爲什麼？眾所周知，這個人多年來一直都希望成家立業，但他卻不能面對那筆費用。你要他掏腰包，他就寧願不結婚。這就是他不結婚的真正和唯一原因。我一直以來都是這樣說的，現在每個人都同意我的說法。你以爲怎麼樣，嘿？」

他滿懷信心地訴諸我憤怒的情緒。但我那時卻有意用話激他，我說：「對我來說，那似乎是十分可憐又可笑的——假如是真的話。」

他從椅子上彈了起來，彷彿我用針刺進了他肉裡。我不知道他在那時會說些什麼，但就在那個時刻，我們聽見兩個男人從陽台走進來的腳步聲，和兩把嘟囔的聲音，從桌球室半開的門傳入來。當索姆堡太太聽到有個硬幣得得地敲打桌面時，就躊躇地半站起來。「坐定吧！」他發出噓聲罵她。然後，用一種好客、愉快的語調大聲說（這種語調，跟他剛才將太太嚇得頹然坐下的那種凶狠目光，恰成一種奇妙的對比）：「各位客官，我們這兒還有午飯供應。」

沒有人回答，但嘈雜聲突然靜下來。那個中國佬的領班走出去。我們聽見酒杯內冰塊互相碰撞、倒水、腳子擦地，和椅子摩擦地板等的聲音。索姆堡心中納罕那個傢伙會在這個時候來，一邊喃喃自語，一邊手拿餐巾站起來，走到門口小心翼翼地探頭入內看看。但他跟著迅速地用腳尖悄悄退下來，手掩著口，輕聲告訴我福克來了，就在裡面，還帶了赫曼船長在身邊。

拖船可能已從海外面的停泊處駛了回來，雖然我起先沒有想到這點，因為福克早在五時半就已經將戴安娜號帶走，而現亦已經是二時了。索姆堡希望我會留意，他們兩人不會花一塊錢買他們想要的午餐。當我準備離開飯廳時，福克已經走了。我聽到他那雙皮靴踏在陽台木板所發出來的聲音消失。赫曼孤零零的在那間內設有兩張暮氣沉沉、用條紋套子覆蓋著的桌球檯的闊大木造廳房坐著，一面手不停的在抹臉上的汗。他身穿一件上好、上岸時著的衣服——硬衣領、黑色外套、白色闊身背心、灰色長褲。他在兩腳之間安放了一把藤柄白色棉布陽傘，側鬢梳得很整齊，下巴新刮得乾乾淨淨；跟我在今早所見那個頭髮蓬鬆、面露惶恐之色、身穿一件黃褐色睡衣和一條不體面的殘舊褲子、在戴安娜號的駕駛台緊緊握著駕駛盤的男人，可說是判若兩人。

他見我走進來時嚇了一跳，手忙腳亂的趕著跟我打招呼，但態度卻是真心地熱誠。他急於向我解釋清楚，今早那宗「混帳事件」與他無關。那件事真是再麻煩不過了。他一心以爲還有一日的時間上岸清付他的帳單和簽署一些文件的。況且他還有些貨未到，一些運去修理的「鐵製品」（這古怪的名稱是他起的）也留在岸上。現在他要在本地租艘小船，將所有這些東西運回大船上。他估計搬運費大概要五六元。他事前並沒有接過福克任何的通知，片言隻字也沒有。他用他粗短的拳頭打著桌面。Der verfluchte Kerl（該殃的壞蛋）早上像個「死強盜」似的來到，大吵大嚷就將他拖走了。他的副手並沒有準備，他的船是牢牢下了碇的，他說這樣攻人無備真不要臉——無恥，但當我冷冷地指出他大可拒不受拖時，赫曼聽了嚇得竟有些呆了。由此可見福克在這河上的威力。我到那時才清楚明白今日已經是蒸氣的時代了。獨有一個船用汽鍋，福克便有一個鞭策我們的地位。赫曼在心神甫定後用一種哀求的語調說，我亦很清楚知道，在太歲頭上動土可不是好玩的啊！我聽了後只報以淡淡的微笑。

「Der Kerl（那壞蛋）！他高聲大叫。他後悔沒有拒絕福克。他真的感到後悔。那些損失！那些損失！所有那些損失是爲了什麼！他沒有理由要蒙受損失。我知道不知道福克令他蒙受多少損失？當我告訴他當他那艘老爺船駛過時，我聽到船頭船尾都有破裂的聲音，心中感到一陣快意。「你經過時離我其實不遠。」我意味深長地補充說。

他回溯當時的情景，兩手舉高向天，其中一手執著白陽傘的中段，模樣兒怪像他們德國漫畫中的小掌櫃。

「Ach！那很危險，」他高聲叫出來。他內心暗自發笑。但他緊接著露出一副坦率的面容補充說，「那麼你的鐵船外殼當會跟——跟這盒火柴一樣被壓凹了。」

「是嗎？」我咆哮起來，心中的快意已大減了。等我明白到這番話並不是想用來譏刺我而說時，他對福克不滿的情緒已經很高漲了。那些痲煩，那些損失！那筆費用！**Gottferdam**！那個天殺的王八。在櫃台的後面，索姆堡嘴裡咬著根雪茄煙，一隻手拿著根鉛筆，在一張闊大的紙上面揮動著，假裝寫字；但當赫曼激動的情緒愈來愈高漲時，我就泰然的益發感到自己頭腦的冷靜和優越。可是當他不停咒罵福克時，我突然想起，這位好好先生最後不也是乘了他的拖船來到鎮上的嗎？也許——由於他要到鎮上走走的緣故——他沒有選擇的餘地。但毫無疑問，他剛才和福克一道喝酒——可能是福克請他，或是他請福克。那又怎樣解釋？因此我故意用一種高傲的語調對他說，我希望他會向福克追討他所有的損失，看看他有什麼反應。

「對！對！找他理論去！」索姆堡將手中的鉛筆擲下，擦著手從櫃台中叫出來。我們卻沒有理會他的吵嚷。但赫曼的火氣卻突然收了，就像從火中將平底鍋拿走一樣。我慫恿他考慮下面兩點：第一點，他跟福克以及福克那艘天殺的拖船再沒有什麼瓜葛了。

第二點，他既然打算走完這一水船後，就把戴安娜號賣掉，他，赫曼也許在今後十幾年也不會再到這裡來（「乘郵船返老家」他呆滯地沉聲說）。所以福克雖惡，也拿他沒法。他現在應該先福克一步火速趕到受託人那處，叫他們將拖船的費用單凍結。他見我這樣說，不但不動身，反而小心翼翼的把陽傘在檯邊靠穩，真把我氣壞。

當我瞪著眼望著他時，他卻用一種迷惑、半帶羞怯的目光向我瞥了一兩眼，然後坐下來，若有所思地說：「那很好！」

誠然，他被人強行拉出海面，精神有些失常。他遲鈍的本性定必為之大大的震撼了，否則他不會出其不意的問我有沒有留意到福克不時把眼瞅他侄女。「不比我多呀，」我實話實說的告訴他。那個妮子，誰不會多瞟一眼？她雖然默不作聲，但那一個人不感覺她的存在啊？

「但船長你跟他不是同一路人啊！」赫曼說。

關於這一點，我不能夠否認——我樂於這樣說。「小姐自己怎樣說？」我忍不住這樣問他。他見我這樣問他，定著眼瞪了我好一會兒，現出一派誠懇的樣子，跟著就裝出想改變話題的模樣兒，開始喃喃自語的說他的孩子都長大了，要上學了，真是虧他想得到。他相信回到德國後他會找到一份船長的差事。那時，他會把孩子留在岸上他們的祖母那處。

他經常就是這樣囉囉嗦嗦的講述自己家庭的計畫，你說有趣不有趣？我想這必定展現他人生中一個巨大的轉變。一個新紀元。況且，他不久就要跟戴安娜號分手，他在戴安娜服務了許多年了。他已經承繼了那艘船。從　個世叔伯的手裡，假如我沒有記錯的話。未來的種種景象，在他面前大大的展開，將他的心思完全盤據了，情形就好像出發冒險前夕一樣。他皺著眉，咬著唇的坐在那裡，突然卻又動起肝火來。

我發覺他似乎以爲我總可以或總應該可以令福克表明心跡，心中暗自笑了一陣子。這個一廂情願的想法很難了解但很是有趣。但這些糊塗的想法卻令我煩躁起來。我氣呼呼地說我還未曾見過任何的徵象，可是假如是有的話——既然他赫曼這樣肯定——那就更糟糕了。福克用這樣的方法去騙人會得到些什麼樂趣，真是天曉得。但是，提醒他是我莊嚴的責任。我說，我最近知道有一個人（而且不是很久以前的事），就正好是如此這段受騙的。

所有這些話兒都是低聲說的，索姆堡因爲聽不到我們的密談而發起火來。他走出飯廳，砰的一聲把門關了，把我們嚇得從椅子跳起來。那個關門聲，又或者是我剛才那一番說話把赫曼的怒火激起來。他把頭向著那扇還在震動的門不屑地一搖，大概以爲我已中了索姆堡的流言毒。真的，他似乎對索姆堡已經產生極大的惡感。「他的故事全是——全是……」他重複地說，腦子在找尋一個恰當的字眼——「廢話」。全是廢話，他再三地說，而且我還年輕……

這些令人討厭的讒言（真遺憾，我現在已不再爲這種侮辱人的說話所動）亦激起我的怒火來。我內心已經準備要支持索姆堡對任何話題的每一個主張。一下子——天曉得怎樣解釋——赫曼和我都用一種滿懷敵意的眼光望著對方。他以後立即拿起他的帽子，我亦放縱自己在他後面高聲大叫說：

「你聽我的勸告吧！福克損壞了你的船，你要向他索取一筆賠償費。但除此以外，你不可能再在他身上打什麼主意。」

當我返回船上時，我的老副手心裡還是惦掛著今早發生的事情。他對我說：

「就在今日二P．M．前，我見到那艘拖船從海中的拋錨處駛回來（他從來就不用上午、下午這兩個普通用語，只用A．M．、P．M．這兩個航海日誌式的字眼）。這件事辦得真俐落。這人總是匆匆忙忙的。他是個名副其實的保鏢，可不是？倫敦東部有一些酒吧我常光顧。這些酒吧有了他這類巡場，就可更放心了。」他說這個笑話時，自己也嘻嘻笑。「一個名副其實的保鏢。現在他把那個荷蘭佬攆走了，殺了他一個措手不及。我想明天早上就輪到我們了。」

第二天天一亮我們就全部上了甲板（甚至那些帶病的——真可憐——亦爬了出來），準備隨時啓航。船一艘也沒來。福克沒來。最後，我都以爲他的輪機大概發生了故障，就見到那艘拖船開足馬力，從我們船邊駛過，向著下游駛去，好像見不到我們那艘船似的。有一陣子我還天真地以爲他會在下一個河段掉頭駛回來的。不久，我望著他拖船的煙，隨著彎曲的河道，時而在這、時而在那的從平原上升起來。它最後消失了。

然後，我一言不發的走下甲板吃早飯。我唯有走下甲板去吃早飯。

大家都默不作聲，直到那個大副在啜入——從茶杯裡利用吸力的作用——他第二杯茶之後大聲說：「他媽的！那個人究竟那裡去了？」

「泡妞兒去了！」我高聲大叫。我魔鬼似的笑聲，令那個老頭子再不敢開腔。

我態度鎮定非常，向著代理辦公室走去。一種極度憤怒的鎮定。他們顯然已經知道我的來意，見了我卻假裝大吃一驚的樣子。那位腳步輕盈、身材臃腫的經理，喘著氣站起來迎接我，而辦公室內那些伏案而坐的年輕文員則鬼鬼祟祟把眼向著我這邊望來。那個胖子不等我向他投訴，就用一種自己也似乎不相信的語調，一邊急喘著氣的告訴我。福克船長——已拒絕——已斬釘截鐵地拒絕——拖我的船——不再和我的船做任何生意——從今日起——一直到永遠。

我極力保持冷靜，但無論怎麼樣，我一定是面露驚惶失措之色。我們在辦公室中央的地方談著話。突然有個笨蛋在我後面擤鼻子，發出很大的聲音。而同時又有個抄寫員站起來，匆匆忙忙的向著騎樓走去。我突然醒覺在那裡我就像個大傻瓜。我怒氣沖沖地提出要在主管的私人辦公室見主管。

薛先生頭頂的皮膚，在他稀疏的鐵灰色頭髮間，顯露出霜白的顏色。他的頭髮像束繃帶似的，從一邊耳朵去到另外一邊耳朵，打橫像塗泥灰似的將他的頭顱蓋著。他兩頰凹陷，面孔狹小，臉色是一片均勻、永久的赤陶色。他像個病夫，又瘦又矮，手腕像個十歲的孩子。他的身子雖然虛弱，嗓子卻發出非常雄壯、刺耳和洪亮的聲音，就好像是從一些像霧笛那類的機械裝置發出來的。我不知道平時在家他怎樣用這樣一副嗓子，但在做生意這個較大的領域，它卻很有用處，單靠其聲音的強度，就可以不須動一下腦筋而將對方的論據壓倒。我們從前已有過幾次爭論。我要用盡法寶、知識去維護我雇主的利益——請留意，我從來沒有見過他們——而薛先生（他幾年前去澳洲公幹時認識了他們）卻自以爲是他們的深交，口口聲聲用「我們最好最好的朋友」的字眼來壓我。

他用一種猜忌的眼光望著我（我們都憎恨對方），跟著立刻聲明說，那就怪了，十分怪了。他的英語發音很是誇張，我怎樣模仿也說得不似。例如他說：**Fferie strantch**，他的發音，跟他像公牛吼叫的語調混合起來，令到我的母語聽起來古怪地嚇人。你即使當他的發音是一些沒有意義的聲浪，你起初聽到時也會感到驚奇。「他們……」他繼續說：「認識福克已經有許多許多年了，沒有理由……」

「我來找你當然就是爲了這個原因，」我打斷他的話頭。「我有權知道這種種胡鬧是什麼意思。」在室內的昏暗光線中（因爲樹頂遮著窗戶故呈淡綠色），我見他扭動瘦削的肩膀。我突然想到（不相干的念頭也隨時會閃進我們腦海的啦）這間房——假如傳說是真的話——很可能就是當年薛先生的老頭子訓斥福克的地方。薛先生用他那個像喇叭一樣刺耳洪亮的嗓子說，他對那些魯莽的行爲深表遺憾。他咬字發音時，聲音就好像是經過一個喇叭似的……我現在確確實實的被他訓斥一番。他那些震耳欲聾的話真是莫名其妙，但他是指我的行為——我的！——他媽的！我不可以再忍受這樣黑白顛倒。

「你究竟是什麼意思？」我氣沖沖的問他。我將帽子往頭上一戴（他從來不請別人坐）。我不恭敬的行為把他嚇得啞口無言有好一陣子。我一個轉身，背著他大步走出辦公室。他在我後面高聲咆哮，聲言要下船來收取駁船的過期停泊費，以及種種因我兒戲而耽誤的費用。

我一走出外面見到陽光時，感到一陣暈眩。這已經不只是耽擱的問題。我意識到自己已經捲入一宗沒有希望、令人丟臉而最後終於以悲劇收場的荒謬事件。「你冷靜一點吧！」我喃喃的跟自己說，跟著跑到一道患瘋瘋病似的牆的陰處。從那條短小的橫街望去，可以見到一條破爛而五色繽紛的康莊大道，向著遠處伸展開去。路兩旁有連亙不絕的剝落石屋、竹籬笆、磚泥拱廊、木架泥糊小屋、寺院的木雕花高閘門、爛蓆茅屋——一條又大又闊的路，馳目遠眺，只見疏疏落落的擠了一群呈現褐色的人，赤足在腳踝深的灰塵中跋涉。有一陣子，我覺得自己的精神會因為憂慮絕望過度而快要崩潰下來。

我們得要體諒一個年輕人初挑大梁的心情。我想起我手下那班水手。他們有一半人已生病了。我真的開始想到倘若我不能夠在短期內將船駛出海面，有些水手就會病死在船上。很明顯的，我得將我的船往河的下游駛去。我可以將帆升起，或將錨拋下來疏濬。這些操作，我跟許多新派水手一樣，只懂得其理論的一面。由於船上的人手不足，而我對當地河床又沒有認識，所以我真的沒有信心可以將船安全駛到下游去，我差些兒不敢進行這些操作。在那裡既沒有領航員，又沒有指示標，什麼浮標也沒有。人人都可以見到那處有一道很陰險的暗流，沙洲又多，差不多隨處都是。從我那裡沿著河道駛出海面時，起碼要經過兩道很容易發生危險的彎曲河段。這些彎曲河段如何險惡我可不知道。我甚至不知道我的船可以抵擋多少的風浪。我還未真真正正的統領它。當一個人和他的船發生誤會，而恰好又在一條不容和解的險峻河道上時，最後吃虧的必定是那個人。從另一方面說，你要承認我沒理由能夠倚賴一連串的好運氣。倘若我運氣不佳，船在某個天殺的沙洲擱了淺，船身要高高的、乾旱旱的豎出水面時，那豈不是那次航程的最後收場？福克既然不肯將我的船拖出海面，他顯然亦不會拉我的船離沙洲。那就等於說——什麼？即使最樂觀的估計，我也要損失一日的時間。但更有可能發生的情形是：整整兩個星期在臭氣薰天的泥地上，在烈日乾蒸下，忘命的做著搶修和卸貨的工作。那就等於說，我大概又要向人借要命的高利貸，而且還是向老薛那幫人。他們在那個港口是有勢力的一群。我今早帶了一劑金雞納霜，給我手下一個上了年紀叫作譚寶的水手服食時，見他的樣子頗為嚇人。他大概已命不久矣——還有其他兩三個水手，情況似乎跟他一樣壞。其餘的水手亦隨時會染上任何流行的熱帶疾病。恐懼、毀滅跟無窮的懊悔。無人相助，一些也沒有。我跌落在一群沒有友情的瘋子當中！

無論如何，假如我一定要自己將船駛出海面，我有責任要在可能的情況下蒐集當地情況的資料。但那不是一件容易的事。我想來想去，只有一個叫約翰遜的男人，可以告訴我當地的情況。約翰遜以前是一艘鄉下船的船長。後來娶了一個鄉下女人，生活變得壞極了。我也只是間接又間接的聽聞他的消息。據說他藏身於一群兩萬多名的土著之間，只在白天走出來找白蘭地酒飲。我當時這樣想，倘若有朝一日我揪著他，我必定拖他上船，待他酒醒後叫他替我領航。這樣總好過一個領航員也沒有。做過水手的人永遠都是水手——而且他對那條河已有許多年的認識。但我國領事館（我一輪急走，跑到那裡時已汗流浹背了）的職員卻未能爲我提供任何有關他的消息。那些優秀的年輕職員雖然願意幫助我，但對於他們所屬那個白色僑民的圈子來說，約翰遜那類人是並不存在的。他們願意派遣一個以前在騎兵團當過軍曹的領事館警衛，幫我找尋這個人的下落。

這個警衛平時的職責，似乎是在領事館辦公廳外室一張小桌子後面坐著，因爲當他聽到被派遣協助我找尋約翰遜時，表現大量的精力和不少可以說是當地的知識。但他對整樁事件卻不掩飾他極大的和懷疑的輕蔑。那天下午我們一同去到數不盡的低級酒館、賭場和鴉片煙窟打探。當我們的馬車——姑美其名曰馬車，其實不過是輪上裝一個小盒子，綁著一匹躊躇不前的緬甸矮腳馬——來到一些横街窄巷，馬車怎樣也不能通過時，我們就下車徒步走去。那個警衛跟當地的馬爾他人、歐亞混血兒、中國佬、坦米爾人和屬於一間寺院的掃地工人的關係很特別，似乎是一種蔑視性的熟絡。他跟那些掃地工人在寺院的大閘前談話。我們亦在一條死胡同的盡頭透過一堵泥牆的格子門，會見了一個非常肥大的義大利人，那位過氣軍曹敷衍地跟我說，這人「去年殺了一個人」，接著他叫他「安東尼奧」和「老朋友」，但他那個癡肥的皮囊，坐在那間像牢房的陋室裡，卻整整的占了過半的空間，令我不由得想起豬欄一條大肥豬來。那位軍曹既熟絡而又拘泥地逗弄——真的逗弄——一位滿臉皺紋、容顏枯萎、扶著一支拐杖的老太婆的下巴，她主動的走來向我們提供一些消息。他帶著一副表情呆滯的面孔，跟一群群在長形排列的泥屋門階坐著、吸著方頭雪茄煙、包著頭巾的棕色女人卻談得興高采烈。我們走出馬車，爬入像貨箱那麼通風的住所，或者落到像牢獄一樣陰森的地方。我們上車、駕車、下車，似乎僅僅爲了往垃圾堆後面望一下。太陽西下了。我同伴的答話變得很簡短而語帶譏諷。但我總覺得每一次我們都是僅僅給約翰遜跑掉。最後，我們那件運輸用具突然間又停了，車夫跟著跳下車打開門。

地上一個黑泥洞阻住了巷的去路。一堆上有一條死狗屍骸的垃圾阻不住我們。一個澳洲牛肉的空鐵罐從我皮靴大腳趾前興奮地彈了開去。我們突然從一道有刺籬笆的罅隙爬過去。

那是當地一塊非常清潔的場地。那位高大的、棕色腿子像床桿一樣粗、四腳爬地在追一塊從某處滾出來的銀元的本地女人，就是約翰遜的老婆了。「你老公在家啊，」過氣軍曹說，然後站在一旁，以後不管發生什麼事，他都擺出一副漠不關心的樣子。約翰遜果然在家，背著當地一間用木柱支撐、用草蓆做牆的房子站著。他左手拿著一根香蕉，右手拋出另一塊銀元。那個女人在銀元未著地前將它接著，隨即噗通一聲坐在地上，比前更閒適地看著我們。

「我老公」是淡黃色的面孔，頭髮灰白，臉也很久沒刮了，手肘和背滿是泥濘。從他斜紋嗶嘰外衣像張大嘴巴的爆裂縫口處，你可見到他白皙的皮膚。他頸項戴著殘餘的紙造衣領。他用一種嚴肅、猶疑和詫異的眼光望著我們。「你們是什麼人？」他問。我這一來了無心緒了。我怎會這樣愚蠢，花了這麼多精力和時間找他？

但情況既然已發展到這個地步，我唯有向前行一步，道明來意。他須立刻跟我走，在我的船過夜，第二天潮一退就幫我將不燒鍋的船往海駛去。一艘六百噸重吃水九呎深的三桅帆船。因爲他對當地有認識，我願意給他十八元工錢。當我說話時，他一直非常用心的把眼望著手中的香蕉，一會兒把香蕉的一方拿近自己的眼睛，一會兒又翻過另一方。

「你忘記道歉了，」他最後非常清楚地說。「由於你不是上流社會人士，你顯然不知道什麼叫作打攪上流人士。我卻是上流人士。我希望你明白，我若經濟情況好，就不工作，現在嘛……」

假如他沒有住了口，全神貫注想用手擦擦褲子近膝頭處一個窟窿時，我一定會說他那時是十分清醒的。

「我有錢——又有朋友。上流人都有、或者你想認識我的朋友？他叫福克。你可以借多少錢。別忘記，『福氣』的『福』，『克服』的『克』。福克。」他的語調突然變了。「這人內心高潔。」他醉楞楞的說。

「福克給了你一些錢，是不是？」我問他。那項陰謀最後一記妙著把我嚇壞了。

「借給我，朋友，不是給我，」他彬彬有禮地糾正我說。「昨天黃昏在外面散步時我遇見他，他像平日一樣很樂意解囊——你最好還是滾出我的房子吧！」

說到這裡的時候，他不再發出警告，就將手上的香蕉一揮。一陣風從我的頭上擦過，那條香蕉恰好打在那位警員的左眼下面。他向著那位可憐的約翰遜衝去，氣沖沖的嘴巴不知說些什麼東西。他們倒在地上……但是何必細說當時的狼狽可憐相、喘氣、自毀人格、無理、疲倦、荒唐、屈辱，還有那一身臭汗呢？我將那位退伍輕騎兵拉開。他像隻發了狂的野獸。他似乎對因爲要幫我而要損失一個空閒的下午這點，早已非常生氣。他平房的花園需要他親自打理，當他被香蕉打中後就按捺不住心頭怒火，發起狂性子來。我們見約翰遜兩眼烏黑仰天躺著、但開始用腳軟弱無力地踢時，就離他而去了。那時，那個高大的女人動也不動坐在原來的位置，似乎嚇呆了。

我們並肩坐在顛簸的盒子裡，大家一言不發，有半個小時。那位過氣軍曹忙於替他面頰上一條長長的抓痕止血。「你滿意了吧？」他突然說。「這樁傻事的結果就是這樣。不是你爲了個妮子跟那拖船船主爭吵，這樣的事就不會發生。」

「你也聽人講過那個故事了？是不是？」我說。

「我當然聽過，總領事聽到也不出奇。現在我面上掛上那條傷痕，你叫我明天怎樣去見他？掛彩的其實應該是你！」

他跟著不停詛咒，真可怕！他狠狠的、喃喃自語的、故意的咒罵，水手們極盡下流的話和他的軍中咒語相比，僅屬小兒科。馬車一停，他連道別的話也不說就跳下車了。我則僅有足夠的力量爬入索姆堡的咖啡室。在一張小桌前坐下，草草寫了一張便條給我的副手，叫他準備一切，明天就將船往下游駛去。我沒有面目見我那艘船。可不是！它的船長真聰明哩——真可憐！真是一團糟！我兩手捧著頭。有些時候，當我想到自己明明白白是無辜時，心也灰了。我有什麼事做錯啊？假如我做了些什麼傻事，將事情弄到這麼僵，我起碼會學得乖一點，將來不致重蹈覆轍的。但我覺得自己就像個低能兒那麼無辜。咖啡室那時仍是冷清清的，只有索姆堡在我周圍躡手躡腳的走來走去，眼睛轉動著，面部現出一派像敬畏好奇的神情。我想是他將那個故事傳開去的；但他是個好心腸的人。我真的相信他分擔我一切的煩惱。他已盡其所能幫助我。他將重的火柴架子放在一邊，將一張椅子放得四平八穩，用腳輕輕將一個痰盂推開——就像你對傷心的朋友特別體貼一樣——嘆息一聲，最後終於忍不住開口了：

「唷！我警告過你的，船長。你要在福克太歲頭上動土，後果就是這樣的了。人就是這樣不顧後果的。」

我文風不動的坐著。他用憐恤的眼光細細打量了我一番，突然沙啞著低聲說：「可是說到身材漂亮的女娃子的話，她可真是個身材漂亮的女娃子。」他用厚嘴唇使勁的咂一下嘴。「我生平所見身材最漂亮的女娃子……」他興高采烈的繼續說，但不知為了什麼原因突然又停了口。我在想，把個什麼東西摔到他腦袋上倒也好。「我不會怪你，船長。我死也不會怪你，」他用眷顧的口吻跟我說。

「多謝了，」我說。跟這個虛假的命運作對也沒有用。我也弄不清楚究竟自己是否知道真相的來龍去脈。一連串的打擊，令我的安全感大為動搖，也令我深深相信劫數難逃。我開始將一種非常的力量歸於本身無能的代理人。索姆堡毫無根據的流言，彷彿有一種力量令事情發生，而福克抽象的敵意彷彿也可以令我的船擱淺。

我已經解釋過最後那點是如何的致命。關於我進一步行動這一點，只能以我年紀輕、沒經驗，以及我對手下健康的深切關注為藉口。至於那個行動本身，當它來時，完全是基於一時的衝動。由於福克突然在咖啡室門口出現，這個行動就很自然的，可以說沒有一些外交手腕的展開了。

那時候咖啡室已經客滿了，人聲很是嘈雜。咖啡室內每一個人都用一種詫異的目光望著我，但我應該怎樣去描述福克在咖啡室門前出現阻著去路時所引起的感覺呢？當時室內突然鴉雀無聲，靜得連桌球碰撞的聲音也可以聽到，在場眾人期待著的緊張可想而知。索姆堡呢，他現出一派非常驚慌的樣子；他對他咖啡室內任何的爭鬥（他叫作吵鬧）恨之入骨。他斷言吵鬧會影響生意；但事實上，這類中年胖子生性是很膽小的。我不知道他們見我在場會期望有什麼事發生。大概是一場牛鬥吧！又或者他們心想，福克此行的目的只是想將我完全殲滅。事實上，福克來到這裡，是因爲赫曼叫他來問有沒有人見過那把昂貴的白色棉布陽傘——赫曼前一日跟我飲酒，因爲煩惱衝動，忘記攜帶而留在桌上。

這給我一個機會。我自信不會走去找福克出來的。不會。我相信不會。事情總有一定的限度。但機會來了，我亦不讓它輕輕溜過——原因我已試著解釋過了。現在且讓我僅作說明如下：以我的管見，爲了讓手下患疾的水手吹海風並迅速完成其航運的任務，一個船長除了作奸犯科，就什麼事都可以做了。他應該不顧面子；他可以接受密告；他須視無辜（知）爲罪惡；他可以使用誤解、慾望和弱點去占便宜；他應該掩飾自己的恐懼和其他的情感。當事情微妙地牽涉到一個人——而那個人又是位非凡的少女——的命運時，那他應該靜觀而毫不動容（無論那命運看來是如何）。這種種的事我都做了；我解釋、聆聽、假裝——甚至於自行決定——沒有人（我相信包括赫曼的侄女在內）需要向我擲石子。最低限度索姆堡沒有這個必要，因爲自始至終，我很高興說，最輕微的「吵鬧」也沒有發生。

我克服了喉頭一個緊張的收縮，擠出一聲：「福克船長！」他反應很自然的嚇了一跳，但之後卻又不微笑又不皺眉頭。他只在等待。然後當我說完「我一定要和你談談」，並用手指指著我桌子旁邊一張椅子時，他就走上來，雖然沒有坐下，但當時索姆堡手拿一只高身平底大玻璃杯，向著我們小心翼翼的走上來，我竟由此發現福克唯一的弱點徵狀。他對索姆堡很是厭惡，就好像一些人害怕見到癩蝦蟆一樣。或者對於這個本質上沉默專注於自己的人來說（雖然他口齒挺不錯，我不久也就發覺了），另外那個人那種不能抑制的、將口舌所及的人都擁抱著的喋喋不休，可能是很不自然、討厭和恐怖的事。他突然表現不安的情緒——就好像一匹不肯前進的馬。當他匆匆的、像非常痛苦的喃喃地說「不行。我受不了那個傢伙」時，他似乎準備衝出門外。他這個弱點一開始就給我可乘之機。「到陽台去，」我提議說，然後假裝幫一個忙似的，攙扶著他走到陽台。我們給一些椅子絆倒；我們感覺到寬廣的空間就在前面，嗅到那條河的清新氣味——清新，但又汙染了。河對岸的中國劇院，在一片散漫零丁閃爍光輝的黑暗當中，成爲炫目的燈火和遙遠的喧鬧中心，構成一幅典型的東方夜市圖像。我感覺他突然變得像一隻畜生、一隻剛離開可怕物體的馴馬一樣，易於駕馭。真的，我在那裡的黑暗中，感覺得到他是如何的易於駕馭，但我仍然深深相信他是個頑固——或者應該說固執——的人。他那條讓我挽著的手臂跟白石一樣硬——像條鐵臂。突然裡面傳來混亂的皮靴擦地的聲音。那些說來討厭的笨蛋竟然擁近窗前，在百葉簾的後面爬在別人的背上偷看，手上還拿著桌球拍。突然有人將一面窗子打爛了。索姆堡聽到玻璃落地的聲音——那些聲音令人想起暴動和破壞——搖著身子走出來。他內心的惶恐令他忘記將手中的白蘭地酒和蘇打水放下。他當時一定是抖得像片白楊樹葉。他手中那只高身平底大玻璃杯的冰塊發出叮噹、像牙關打顫的聲響。「您兩位，我懇請，」他用一副沙啞的聲音勸說道：「好啦！真的，我現在一定要……」

我對自己當時臨危不亂這一點真感到驕傲。「啊呀！」我立刻用一種響亮、天真的語調說：「索姆堡，有人打爛你的窗戶啊！請你叫個堂倌拿副撲克牌和幾支洋燭來。還有兩杯酒，大杯裝的。可不可以？」

有客人叫東西吃立刻令他安定下來。有生意做了。「馬上就送到，」他用一種如釋重負的語調說。那天晚上下雨，偶有疾風。當我們等待人家拿蠟燭來時，福克似乎要爲自己的驚惶失措辯論說：「我不干涉別人的事。我不給人閒言閒語的話柄。我是個正派人。但這個人卻時常編些瞎話。別人不信他，他就不肯罷休。」

這就是我對福克的初次認識。這個做正派跟別人一樣的慾望，是他惠予人類組織的唯一認可。就其他方面言，他或者是獸群，不是社會的分子。他只關心自保。不是自私，僅是自保。自私包含義識、選擇、其他人的存在；但他的本能驅使他將那條法律當作聖火僅存的火花一般的保護，彷彿他是人類碩果僅存的一個遺民。我不是想說，在一個洞穴中過赤身露體的生活，他就滿足了。他顯然是他生活那種種狀況的創造物。我想自保亦意指這種種狀況的保存。但本質上它意指一些更簡單、自然、有力的東西。我應該怎樣將它的意思表達才好？它意指他身體五種官感的保存——就讓我們這樣說——就它最狹窄和最寬廣的意義說。我相信你們不久會承認這個判斷正確。但是，當我們在那個黑暗的陽台上站立時，我還沒有下任何判斷——而我當時亦不想品評他——無論如何，品評他人是個無聊的習慣。洋燭很遲才拿了來。

「當然，」我用一種互相了解的語調說，「你也知我醉翁之意不在和你玩撲克牌。」

我見他將雙手從臉上抹下——那個熱情、無意識的動作的含糊激動；但他沉默地、耐性地等待，一直到洋燭到了他才開口。我想他含含糊糊說的是他「對撲克牌是一竅不通的」。

「索姆堡跟所有其他的蠢人必定要像這樣來避開，」我撕開撲克牌封套說。「你有沒有聽人說，大家都以爲你和我爲了一位女孩子而鬥起來了？你當然明白我指哪一個女孩子。我本來不好意思問的，但難道你竟這樣看得起我，以爲我對你有威脅嗎？」

當我說這些話時，心中覺得這個想法非常荒謬，但同時亦感到自豪——因爲，真的，除此之外還可以是什麼呢？他一如平常冷漠地低聲給我答話，清楚表示他的確覺得我對他有威脅，但他的答話並不如我先前所想那樣討我喜歡。他覺得我有威脅，因爲赫曼比較起那位女孩子更受我的影響；但至於爭吵這一點，我立刻意識到這個字眼是多麼的不恰當。我們並沒有爭吵過。自然的力量是不喜歡爭吵的。你在一條充滿了人的街道上行走，一陣風將你的帽子吹走，令你覺得很不便很丟臉，但你不能跟這陣風爭吵啊！他也沒有和我爭吵過啊，正如一塊跌在我頭上的石塊，先前沒有跟我爭吵過一樣。他根據那條支配他一切行動的法則向我攻擊——不是像塊懸空的石子根據地心吸力的原理，而是根據自保的法則。當然這給他的行爲一個頗爲廣義的解釋。嚴格地說，他已活了有一把年紀，即使不娶老婆，他亦可能繼續活著。但他發覺孤單的日子一天比一天難過。是的，他用他低沉、漫不經心的聲音把這些告訴了我。我們只談了半個鐘頭便已相知如此。

我恰好亦用了半個多鐘頭去令他相信，我從來沒有娶赫曼侄女的念頭。還有別的需要比這個需要更過分嗎？說服他最困難的地方是因爲自己的情感大受困擾，以致他不能想像其他人能夠不動心的。他似認爲，任何一個有眼睛的男人，都會情不自禁的垂涎這樣姣美的體態。他聽我說話時，身子斜向桌子一邊坐著，心不在焉的把玩著我隨意派給他的牌。這個舉止將他極深的信念表露出來。觀察他的時間愈長，我知道他的東西愈多。晚風將燭火吹得搖搖晃晃，他曬黑了的、頰髭及眼的臉似乎一會兒向著我閃著紅光，一會兒卻不見了。我發覺他高高的顴骨十分寬闊；國字形臉，前額很是寬闊，跟峭壁一樣陡；頭頂是光禿的，兩邊太陽穴的頭髮是稀疏的。事實上，我每一次見他，他都是戴上帽子的；但現在或者是我的熱忱令他熱起來吧，他竟然將帽子脫了下來，輕輕的將它放在地上。他的黃眼睛的形狀和位置有一些奇特的地方，令他的眼睛散發一種挑動人的沉默力量。這種力量賦予他的眼色一些特徵。但那張臉卻是瘦削、充滿皺紋、憔悴的。我從他毛茸茸的毛髮中發現這一點，就好像你從茂密的下層叢藪發現一根樹幹多節一樣。這張鬍鬚茂密的臉頰是凹陷的。這是個多骨少肉的靜修僧頭顱，配上一把方濟各會托缽僧的鬍子，再裝到一副大力士的魁梧身軀之上。我不是說運動選手型的。依我的了解，大力士海克力斯不是個運動員。他是個強壯漢子，易受女性魅力吸引，又不怕骯髒。福克也像他一樣，是個壯漢。他非常強壯，就好像那位女孩子（因爲我想起其中一個就總想起另一個）極為吸引人一樣。她的肉體用形狀、大小、姿態散發駕馭人的力量——一種直接訴諸感官的力量。那時候，他正在給做正派的人的念頭糾纏不開，索姆堡的口舌又令他沮喪，所以我的話他似乎完全聽不進去；我甚至要聲稱，與其娶赫曼的侄女，我倒寧願娶我母親（我的好老媽子！）的忠心廚娘。我拚命說，我真寧可這樣，真的；他似乎沒發覺這句話有什麼荒謬的地方。在他的疑惑、不動心當中，他似乎在內心這樣駁我：無論如何，那個廚娘在很遙遠很遙遠的地方。在這裡我要補充說明，我先前犯了一個錯誤。我不應該向他提出我以往每次上戴安娜號的態度為證據。我從來沒有試過要親近那位女孩子，或者和她說話，或甚至朝著她看。這是最清楚不過的。但是，由於他似乎以為假如一位男士要向一位女士求愛，他就一言不發的在心上人的附近坐上好幾個鐘頭，我這樣辯駁竟引起他的疑心。他低著頭凝望著自己那雙長腿，口中發出咕噥的聲音——似乎在說：「怎樣說也好，你休想矇騙到我。」

最後我氣得要說：「為什麼你不親自對赫曼說，事件不就了了？」我跟著輕蔑地補充說：「你不要要我替你跟赫曼說吧？」

他聽了，以他的標準很大聲地說：「你肯不肯？」

他第一次抬起頭來，用一種驚異、不相信的眼光看著我。他這樣突然將頭抬起來，我沒有可能看錯的。我已經觸動一個彈簧的發條。我清清楚楚的見到自己的機會了。我簡直不能夠相信這是真的。

「啊！跟他說……唷，當然當然。」我慢吞吞的說，一對眼睛緊緊的盯著他，因為我真怕他是開玩笑的啊！「或者跟那位小姐說罷。你也知我不會說德語的。但是……」

他打斷我的話柄，很認真的向我保證說，赫曼對我有很高的評價。我立刻感覺在這個時候需要盡可能運用外交手段了。因此我盡力表示異議，引他入圈套。福克端坐起來，但除了瞳孔突然擴張，眼球的虹彩縮成兩個黃色的小圓環之外，他的面孔可以說是毫無表情的。「哦，真的。赫曼真的對你有很高的……」

「快將紙牌拿好。索姆堡在百葉簾後面睇我們啊！」

我們做出玩埃卡泰（Écarté）紙牌的手勢。不久那個討厭的、到處講壞話的人退了下去，大概去告訴桌球室裡的人說，我們兩人在陽台賭得你死我活。

我們不是在賭博，但這是一場遊戲，在其中我自覺手拿勝券。粗略的說，賭注是那次航程的成功與否——對我而言。而他呢，就我所能了解，則不會損失任何東西。我們很快的變得熟絡。交談不久，我就發覺赫曼那個好人一直在利用我。那位樸實然而機敏的條頓人，似乎一直給福克我是他情敵的印象。我那時還年輕，對赫曼那種口是心非覺得很震驚。「他真是這樣告訴你的嗎？」我怒氣沖沖的問他。

赫曼沒有這樣做。他只是給他暗示；當然，些許暗示已足令福克提高警覺；但是他不去表明自己的心跡，卻採取一連串步驟以除去我對赫曼那家的影響力。他對這一點是十分坦白——就像一塊瓦落在你頭上那樣直截了當。那個人是不會口是心非的；而當我稱讚他將計畫安排得這樣妥善時——甚至賄賂那條可憐蟲約翰遜對付我——他竟真心的抗議起來。他從不賄賂。他知道那個人有幾分錢買酒飲就不會工作的，所以很自然的他就給他一兩塊錢。他自己也是個海員，他說，所以可以預料別的海員（包括我在內）對某件事有什麼看法。在另一方面，他又肯定我一定會逃不了此劫。他這七年來在這條河上下跋涉，不能一無所獲啊！我不會算是太丟臉的——但他滿懷信心的斷言，我的船會在大寶塔下面兩哩的地方擱淺，弄得非常狼狽。

他雖然做了那麼多的手腳，但並非出於惡意。這點很明白。這是個危急的關頭。在這關頭，他唯一的目的就是爭取時間——我想。不久他提及他已去信訂一些珠寶——真正上好的珠寶，寫了信去香港訂了，一兩日內就會送到。

「唷！那麼，」我愉快地說，「一切都進行順利啊！你現在只需要將那些珠寶，連同你的一顆心，送給那位女士，以後就過著幸福快樂的生活了。」

大體說來，就那位女孩子方面說，他似乎接受了這個觀點。但他的眼瞼垂下來，仍有一些阻滯的地方。首先，赫曼非常不喜歡他。但赫曼對我就恰好相反。他對我讚不絕口。赫曼太太也是一樣。他真不明白爲什麼他們這樣不喜歡他。樣樣都因此而困難重重。

我態度冷淡地聆聽著，覺得愈來愈有外交的手腕。他的言語不是清楚剔透的。他是那類好像在心智的朦朧光影中生活、感受、受苦的人。但至於他深深的被那位女郎吸引著和他終日想著跟她一同過家庭生活的這兩點，那是如同白晝一樣清楚。由於很多東西都沒有把握，他深恐表明愛意反而不美。還有另外一點，赫曼既然對他大有意見……

「哦，」我小心地說，心房因爲受到要耍外交手腕的刺激而跳得很快。「我可以去打聽一下赫曼的意見。事實上，爲了要讓你知錯，我準備盡所能在這方面爲你效勞。」

他輕輕的嘆一聲。他將雙手自臉上抹下。那張臉湧現出來，瘦削削的，表情固定不變，彷彿臉上所有肌肉組織都硬化了。所有的感情都集中在他那雙棕色的大手上。他覺得滿意了。然後又有一件事。在這世上似乎只有我才能說服赫曼，使他對事物有一個合理的看法。我對這世界有認識，又有豐富的經驗。赫曼他也承認這一點。更何況我又是個海員。福克相信一個海員對某些事物是最能了解的……

從他的言談推測，在他眼中，赫曼一家人似乎是一輩子都是在鄉間一個小村莊生活的，而只有我這個生活經驗豐富的人才能對某些事物採取一個寬容的觀點。這就是我運用外交手腕的結果。我突然不喜歡這作法了。

「哎呀，福克，」我頗爲唐突的問他：「你沒有在什麼地方藏起了一個老婆吧？」

他矢口否認，清楚地露出痛苦、厭惡的神情。難道我不明白他和這裡任何一位白人相比，是一樣的正派；老老實實的賺錢過活。我懷疑他，他覺得很痛苦。他低沉的聲調，令他的抗議聽起來很淒慘。有一陣子他令我覺得慚愧，但是，我雖然仍在應用外交手段，卻似乎已覺問心無愧，彷彿事實上我有決定這宗姻緣能否撮合的力量。我們只要裝假得來夠氣力，就可以什麼都相信——任何對我們有利的東西。而我一直非常努力在裝假，因爲我仍然希望有人替我把船安全拉出海面。但是，由於良心或是愚蠢的緣故，我不由自主的向他暗示范盧的事件。「你幹得頗不高明，是不是？」我這樣大著膽子說——因爲我們行爲的邏輯永遠是任由那些隱晦、看不見的衝動擺布的。

他擴大的瞳孔從我的臉移開，像又怒又慌的向那窗門一瞥。在百葉簾後面跟著傳來象牙突然碰撞的聲音，很多人愉快地竊竊私語的聲音，和索姆堡低沉響亮的笑聲。

「那個天殺的酒肆老闆娘一定是到處向人張揚這事了！」福克高聲說。好啦！是的。這事在兩年前發生。說到要點時，他承認自己決定不了應否信任佛德烈．范盧——他不是個海員，而且又有些癡呆。他不能信任他，但爲了息事寧人，他借了他一筆錢，足夠他在離去前還清所有債務。當我聽到這些話時，心中覺得十分詫異。這樣說，福克到底不是外間所傳那樣吝嗇啊！對那位女孩子來說，那是更好的事。他靜靜的坐了好一會兒，跟著拿起一張牌，一邊望著一邊說：「你用不著向壞處想。那是個意外。我曾經很不幸。」

「那就千萬不要再談這些事了。」

當這些話脫口而出時，我就立刻感覺自己說了些不道德的話。他表示不同意的搖搖頭。事情的始末，一定要交代清楚。他認爲那位女士的親屬應當要知道。我這樣想，假如范盧小姐不是三十歲而又不是被天氣弄壞了身子，他無疑會將這個祕密告訴佛德烈．范盧。跟著，我的腦海裡浮現出赫曼侄女的身段，伴著她豐滿的形體、燦爛的青春，和充沛的活力。憑著這股強大、純潔的生命力，她那個少女的形體必定是高聲的向著那個男人喊出生命的聲音，至於那位可憐的范盧小姐，就只能伴著彈得拙劣的鋼琴聲唱一些傷感的歌。

「那個赫曼憎恨我，我是知道的！」他沉聲喊道，憂傷病突然再度復發。「我一定要告訴他們，他們應當知道。你也會這樣說的。」

跟著他支吾其辭、非常莫名其妙地暗示需要奇特的家庭籌劃。雖然我的好奇心已被激發了，但我不再希望聽到他任何祕密。我真怕他會告訴我一些可能令我覺得扮演月老的角色非常討厭的消息──儘管這月老角色也很不真實。我知道只要他開口，便有可能會娶到那女孩兒；我壓抑著要在他面前發笑的慾望，表示我十分有信心可以說服赫曼，令他不再討厭他。「我相信一定可以將事情辦妥，」我說。他聽了滿心歡喜。

當我們起身時，對拖船的事一句話也沒有談及──一句也沒有！這場遊戲贏了，而名譽又可以確保。啊！可愛的白棉布洋傘！我們握手道別。當他大步踏著陽台走回來時，我正在努力的壓抑著因爲歡喜而要手舞足蹈的情緒。他躊躇地說：

「喂，船長，我拜託你了。你──你不會反悔吧？」

我的天，他嚇得我一大跳。在他疑惑的聲調後面，還隱隱有些什麼東西，好像是命也肯拚、很具威脅的。這個愛昏了頭腦的王八。但幸好我還能應付當時的情勢。

「福克老兄，」我說，開始油腔滑調厚著臉皮講起大話來，無恥得連自己當時也感到驚異——「以心還心。」（他其實沒有透露過任何的祕密。）「讓我告訴你吧！我在家鄉已經和一個十分漂亮的小妮子訂了婚，所以你應該明白……」

他捉著我的手，使勁的扭得我很痛。

「請你原諒我。孤單的日子我覺得一天比一天難受……」

「只有飯和魚吃，日子的確不好過，」我巧妙地打斷他的話，一邊因爲避過危險而神經過敏地癡笑著。

他甩掉我的手，彷彿它突然變得火熱一樣，跟著是一陣深沉的寂靜，彷彿一件不尋常的事已經發生了。

「我應承你徵求赫曼的同意。」最後我結巴地說，而他似乎又不得不看穿這個騙人的承諾。「假如有什麼困難的地方要克服，我一定會支持你，」我再一次讓步，心中像有一種被人挫敗、壓倒的感覺，「但你自己也一定要盡力而爲。」

「我有一次很不夠運氣，」他沒有感情的喃喃自語，轉過身就走開了，慢慢的將腳大力踏在木板地上，彷彿他雙腳是穿上了鐵鞋似的。

但第二天早上，他又生氣盎然，以人船的姿態出現，是水濺聲和叫喊聲的一個組合，下面是粗暴的騷亂，上面是沉默頭腦的穩定而又氣勢凌人的凝視。他真的沒有必要在天還未亮時就拖了我們出海面，但當他將我的船拖到離赫曼的船有一錨鏈遠時，已經差不多是上午十一時了，而且他匆匆忙忙的拖得十分差，險些還看漏了抛錨的好地點，因爲他見到赫曼的侄女在船尾了，真的。我也見到她，大概是他一見到她時我就見到她了。我看見她頭上那把優雅、光滑、豐茂的黃褐色秀髮，和她那非常合身的將她豐滿的身軀包著、將她誘人的曲線表現得一覽無遺的灰色印花少女上衣——好一個女獵人戴安娜女神的侍女。高船隻的、像間機關那樣堅固的戴安娜號坐在平滑的海平面上——海洋上一艘最不動人、最正派的船，它有用而醜陋，像岸上乾貨店那樣專心致力於擁護家庭的美德。福克馬上將船駛走，因爲他還有些事要辦。他在黃昏會回來。

他將船緩慢地駛過我們船的旁邊時，沒有跟我們打招呼。那些蹼輪的擊打聲，在多石的小島中回響著，就好像聲音從一個廣闊的比武場的破敗牆壁反折回來一樣，使錨地充滿一片混亂的聲音，就好像有很多人在大力地、從容地鼓掌。當他的船跟赫曼的船平排時，福克就將機器熄了。石上、岸上和海上登時寂然無聲，福克在那位穿灰色印花上衣的女神面前高舉他的帽子。我已經將望遠鏡搶在手中。我可以擔保，當拖船的航道將福克那種纏綿、深深的敬意慢慢地從她身邊帶過時，她連手腳也不肯動。她風姿綽約、腰身挺直的站在欄杆的旁邊，一隻手抓著跟她頭頂等高的一根繩。對我來說，那個場面有一個重大的意義——我感到已給一項鄭重的聲明做了見證。事已至此無可反悔。經過這樣子表明心跡後，他不可以打退堂鼓了。我仔細想，現在無論怎樣，對我一點關係也沒有了。拖船的煙囪突然噴出一股黑煙來，蹼輪一陣急轉，嘩啦一聲激起一陣古怪、急躁的鼓掌聲。那艘拖船飛也似的駛出那個荒涼的比武場。那些岩石重疊的小島像平原上一堆堆的頹垣斷壁躺在海上；蜈蚣和蠍子埋伏在石下面；島上見不到一片草，近岸的石頭也見不到有蜥蜴在曬太陽。當我再望向赫曼的船時，那位女孩子已不見了。在廣闊的天空中，我連雀鳥的一小點蹤影也看不見。陸地的平坦延續大海的平坦，一直延至赤條條的水平線。

我對福克遭逢不幸的認識，現在就跟這個背景不可分離地連起來。我現在只要等待適當的時機，扮演大使的角色便是了。我的外交活動已經成功；我的船已安全了；老譚寶很可能會活下去；微弱的鎚子敲打聲，間歇性的從戴安娜號傳來。在下午，我時而望著那艘像個家的舊船——那位看護赫曼子孫的忠心保母，時而向著遠處那座佛寺打呵欠。佛寺像平原上一座孤寂的小丘，寺內削了髮的和尚指望「圓寂」的一日——對所有人來說，那是有價值的報酬。不幸哩！他有一次遭逢不幸。可是，以人生標準來說，那也不算很糟糕。他的不幸究竟是他媽的什麼性質呢？我記得我先前認識一個自稱多年前遭逢不幸的朋友；但那宗不幸事件似乎跟背信分不開。當我們冷靜地想想時，我們會發覺它的影響似乎是永久的（他手頭兒看來緊得很）。這兩件事的性質有沒有可能相似？但我除了認爲福克絕無可能會主動的跟他的未來姻舅父談那件事外，還有一種奇怪的感覺。我覺得由於體格的關係，福克是不適宜犯那一種罪行的。如果我們說，赫曼侄女的身體散發出女性肉體淵深的魅力，我們亦可說，她的愛慕者的骨骼粗大的軀體，具體表現了陽剛的男子氣概。他可能會殺人，卻不會降格去騙人。這一點是明顯的。假如我懷疑福克是不是個騙子，我相信我亦會懷疑那位女孩子是不是患了脊骨彎曲症。我發覺太陽快要下山了。

福克的拖船的煙，遠遠的在河口上面升起。這是我扮演大使的時候了。除了要忍口不笑外，這次磋商是不會有困難的。這些商談真是無聊透頂。我想我最好還是做出一副莊重的樣子。途中，我在船上練習一番。但當我踏上戴安娜號的甲板時，不知怎的竟暗自害羞起來。寒暄過後，赫曼急切的問我知道不知道福克找到了他的白洋傘沒有。

「他馬上就會親自送回，」我非常鄭重地說：「他託我將個重要的口訊帶給你，請求你能考慮允許他的懇求。他愛上了你的侄女……」

「Ach So?（啊，是嗎？）」他怨恨地發出嘶嘶的聲音，嚇得我從假裝嚴肅變得真心關注起來。這種語調是什麼意思呢？我匆匆地補充說：

「他希望——當然在得到你的允許後——她能立刻嫁給他爲妻，也就是說在他離開這兒之前。他會跟他本國的領事說。」

赫曼坐下，接著猛烈地抽起煙來，氣鼓鼓地沉思了五分鐘，當他將長煙斗自嘴上拿出來時，突然便惡狠狠的痛罵起福克來——他貪婪、愚蠢（問他一個最簡單的問題，這個傢伙幾乎連「是」或者「不是」也不會答。）——他對待港口的船隻蠻橫無理（因爲他知道它們沒法不任由他擺布）——他走路的姿勢（赫曼認爲他走路時趾高氣揚，一派不可一世的樣子，真令人受不了）。他當然沒有忘記戴安娜號遭受的損毀，福克的一言一行（即使最後在飯館茶點招待亦然）沒有一處是令人不生氣的。「竟然有臉」拉他（赫曼）進那間咖啡室；彷彿他請人喝杯酒就可以補償四十七元五十分單是買木料來修理的費用——木匠兩日的工錢還沒有計算在內呢。他當然不會阻住那位女孩子的去路。他就快要回德國老家了。在德國，貧窮的女孩子到處都是。

「他愛得挺熱呼呢，」別的話我一句不會說。「對了，」他叫了起來。「也是時候了。我上一次來到這兒時，他惹得岸上的人無時無刻不把我跟他連在一起。這次也一樣；每天傍晚就走上船來，令那個女孩子心神恍恍惚惚的，來到後又一句話也不說。這究竟算是什麼行爲？」

依他看，那個傢伙時時刻刻都提著七千元，無法爲這樣的舉動提示一個合理的解釋。況且沒有人見過這筆錢啊。他（赫曼）真是非常懷疑福克是不是擁有七千塊錢；那艘拖船亦一定是從船底到煙囪全部抵押給老薛那間公司的。但算了，他不會阻住那位少女的去路的。她心神是這樣的恍惚，近來對他們亦沒有什麼幫助了。舅母不在場，她甚至沒有法子哄孩子上床睡覺。這對孩子不好；他們變得很難管教。他昨天就打了古西塔夫一頓。

他顯然認爲福克對這件事要負責任。當我望著赫曼那副神色沉重、肥滿、溫和的面孔，我知道除非是無名火起三千丈，他是不會採取行動的；所以他會狠狠的、重重的打；由於肥胖，他又會怨恨爲什麼一定要打。福克如何能夠令那位少女心神恍惚呢？這問題更難明白。我想赫曼是會知道的。再說，之前不是還有那位范盧小姐嗎？那不可能是因爲他能言善辯，亦不可能是因爲他的儀態有一種神祕不可思議的誘惑力。他並不比動物有「儀態」啊——但是，從另外一方面說，他的儀態絕對不是亦不可以說是卑陋。所以這一定跟他的外表有關。他的外貌跟他的鬍子一樣誇張，充分表現丈夫氣概，而使他看來似乎經常是冷酷無情的。他懶洋洋地靠在椅上的姿勢就展現這一點。他不是想得罪人，但他和人來往，總是使人覺得他對情感有一種公開的漠視。一個在小人國生活的高人，就很自然會採取這種態度，雖然他從來沒有想過要以惡待人。但對於身材跟他一樣高或者相當的人來說，他這樣公開的利用自己的優勢，只有令他們沒奈何的咬牙切齒，厲害的拖船費就是一個例子。當我們用心的想一想時，有時似乎會覺得那很可怕。他是隻奇異的猛獸。但女人可能喜歡這種人。從這個角度看，他很值得馴一馴。我想在她們的內心深處，每一個女人都以爲自己可以馴服奇異的猛獸。但赫曼急躁地站了起來，走去將消息告訴他老婆。當他向著艙門走去時，我幾乎來不及把他的褲襠抓著。我懇求他等福克來親自和他說。就我所能了解，還有些細節要商量。

他立刻再一次坐下來，心中充滿了疑惑。

「什麼事呢？」他使氣地說：「他胡鬧，我受夠了。那絕不要緊，他亦知道得很清楚；那姑娘什麼東西也沒有。我兄弟死時，她只穿一件單裙子來到我們那裡，而我的家庭人口也漸漸增加了。」

「沒有可能是那回事啊！」我提出自己的意見。「他愛你的侄女愛得發狂。我不知道他爲什麼沒有早說。我真的相信那也許是因爲他恐怕說了，就沒福在你的後甲板上坐在她附近了。」

我告訴他我深信由於福克的愛是這樣的深摯，所以在某種意義上就畏首畏尾了。強烈感情的影響是難以解釋的。我們知道它可以令人變得膽小。但赫曼像聽完我說夢話似的望著我。這時，黃昏的微明很快的消失了。

「你是不相信有激情這回事的，是不是，赫曼？」我興奮地繼續說：「恐懼會令陷入絕境的老鼠勇敢起來。福克就是陷入絕境了。他會將那位穿著一件單薄上衣的少女從你的手上接過去，就像你將她接過來一樣。她替你幹活十年了，她這樣走，你不算買貴了東西啊！」我補充說。

他卻絲毫沒有生氣，恢復了良好市民的神氣。當他平靜地沿著甲板一邊凝視，一邊抽煙斗時，暮色突然將他圍著。他把裝在煙斗桿上的彎曲煙嘴先用厚實的嘴唇咬著，噴過一口煙後又將它拿走。黑夜降臨他的身上，匆匆地將他的鬍鬚、他的圓眼睛、他肥滿蒼白的臉、他肥胖的膝頭和他腳上那雙父親味重的又大又平的拖鞋遮蓋了。只有他那穿著體面白色襯衣的兩隻短手臂，還可以看得清清楚楚，他撐著腰，一雙手臂就好像在海濱休憩的海豹的鰭狀肢。

「福克不肯付任何的修理費。他叫我先看看我需要多少木材，然後他就會決定下一步的作法，」他說；當他平靜地在暮色中吐完口水後，從海上就傳來拖船輪翼滾動的聲音。在寧靜的晚上，什麼也不比在寂靜的海面上疾駛的輪船的蹼輪所做成的急躁聲音，更富十萬火急的聯想；福克向著自己的命運奔馳，似乎是受到一種急躁的熱情慾望所驅策。那些機器一定是全速滾動了。最後它們終於慢下來。當一種似是萬人緩慢而有節奏地鼓掌的聲音在四面八方傳上來時，那艘拖船的白色船身在呈現一片黑色小島的掩照下，若隱若現的移動。就在福克將船航近我們時，那些聲音突然全部停止。嘩啦一聲過後，我們聽到鐵鍊穿過錨鍊孔所發出的持續轆轆聲。跟著，停泊處是一陣嚴肅的寂靜。

「他馬上就到了，」我低聲說。此後兩人就一言不發的等待他。這時，我抬頭一望，只見一個高高的天空，在戴安娜號的桅頂上閃著光。星星成團、成行、成線、成堆、成組地聚合，一心一德發著光——而少數孤立的星星則在一塊一塊黑暗當中，獨自發出炫目的光輝，似乎是屬於卓越的一群而其火又不會熄滅的。就在這時，我聽到甲板上大步邁來的腳步聲；戴安娜號高高的舷牆造成更深的黑暗。我們趕快從椅子上站起來。眨眼間，福克就在我們的面前出現，他一身白衣服，動也不動的站著。

起先沒有人說話，我們彷彿是慌慌張張的。他火性子的到達，但他那形狀模糊和沒有特徵白色的軀體，令他像個雪人般的幽然出現。

「這兒這位船長一直在告訴我……」赫曼用一個樸實友善的嗓子開腔說，而福克就低聲地、緊張地笑了一聲。他那冷淡、隨便、低沉的聲音是毫無抑揚頓挫的，那一種強烈情緒的力量使他無頭無尾地說話。他時時刻刻想成家。雖然他沒有責任，但一個人生活實在不容易。他是喜歡家庭生活的；他以前有一些困難；但自從見了赫曼的侄女後，他終於發覺自己不再可以過單身漢的生活了，「我意思是——不可以了，」他重複地說，既沒有加強語氣，說時又沒有什麼停頓，但那句話卻帶著新意念的力量打入我的腦子裡。

「我什麼話都還沒有跟她說過，」赫曼沉著地說。福克聽了後就說：「不要緊。真的。做得很對。」將話題打斷了。那時有絕對坦誠的需要——尤其當涉及結婚的事宜。赫曼似乎很留心，但他一有機會就請我們到船長室坐。「且說，福克，」途中，他毫無心機地說：「那些木材總計最少要四十七元五十分。」

福克在走廊躊躇著，一邊把頭上的帽子脫下來。「改天再談吧，」他說。那時，赫曼用手肘氣鼓鼓的輕輕推了我一下——我不知道為什麼。那位姑娘一個人在室內頗遠的隔著桌子坐著，一邊做活。福克在門口突然停下來。他一句話也沒有說，沒有做任何的手勢，沒有稍微垂低他瘦削的頭，他單憑默默散發熱情的眼神，就似乎將自己大力神模樣的軀體拜倒在她的裙下。她將手慢慢垂在膝上，將頭抬起來，一雙明眸送出溫柔、喜氣洋溢的秋波，像緩慢、淺淡的愛撫將他從頭到腳擁抱著。坐下時，他覺得十分熱；她垂著頭繼續做活，脖子在燈光下十分白淨；但福克卻用雙手掩臉，微微地發抖。他將手拉下，下至鬍子處，露出的一雙眼，表現緊張、傻呵呵、無理性的神情，把我嚇了一跳——就好像他剛剛吞下一大口的酒精似的。當他要我們發誓保守祕密時，這些激動的神情就消失了。不是他在乎，而是他不喜歡別人說他的閒話；我望著那位少女那一把令人驚嘆的、極好的、像公主的秀髮，它緊緊的編成一束閨女型的驚人馬尾。每當她搖她形狀美好的腦袋時，它便在她背上硬硬地往復移動。那個單薄的棉布袖子像皮膚一樣，緊貼她圓潤得無可非議的手臂；而在她上身拉緊的衣裳，似乎藉著她軀體散發出來的活力，像個活著的組織一般跳動。她的膚色多麼美好啊！還有她柔軟的頰的輪廓，以及她那小巧盤旋型的粉紅色外耳！在拉針線時她將小指跟其他手指分開；看她做活似乎很浪費精力——永恆地做活——在所有的海洋上、在所有天空下、在數不盡的港口裡，她的臂都是不停地、勤勞地、準確地移動。我突然聽見福克鄭重地聲言，他不能夠娶一個對他十年前的一宗往事一無所知的女人。那是一宗意外的事件。一宗不幸的意外事件。這件事會影響他們家庭的安排。但是一旦說明之後，他們以後一輩子就不用再提到它了。「希望我內子能體諒我，」他說。「這件事一直使我不快樂。」他又怎樣能夠——他問我倆——也許經過多年的共處，將這件事長埋在心中而不說呢？那會是怎樣的伴侶之情啊！他已經細心想過。他內子必定要知道。那麼，爲什麼不立刻就說呢？他指望赫曼能夠大發慈悲，在交代這件事時，能夠盡量往最好的一面看。赫曼起先面露迷惘之色，之後卻板起面孔來。他偷偷地向我瞥了一眼，似乎想徵詢我的意見。我茫然地搖頭。福克繼續說，有人以爲這樣的經驗會將一個人的一生改變。他不能說。它很難忍受，可怕，而且難以被他忘記，但他不相信自己比以前壞。他現時只在睡覺中說夢話，他相信……他跟著說我們很可能已經留意到他是從來不吃肉的。這時，我開始懷疑他可能一個不小心殺了人，也許是一個朋友吧——又或者是自己的親生父親。自始至終他都是說英語，當然是因爲我的緣故。

他沉重地將身子傾斜。

那位少女將兩手舉到那雙淡色的眼睛前面，正在將線穿入針眼裡。他望了她一眼，他那雄渾的身軀將桌子遮蔽了，使我們更接近他寬闊的肩，他粗壯的脖子，那個不調和的頭——一個隱士的頭，皮膚在沙漠中曬黑了，乾癟的臉兒像是因爲熬夜和斷食過度而凹陷了。他的鬍鬚威儀無比，瀉下隱沒在兩隻抓著桌子邊緣的黃褐大手之間，他的眼睛因瞳孔張大而覺陰森，眼神鍥而不捨，很是奇怪。

「你們自己想想看，」他說時聲音不變，「我是吃過人肉的。」

我只因爲豁然明白是怎麼回事了，叫了一聲：「唉呀！」可是赫曼吃驚過分，竟喃喃說道，「Himmel（老天）！幹麼呀？」

「我運氣太糟了，」福克平靜地說。那姑娘沒有注意，仍在縫衣。赫曼太太在裡頭一間艙房中陪蓮娜，她發燒；但是赫曼突如其來把雙手一下子舉到頭上。繡花的帽子掉落，一瞬間，他把頭髮抓得怒若衝冠，十分過分。他使勁想說話；每次努力，他的雙眼都像要冒出眼眶更遠些；整個腦袋活像個拖把。他嗆著，喘氣、嚥口水，只喊得一聲：「畜生！」

從這時候開始，直至福克走出去，那姑娘一直看著他，雙手合著掌放在膝上的女紅上面。他自己的兩眼在心慌意亂中，除了不去看赫曼咆哮的樣子，就在室內四處亂衝亂撞。赫曼那樣子咆哮很可笑，而且因爲在場的他人都默不作聲，甚至顯得有些可怕，也可鄙，而且因爲這個人在遇到別人突然走到面前向他十分誠懇地承認這一個事實時所露出的惶恐之色，而顯得可怖。他大步的走，喘著氣。他要親自問福克是不是吃了豹子心，竟敢來告訴他這些東西？他覺得自己配不配坐在這間他女人與孩子居住的船長室。告訴侄女兒呢！期望他告訴侄女兒！他親生兄弟的女兒！無恥！我以前有沒有聽人講過這麼不要臉的事？——他向我申訴。「這個人早就應該走了，把自己藏起不露明，而不應該……」

「但對我來說，那是宗十分不幸的事。」福克時而突然叫喊。

但是，赫曼仍是圍著桌子團團亂轉。最後，他掉了一隻拖鞋。他一面把手臂交叉放在胸膛上，一面脫鞋露襪走到福克的面前，問他是不是以爲世間某地有個墮落得肯嫁給這樣一個狂魔的女人。「他是不是這樣想？是不是？是不是？」我設法制止他，但卻捉不牢給他掙了開去。他找到了拖鞋，一面金雞獨立穿拖鞋，一面破口大罵——而福克卻臉容不變，把眼睛轉向別處，用一隻大手掌將他所有的鬍子捋著。

「然則由我去死就對了？」他若有所思地問。我將一隻手放在他的肩膀。

「走吧！」我專橫地低聲說，心中也不清楚爲什麼我這樣勸他，或者是我不再想聽到赫曼討厭的聲音。「走吧！」

在他走開前，他定睛窺伺，望了赫曼一陣子。我也走出船長室，送他離船。但他卻在後甲板上徘徊。

「這是我的不幸，」他心平氣和地說。

你這樣突然跟他說，真是愚蠢了。我們畢竟不是每天都能聽到這樣的祕密啊！

「那個人是什麼意思？」他若有所思的悄悄沉聲說：「總要有人死——但爲什麼要我呢？」

他在黑暗中寂然靜止了一會兒——一言不發；差不多看不見的。突然他將我的手肘按在脅上。在他緊握之下，我感覺完全軟弱無力，他在我耳邊細語的聲音非常深刻。

「那比飢餓更難受。船長，你明白這句話的意思嗎？那時我可以殺人——或者被人殺害。要是那根鐵橇十年前打破我腦袋就好了。現在我要生活。沒有她來生活。你明白？說不定要許多年。但怎麼過啊？怎麼辦呢？假如我先前讓自己看她一眼，我就會當著那個男人的面用一雙手將她抱起來帶走——這樣。」

我感覺自己的身子給人從甲板提起來，然後又猛然丟下——我站不穩，倒退幾步，心中惶惑，好像受了傷。那個人真是！後來什麼都靜下來；他已走了。我聽見赫曼在船長室雄辯滔滔的聲音，於是走進去。

我開頭一個字也聽不明白。赫曼太太聽見室內的聲音，走進來已有一會兒了，臉上一派詫異和不十分讚許的神情；她的樣子表現出深深而無能爲力的激動。她的男人對著她用喉音迸出一連串的字來，而她就立刻伸出一隻手搭著牆壁，以防自己跌倒，另一隻手則抓著她上衣寬鬆的胸部。他對著兩個女人輪流獅吼，好不嚇人。一大截的襯衣從腰帶處露出來，一面大力頓足。有時他將一雙手臂直直高舉在蓬鬆的頭上，一直舉著來破口大罵；有時又將雙臂緊緊的交叉放在胸中——然後他氣呼呼的發出嘶嘶聲，一面高聳肩膀，把腦袋伸向前方。那位姑娘在哭泣。

他沒有改變自己的態度。她定睛望著福克退了出去，一雙眼若有所思的緊盯著船長室的門口，淚珠湧出來，大滴大滴的落在她的手上、膝上的女紅上，溫暖而柔和，就像春天的雨水一樣。她哭泣時沒有做出苦相，也沒作聲——非常動人，非常靜默。她臉上露出的神色，是憐憫多於痛楚，就好像我們因爲同情，不是因爲哀傷而飲泣一樣——而赫曼卻在她面前滔滔不絕。我幾次聽到意思是「人」那個Mensch字；以及那個我後來要翻查字典才能找出其意義的fressen。它意思是「吞噬」。赫曼好像要她回答一些問題似的，他整個身子也搖擺起來。她卻保持緘默和完全不動；最後，他激動的情緒終於動搖了她；她把雙掌合攏起來，張開飽滿的嘴唇，卻沒有發出聲來。他的聲音怒凶凶的罵，他的手臂像風車般揮動——突然他向她猛搖他的大拳頭。她就張口大聲抽搐。他好像嚇呆了。

赫曼太太衝上前，嘴裡急急的不知說些什麼話。

那兩個女人跟著倒在對方的頸部。她一隻手臂圍著侄女的腰部，帶她離開。淚水卻從她自己的眼睛湧出來，臉都溼透了。她像表示否定的對著我把頭向後搖，直至今日我尚不明白是什麼意思。那位姑娘的頭沉重地伏在她的肩膀上。她們一同離開了。

赫曼隨即坐了下來，怔怔望著船長室的地板出神。

「我們還沒有弄清楚事情的始末根由，」我大著膽子打破緘默。他尖酸地反駁說本也好，末也好，他根本不想知道。依他的想法，任何情況都不能為罪行洗脫——這樣的罪行更肯定不能。這是一般人都接受的意見。做人的責任，是寧餓死也不吃人。福克因此是一隻野獸、一個畜生；卑鄙、低賤、討厭、可恨、無恥，而且奸詐。他從去年起就一直騙他。但是，他倒以為福克一定是在最近瘋了；因為一個正常的人絕不會無緣無故、在不必要和有害無益的情況下，而又不顧他人的自尊心和心境的平靜，去承認自己吃過人肉。「為什麼要說出來？」他大聲叫。「誰要他說？」這表明福克的殘暴本性，因為他到底很自私地使他（赫曼）十分痛苦。他寧可不知道這樣一個不潔的人有愛撫他兒女的習慣。不過，他希望我在岸上絕口不提這件事，他不喜歡各處的人都知道他曾經結交一個食人的人——一個不足道的食人生番。至於他大吵大鬧那一點（我認為實在沒有必要），他不會為了一個到處留情、迷惑少女的心的人而壓制以及使自己不便，也一直知道沒有一個莊重、會當家的姑娘會想到嫁給他的。最低限度他（赫曼）想像不來怎麼會有姑娘可以這樣想。「想想要是蓮娜！……不，那不可能。試想想每一次他們坐下吃飯時，在他們腦子產生的念頭。真可怕！真可怕！」

「赫曼，你太挑剔了，」我說。

他似乎認爲，假如「挑剔」兩個字是指他對福克行爲的反感，那麼挑剔一些是絕對恰當的。他把一雙眼睛傷感地望向天，要我注意那些受害者的悲慘命運——福克所戕害的人。我說我並不知道是怎樣的哩。他似乎有些詫異。雖然一無所知，難道我們不能運用想像力？以他爲例，他就願意爲他們復仇。但我說假如沒有任何人受到戕害，那又如何？他們可能已死於自然原因，像飢餓啦。他顫抖一下。但要被人吃——在死後！要被人吞噬！他再一次深深的打了一個顫，突然又問：「你以爲這是不是真的？」

他的怒氣加上他的性格，就已經足夠把最真實的東西也弄得像有些虛假似的。我望著他時，我真的懷疑那個故事的真實性——但當我想到福克的說話、表情、手勢時，我又覺得那個故事不單只是真實，而且像原始感情那樣千真萬確。

「你能夠賦予多少分真實，它就有多少分真實；你要它怎麼樣的真實，它就怎麼樣的真實。就我而言，聽見你就這事大吵大嚷，我就一些也不相信這是真的。」

我離去時，他在尋思。在戴安娜號舷梯下面一艘小艇等候我的那班手下說，那位拖船的船長，在不久之前駕艇走了。

我讓我的夥伴慢慢將艇划開去。由於霧大，那些星星的閃爍亮光射落在身上時，我覺得好像又冷又溼。在我腦海深處隱藏著一種毛骨悚然的感覺，這種感覺又跟一些清晰怪異的形象混在一起。這一切種種大概要拜索姆堡烹調那些閒話所賜；我有些希望以後再見不到福克。但我手下那位負責看錨的一見了我就告訴我，那位拖船船長已在船上。他已打發了他的小艇走了，現正在小船室等候我回來。

他挺直身子躺在船尾的長靠椅上，臉龐埋在椅墊裡。我起先以爲會見到一副歪曲、流露倉皇、絕望之色的面孔，但事實卻完全不是這樣子。他那副尊容，就跟我前二十次見他時一模一樣：凝重，在拖船的船橋上瞪著眼睛望。他的面容是硬繃繃而充滿飢渴之色，跟他整個人一樣，是由一種本能的至誠支配著的。

他想活，他一向都想活，跟你和我一樣——但在我們身上，這種本能是爲一個複雜的概念服務的，而在他身上，這種本能卻獨立存在。在這樣簡單的發展中蘊藏一股巨大的力量，就像小孩子天真爛漫而又沒有約制的慾望一樣的悲愴。他希望得到那位姑娘，而我們爲他說話至多也只可說，他就單單希望得到那一位姑娘。我想在那時我見到那個迷糊的開始、那粒在不自覺需要的土壤中萌芽的種子、那株樹的第一枝嫩枝，這樹爲成熟的人開花結果，結出數之不盡的色津香味各不相同的愛。他是個小孩子。他跟小孩子一樣的坦白。他渴望得到那位姑娘，非常渴望，就好像他曾經非常渴望得到食物一樣。

假如我宣稱相信那是同一種需要，同一種痛楚，同一種折磨，你不要震驚啊！在他那宗事件裡，我們可以細細思量種種感情的基礎——那股生存的欣喜，那股在無數苦惱根裡的哀愁。他說話的方式將這一點顯露出來。他以前從來沒有這樣痛苦過。它腐蝕他的心，它是火；它在這裡，像這樣子，他用手往心窩處指指，跟著使勁地絞著雙手，面上流露痛苦的表情。我可以向你保證，我親眼目睹，當時的情形絕對不可笑。他不久又對我說（提及先前發生那宗把壞肉投下海的悲慘事件），過了不久他的心就痛（那是他使用的字眼），當他想到整塊腐敗了的牛肉給拋棄時，他就要扯自己的頭髮。

我聽到這一切；我目擊他身體的掙扎，見到精神上、肉體上遭受巨大痛楚時的樣子，聽到痛楚的真正心聲。我很有耐性的目擊這一切，因爲我一踏入小船室，他就請我支持他——而我似乎亦用一種外交的口吻應承了他。

他激動的模樣，在細小的船室很是動人、嚇人，就像一條巨大的鯨魚給趕到岸旁一個淺灣極力掙扎一樣。他一時站起來；忽地頭向下的撲下在靠椅上；用牙想撕開那個椅墊；然後將它發狂似的抱在面上，向著座椅撲下來。整艘船都似乎感受到他絕望時的震動。我詫異地細細打量他那個高聳的前額，他那雙沒有遮蓋的太陽穴上時間的高貴痕跡，那副永遠如一面露飢色的臉龐——多麼像苦行僧的面孔，又多麼的漠無表情。

他應該怎樣做？他過去是靠依在她身邊而活的。

他那時坐著——黃昏時分——我曉得嗎？——整整一輩子。她的頭——像這樣——還有她雙臂。噯！我見到了沒有？像這樣。

他一屁股往一張凳子上坐下，垂下紅背的強壯頸項，用雙手做著做活的動作，樣子荒唐可愛，極端的笨拙低能，而又容易了解。

而現在他不能得到她了？不行啊！那樣太過了。而在思量過後……他做了什麼？我的高見如何？用強把她帶走？不要？他千萬別這樣！誰能阻得了他？我第一次見到他面上其中一部分移動；他噘起嘴唇露出牙齒，像要打架了。「也許不會是赫曼吧。」他癡癡地想，彷彿進入了另外一個時空似的。

我不妨說，他似乎從沒有一刻有過自殺的念頭。我想到要問：

「你那次沉船，在那裡發生的？」

「南方，」他嚇了一跳後迷糊地說。

「你現在可不是在南方啊！」我說。「訴諸武力是行不通的。他們會立即從你那處將她帶走，那艘船叫什麼名字？」

「Borgmester Dahl，」他說。「那不是沉船。」

他似乎逐漸從迷糊的境界中甦醒過來，心境亦平靜了。

「不是沉船？那麼是什麼？」

「故障，」他回答說。他似乎愈看愈似以前的福克了。從這一句話我就知道那是一艘輪船。我先前還以爲他們是在艇上或木筏上鬧饑荒——又或者是在一塊光禿禿的石頭上。

「那麼船並沒有沉，是不是？」我半信半疑的問他。他點點頭。「我們望見南極的冰，」他心不在焉的講述。

「只有你一個人生還？」

他坐下。「是。那是我一件非常不幸的事。樣樣都出岔子。個個人都出岔子。我沒有死。」

由於想起先前讀過有關這類事件的故事，我一時間竟然不能明白他的真正意思。我應該立刻就看得出他的意思的——但事實卻不然；當我們滿腦子都是有關這類故事的傳聞，我們跟眼前真相接觸時反而有相當的困難。由於我腦子充塞著有關「食人肉與海」這類事件應該怎樣應付的成見，我竟然說——「那你在抽籤時很幸運啊！」

「抽籤？」他說。「抽什麼籤？難道你以爲我會用抽籤方式決定要不要活下去？」就我所能了解，不管其他人的收場如何，如果可以避免的話，他是不會這樣做的。

「那是宗很不幸的事件。非常不幸，非常可怕，」他說。「很多人都不行了，但最優秀的人會活下去。」

「你意思是最tough①的人，是不是？」我說。他細細思量這個字眼。他的英文雖然很不錯，但對他來說這些字眼或者有些陌生。

「是的，」他終於肯定地說。「最優秀的人。所謂大難臨頭各自飛。那艘船對每個人都是不設防的。」

① tough，既有「堅強」、「堅韌」之意，也解作「厲害」、「難對付」。

從一問一答中我終於知道整件事的過程。我想這是我當晚支持他唯一的方法。最少在表面上，他已回復平日的樣子。第一個跡象是他恢復使用雙手自臉上抹下去那種奇怪怪的伎倆——他整個身體微微顫動，一雙手熱情而又苦惱地展露一副瘦削、不變的面孔，一雙瞳孔在凝注、沉默、迷人的眼神中張開。這些動作神情現在都有其意義了。

那是艘來歷尊貴的鐵造輪船，由福克那個市鎮那位市長建造。它是那兒下水的第一艘輪船。市長的千金替它命名。許多鄉民從老遠地方趕著馬車到來觀禮。他自己對我都講了。他得到我們稱爲大副的職位。他似乎認爲這是一種榮譽。在他所處身的那一個角落來說，這位熱愛生命的人算是出於名門望族的。

在航運界，那位市長的思想很先進。當時很少人想得到將載貨的輪船送出太平洋。但他卻將它載滿了多脂的松樹，把它送出海洋碰運氣。我想他們預計第一站是威靈頓。其實那一個海港是第一站也沒有多大關係，因爲在南緯四十度，大約在好望角與紐西蘭的中間，船的尾軸就斷了，推進器也沉下海底。

當時船尾有一股清新疾勁的風吹著，他們將所有的帆都張開了，輪機在風力的幫助下推動輪船前進。但單靠張帆的力量卻不夠。當推進器掉了後，那艘船就立即被風吹得橫轉。而一陣強風又將船桅抽出，拋下海裡。

斷了桅桿所吃的虧，在於再也沒有地方可以將旗幟升起來，給遠處的船隻見到。開頭幾天好幾艘經過的船隻就看不到他們，而強風漸漸將船吹離平常的航道。那次航程一開始就不怎麼順利。水手們不時發生爭執。那位船長是個伶俐而憂鬱的人，不特別懂得怎樣去駕馭自己的手下。爲了那次的航行，他們在船艙備置了大量糧食，但不知怎的，幾桶肉一開桶就發覺腐壞了。爲著衛生起見，這些腐肉在啓程不久就拋下海裡。當達爾市長號的水手後來想起這些腐肉時，心中就湧現無限的懊悔、渴望、絕望，眼淚在心中流。

船朝南駛去。開始時總算還有組織，但紀律不久就變得散漫了。一種陰沉的懶散氣氛接踵而來。水手們繃著臉望著天邊。風愈颳愈大，船兒常在兩個浪頭之間躺著，波浪迅即向甲板掃去。一個驚濤駭浪的晚上，當他們隨時預備海浪會將船打翻時，一個巨浪就打在甲板上，海水湧進貯藏室，將剩餘糧食中最好的那部分浸了。貯藏室那扇格子門似乎沒有牢牢的關好。這個疏忽的實例表示船上人已十分頹喪。福克想要幫船長振作起來，但不成功。自從那時開始，他就愈發沉默了，但每一次有事發生，他還是竭力而爲的。情形卻每下愈況。強風陸續吹來，山一樣高、黑壓壓的海水向著達爾市長號猛攻。部分的水手一直躲在自己的艙房，沒有走出甲板去。很多水手變得很煩躁。老輪機長不肯跟人談話。別的人將自己關在艙房裡哭泣。在風平浪靜的日子裡，那艘不能動彈的輪船在灰天濁海間搖晃，在陽光中便展覽破船的醜態，白閃閃的乾鹽、鐵鏽和殘桅斷板。跟著又颳起強風來。爲了生存，我們要限制糧食。一天，一艘在暴風中順著風勢行駛的英國船隻勇敢地停在他們的後面，企圖拯救。波浪橫掃那船的甲板；那些身穿油布雨衣的水手雙手緊執繩索，望著他們在殘破舷牆上面情急萬分的打手勢。但英國船的主中桅帆突然被狂飆連桁帶帆吹走了；它在海面奮力掙扎，跟著便沒了蹤影。

在較早前有幾艘船向他們打招呼，但他們卻拒絕棄船。他們希望有輪船駛過相救，但那時候在那一帶的海域是很少有輪船駛過的，等到他們想離開那像無主孤魂一般漂浮的頹敗船殼時，就一艘船也遇不到。他們向南漂至人跡不到的地方。他們遇見一艘捕鯨船，卻未能喚起其注意；不多時，南極冰帽邊就從水面冒出來，形成一道牆將南面的天邊封了。一個早上，他們發覺自己身在游離漂浮的冰塊當中，不禁大驚。但沉船的恐懼跟他們的精力與希望一樣，很快就消失，大塊浮冰衝擊船身，他們也無動於衷了。但達爾市長號又向外安全漂入廣闊的水域，只是他們幾乎懵然不覺。

一個大浪早已將船的煙囪捲下海裡；惡劣天氣中，海浪亦將他們三條小船中的兩條捲走了。鬆了的吊艇架左搖右晃的，被水摩擦的繩索兩端亦隨著海浪往復搖擺。船上的水手個個袖手旁觀。福克告訴我，他如何細耳傾聽海水在黑暗的輪機房內所發出的拍打聲。輪機房內的機器再也不會轉動了，在海水的侵蝕下慢慢衰敗，成爲一堆鐵鏽，就好像一顆不跳的心在沒有生命的身體內衰敗一樣。在機動力失去後，他們起先還用繩索把舵柄牢牢綁好。但這些都因爲腐蝕、摩擦、生鏽一一鬆了。鬆了綁的船舵日日夜夜來回猛撞，隱隱震動整個船身。這個情況相當危險，但卻沒有人關心，沒有人肯出一份棉力。福克說即使到現在，有些晚上他從睡夢中醒過來，還彷彿隱隱聽見那些低沉振盪的碰撞聲。舵栓被水沖走後，船兒最後睡著了。

他們將僅餘的那條小船送走後，大禍就降臨了。那條小船能夠至今不受損，福克功不可沒。現在大家公議派遣一部分人手將小船駛入航道去求救。他們將可以分出的糧食都放在了小船上，那六位被派遣的水手，一俟天氣轉好，他們立即出發。但他們等了很久很久。終於在一個早上，將小船放下水裡。

船一落水，那班士氣低沉的水手就發生糾紛。兩個未獲派遣的水手竟然藉口解開滑車繩索而先跳上小船，甲板上那班軟弱無力、腳步踉蹌的水手幽靈則又爭吵起來。那位將自己終日關在海圖室與世隔絕的船長走出欄杆來，喝令那兩個船員返上船來，且用左輪手槍要脅他們。他們假裝服從的樣子，突然將繫小船的繩索切斷了，用手貼著船身使勁一推，跟著準備揚帆將小船駛開。

「開槍，船長！轟他們！」福克高聲大叫——「我就跳下海去將船搶回來。」但船長猶豫不決地舉槍瞄了瞄，突然走開了。

福克登時無名火起三千丈，即刻衝回自己艙房找手槍。他出來時已太遲了。另外兩個船員已經跳入海裡，但小船的人都紛紛用船槳打他們，將他們趕走，跟著揚帆將船駛走了。從此以後就再沒有聽到他們的消息。

船上餘下的水手都覺得惶恐、絕望，在極度的失望過後，他們的感情終於又麻木了。就在同一天，一位救火員自殺了。他將自己的喉嚨自左耳割到右耳，跑到甲板來，嚇得大家毛骨悚然。他的屍首後來拋下海去了。船長將自己反鎖在海圖室裡，福克敲門他也不應。他在室內不斷誦念妻兒的名字，聲調呆板，像在鍛鍊記憶力，而不像懇求他們或者將他們交託予上帝。第二天，在船隻的搖晃顛簸中，海圖室兩道門打開了，但船長卻失了蹤。他一定是在夜間投海自盡。福克將兩道門都鎖好，將鎖匙收起來。

船上有組織的生活已經告終，水手的團結精神亦不可復見。大家都冷漠相待。福克負起分配剩餘糧食與眾人的任務。偶爾他還聽到那群四肢無力、骨瘦如柴的水手低聲發出的怨言。他們在船的殘骸上往來浪蕩不休，時東時西，時南時北。

這個陰森的故事之所以這樣怪誕、恐怖就在這裡。在一條小船或一條脆弱小艇的水手，由於直接受到風浪的威脅，似乎還更能忍受臨終的時刻。他們雖然是瘋狂、痛苦和絕望，但狹窄的空間、緊密的接觸和海浪迫近而來的威脅，似乎將他們拉在一起。福克他們卻有一艘大船——既安全、又方便、寬敞：有床、被褥、刀叉、舒適的房艙、水杯、瓷器，以及一間完整的廚房。但飢餓的幽靈卻無情地滲透、統治、支配著一切。船上的燈油都給喝光了，燈芯當作食物切開，甚至蠟燭也吃掉了。夜間，船漂浮著，每個隱蔽角落都黑黝黝的，充滿了恐懼。福克有一天見到一個水手在啃一截松木片。突然他將手中的木拋了，左搖右擺的走到欄杆去，跟著噗通一聲跌下海裡。福克想阻止也來不及，只見他在沒頂前還拚命抓著船邊。第二天，另一個水手在惡毒咒罵一番之後，竟然又爬出欄杆跳下海去，但他卻曉得用手扶著那些斷了的舵鍊，一言不發的緊緊握著。福克於是著手去救他。那人雙手握著舵鍊，一直都用一雙神色焦慮的凹陷眼睛盯著他。福克正待用手拉他時，那個人卻鬆了手，像塊石頭一般沉下海裡。福克對這些目睹之事做了一番反省。他的內心對死亡的恐怖產生一種厭惡的情緒。他誓爲生命可貴的一分一秒而奮鬥。

一個下午，當未死的水手在後甲板上橫七豎八躺著時，那位身材高大蓄有一把黑鬍子的木匠談到最後的犧牲。船上的東西，可以吃的都吃得一乾二淨了。對於這個話題，大家都不予置評，跟著很快就各散東西。這些無精打采、四肢乏力的幽靈一個接著一個的溜走了，恐怕遭人毒手而躲藏起來。甲板上只有福克跟那位木匠沒跑掉。福克對那位身材高大的木匠有好感。在那群水手當中，他算是最好的一個。他樂於助人，有事可幹時隨時準備開工。他也是最不容易氣餒的，到最後一刻還能保持著一些勇氣和決心。

他們沒有對話。從那時開始，船上再聽不到有人悲傷地談話了。隔了一會兒，那位木匠搖晃著身子向前走開了；在當日稍後的時間，當福克站在淡水唧筒前正想飲水時，他突然心血來潮將頭一轉。那個木匠原來已經神不知鬼不覺的潛在他的後頭，一隻手拿著鐵鍬，用盡餘力，正要向著他的後腦打去。

福克一個閃身，剛好逃離鬼門關，馬上飛步跑入自己的艙房。當他在艙房內裝子彈時，聽到有人在船橋上用硬物大力敲打。海圖室的鎖並不堅固，很快就被擊開。木匠拿了船長的槍，表示違抗的開了一槍。

福克正想走出甲板上跟他明刀明槍搏鬥，突然發覺自己艙房中的一個圓窗正好俯瞰那座淡水唧筒的通道。他於是改變主意，留在艙房內，把門關好。「最強者生存，」他自言自語說——他推想對方一定會在稍後某個時間走到那裡去喝水。這些快要餓死的人是會不時喝水以減輕饑饉的痛苦的。可是那個木匠也一定已經注意到那個圓窗的位置。他們是船上最有本事的兩個人，而那場把戲亦由他們兩人來玩。在當日其餘的時間，福克連鬼影一隻也見不到，亦聽不到有任何動靜。夜裡他眼也不眨的聚精會神看，四周一片漆黑——有一次他聽到一個沙沙的聲音，但他卻肯定沒有人能走近那座抽水唧筒。那個晚上星光燦爛，那座唧筒就在他甲板圓窗的左方，有人出現他一定會看到。但他看不到有任何動靜。破曉時分，一點微聲引起他的疑心，他於是小心翼翼的偷偷開了門的鎖。他一夜未曾合過眼，亦沒有被當時那個可怕的情況嚇倒。他要活下去。

但那個木匠卻從來沒有想過要走向抽水唧筒去。他在夜間靜悄悄的沿著右舷牆爬行，神不知鬼不覺的就蹲在福克那個甲板圓窗下面。黎明時分，他出其不意的站起來，把眼往內望去，將一條手臂伸入那個鑲銅框的圓窗口，距離福克不到一呎向著福克射去。他射歪了；福克亦沒有打算要執著他手拿武器的那條臂，卻突然將門打開，殺他一個措手不及。他開火時，槍嘴差不多碰到木匠的脅部。

最有能耐的人活了下來。他們兩個人在開始時都僅夠力量站起來，但都顯露了不爲情所動的決斷、耐力、機靈和勇氣——所有古典英雄的氣質。福克即時將船長的左輪手槍拋下海裡。他天生好壟斷。兩輪槍聲過後是一陣沉寂。其後，在南極嚴寒地區的黎明時分，那幫飢腸轆轆、臉兒發青、瘦骨嶙峋的水手就從四面八方的藏身地方，一個接著一個，慢慢、謹慎、渴望、兩眼發光、蓬首垢面的爬出那艘在灰海浮著、受鐵一樣的自然律支配、受冰冷的心統領、殘缺的船的甲板上來。船上僅有的火槍在他手中，而第二最有能耐的人——那個木匠——就直挺挺的橫屍在他與他們之間。

「當然，他便給吃了，」我說。

福克將頭慢慢垂下，身體微微發抖，一邊用一雙手自面上抹下，一邊說，「我跟那個人無仇無怨，但是我們兩條命就決定在他和我之間。」

何必再講那艘船的故事呢？這兒的情節包括一座像死亡噴泉似的淡水唧筒，一個身懷武器的人，那個受鐵一樣的自然律支配的大海，一幫受恐懼和希望左右、像幽靈一般的人物，以及一個又聾又啞的上蒼。跟這些情節相比，那本婆婆媽媽講犯罪和報應的「荷蘭逋客」故事，就像一環優雅花冠和一捆白霧一般慢慢凋謝、消散。還有些什麼是我們全都猜不著而待要講的呢？我猜想福克定是拿著左輪手槍先去搜船，把船上所有的火柴沒收了。那些餓殍藏有大量火柴啊！他真的不盼望見到有人在他統領下因爲憎恨或絕望而在船上放火。他在艙房外面過活，在船橋上架了帳篷，將整個後甲板跟抽水唧筒的通道占領。他活著！其他一些人也活著——在槍聲的引誘下，他們遮遮掩掩、憂心忡忡、一個跟著一個的走出來。他並不自私自利。大家都分到一份。但當一艘回程的捕鯨船幾乎輾過達爾市長號入滿了水的船身時，一息尚存的僅得三人了。船兩邊的貨艙最後不知怎的似乎裂開了，但由於貨艙裝滿木材，所以船並沒有沉下。

「他們全部死光了，」福克說。「那三個人後來也死了。但是我不死。全部死光，一個不剩！在這場大劫之中。但難道要我也拋棄自己的生命嗎？我能夠嗎？你說吧，船長。我當時一個人在那裡，只是一個人，就像其他人一樣。每個人都孤零零的。難道要我交出左輪手槍嗎？交給誰？還是要我將手槍拋下海去呢？但那又有什麼用處，只有最有能耐的人會活下來。那是一場很殘酷、可怕的大災難。」

他活下來了！我望著面前的他，心中彷彿覺得他保持了性命，正好爲一條切實的永恆定律做見證，證明它的有力真確性。他的額頭冒出念珠大小的汗點。當他突然伸出雙手向前仆下時，額頭就「碰」的一聲撞在檯面上。

「這還要厲害，」他高聲說。「這個痛楚還要厲害，還要可怕。」

他高聲大叫時，那個深信不疑的語調令我的心跳得很厲害。他返回自己的船後，我的腦海就浮現那位少女默默的、有耐心的、淚如泉湧的、像情不自禁的哭泣情景。我想起她那把茶色的秀髮。我想，假如將辮子都解開了，那把髮會怎麼樣將她團團圍住，一直垂到臀部，就像美人魚的長髮一樣。她將他迷住了。你想想看！一個與無情、堅定的命運同樣不屈不撓的守衛自己生命的人，最後竟要悲嘆有一次人家沒有打破他的腦袋。那些美人魚唱歌引人入鬼門關，但這條美人魚卻好像因爲憐惜他的生命而默默流淚。她是這個可怕的航海人的溫柔、沉默美人魚。他顯然希望依他對生命的整個構想來過活。她是奉侍這一個在死亡邊緣向我們感官高聲呼喚的生命的。她極其其他的東西都不行。她極其適合爲他闡釋生命的女性一面，而她似乎亦以自己的方式和以她肉體所散發出來的充沛魅力，解釋了一條切實定律的永恆真確性。但當赫曼帶著一臉困惑的神色一早就在我船上出現時，我可不知道他解釋了什麼定律。但我總覺得他同樣會傾盡本能以求生存的。提起福克，他樣子似乎已充分恢復鎮定，但我看得出他仍是滿懷著福克的心事的。

「你昨天晚上說我是什麼？」在寒暄過後他就問我。「太過——太過——我記不起來了。一個十分有趣的字眼。」

「挑剔？」我提醒他說。

「對了。那是什麼意思？」

「意思是你喜歡對自己小題大作，沒有查問清楚，諸如此類。」

他似乎將這番話反覆在腦子思考。我們繼續談話。這個福克是他命裡的瘟疫。這人將每一個人都弄得不好過！赫曼太太今早不舒服。他的侄女仍然哭個不停。沒有人照料孩子。他將陽傘打在甲板上。那個女孩兒有幾個月會是這個樣子的。你想想。搭二等船帶一個完全不做家務、哭泣不停的少女返老家！這對蓮娜亦不好，他說；但我想不出有什麼道理。或者他以爲她是個壞榜樣吧。那個孩子對著那個破布玩偶已是整天哭哭啼啼的了。那家人中最不多愁善感的就數尼古拉。

「你的侄女哭什麼？」我問他。

「出於憐憫之心啦！」赫曼大聲說。

女人心，海底針。赫曼自稱他的太太是他唯一了解得來的女人。她十二分苦惱，而且有所懷疑。

「懷疑什麼？」我問他。

他把眼望向別處，沒有答我的問題。女人的心就像海底的針一樣難測。譬如他的侄女就爲了福克而流淚。他（赫曼）真想擰死他。但那就……他自以爲心腸大軟了。「坦白說吧，船長，」他最後問我，「對於我們昨晚所聽到的，你有什麼高見？」

「這類故事？」我評論說，「都有很多誇張的成分。」

趁著他驚魂未定，我就向他擔保，我知道所有的細節。他乞求我不要複述了。他的心腸太軟，這些細節只有令他感到不舒服。然後，他一邊望著自己的腳，一邊慢吞吞的說，他們兩人成婚後，他就不用時常見到他們，因爲，他見了福克就真的心煩。另一方面，將一個頭腦被沖昏了的姑娘帶返老家，也是一件可笑的事情。一個整天哭哭啼啼而又不能助嬸嬸一臂之力的姑娘。

「現在你可以在歸程中只訂一個艙房了。」

「是的，我也想到這一點，」他幾乎興沖沖的說。是！他、他妻子、四個孩子——一個艙房就夠了。但倘若侄女跟他們同行……

「赫曼太太對這件事有什麼意見？」我追問他。

赫曼太太不知道這樣一個男子可不可以給一個少女帶來幸福的生活——她已經給

福克船長深深的迷惑了。她昨晚整夜輾轉反側，不能成眠。

那些好人兒好像難以一天不變保持一個觀感。我向他保證，以我所知福克具備了足夠的條件令他的侄女生活無憂。他說他很高興聽到我這樣說，他會將我這番話轉告他老婆。跟著他就露出這次造訪的來意。他希望我能夠幫他跟福克重修舊好。他說他侄女曾向他表示希望我能好心幫他們一次。他顯然十分渴望我能夠這樣做，因爲他雖然似乎將昨晚所講的忘得七七八八，將昨晚的怒氣忘得一乾二淨，但他分明害怕福克拒絕和他修好。「你曾對我說，他是愛得熱呼呼的，」他狡猾的結尾說，用一種牧歌式的眼神向我斜瞥了一眼。

他離開我的船後，我就用訊號叫福克上船來——那艘拖船仍然在拋錨地附近躺著。他用一種平靜肅穆的神情聽我告訴他那個消息，彷彿自始至終已經託付了沿著軌道運行的星辰爲他而戰。

我再一次——亦僅這一次——見到他們一同在戴安娜號的後甲板上。赫曼坐在一張椅子上抽煙，一隻穿了襯衣的手肘彎成鉤形的搭在椅背上。赫曼太太一個人在做活。當福克踏過跳板時，赫曼的侄女向我友善的點了一個頭，裙子颼颼微響，在我椅旁輕輕溜過。

他們兩口子與主桅平排而立，在陽光中相會。他握著她的一雙手，低著頭看著，她就抬頭，用她好像見不到東西的坦白眼神望著他。我覺得他們之所以能夠結合，是因爲冥冥之中有一種神祕的影響力，令到他們彼此爲對方所吸引、支配。他們是一對完整的配偶。她身上穿上一襲灰色的裙子，就散發出無比的活力。她的形體豐盛、堂皇而又簡單。她的確是那條可以吸引那個陰鬱的航海者、那個官感的狂熱愛好者的美人魚。我離他們雖然很遠，但我仍然感受得到他握著她嫵媚敏捷伸出的一雙手的雄性力量。蓮娜的小臉兒有些蒼白，手中摟抱著所愛的那堆骯髒碎布，跑向她那位大朋友處，而就在那時，赫曼太太突然的尖叫聲劃破了那艘舊船的呆滯沉寂。她整個嗓子也變了，嚇得我在椅中轉了一轉，看看是什麼事。

「蓮娜，來這兒！」她尖著嗓門大叫。這個心地良善的主婦向我瞥了一眼，神色猶疑，神祕而又充滿猜疑。那個孩子神色詫異的跑回她的膝旁。但那兩口子手握著手、面對面的在陽光下站著，聽不到任何聲音，也見不到任何東西和任何人。在離他們三呎遠的陰處，一個水手在一塊圓木頭上坐著，一雙手正忙於捻接滑車的繩子。他不時將手指浸在一罐柏油內，彷彿完全不覺得他們兩人的存在。

太約在五年後，當我駕著另外一艘船回到那裡時，福克先生和太太已經離開那個地方了。假如是索姆堡的三寸舌終於將福克嚇得永遠不敢回來的話，我是一點也不覺得奇怪的。在那個城鎮無疑還隱隱流傳這樣一個故事：一個叫福克的拖船東主，跟一個英國船長玩紙牌，贏了一個妻子。

明天

張佩蘭 譯

在蔬溪那個小海港裡，人家對於哈貝德船長沒有什麼好話說。他不是這裡的人。他定居此地的緣故很清楚——從前他很肯講這些——但是些十分不正常不合理的緣故。他顯然有幾個小錢，因爲他買了一塊地，蓋了兩間很便宜簡陋的黃磚屋。他住了其中一間，租了另一間給約瑟亞．卡威——瞎眼卡威，那個退了休的船匠，衆人皆知他在家裡是滿不講理的。

那兩間小屋共用一幅牆，前院有一行鐵欄分開，後院以一列木欄爲界限。碧絲．卡威小姐好像有特權似的，可以把要曬的茶盤布、藍破布或圍裙掛在木欄上。

「我的小碧絲呀，這樣會把木弄霉的。」每次船長看見她運用那特權時，就會從他那邊木欄溫和地說上幾句。

碧絲個子高，籬笆又矮，因此她的兩肘伸在木欄之上。她的雙手洗衣服洗紅了，但前臂勻稱白皙。她默言不語的望著爸爸的房東。這沉默是積極的，其中帶點有所覺、有所期待和渴望的神情。

「這樣會讓木頭腐爛，」哈貝德船長重複著。「我看你就是有這一點點不節儉、不小心的習慣。你怎麼不在後院掛一條晾衣繩呢？」

卡威小姐會不置答——只是搖搖頭。她那邊的後院子有些石圍的小花床，裡面是黑土，泥上擠滿了她抽空種出來一些普通的小花，繁花錦簇，活像是在外國。那時候，哈貝德就會從他那邊那些高及膝蓋的茂草中昂然走出來，容光煥發，由頂至踵穿著第一號帆布的衣服。他出現時，那身顏色及質料極怪的衣服，整個人給繃得又僵又拙——別人一注意到這些，他就喃喃的說「暫時姑且」——像個花崗岩磨出來的漢子，立在連築一間似模似樣的彈子房也不夠的荒野裡。這個石像般的壯漢，有一張俊俏的紅臉，一雙溜盼的藍眼睛，還有那一把長及腰部的白鬍子，蔬溪的人見他從未曾修短過。

七年前，蔬溪當地有名詼趣的理髮匠打趣地問他何時光顧，船長一本正經的答道：「我想下個月吧。」那時，理髮匠正施施然坐在港口附近新旅店的酒吧間，船長進去買一英兩煙草。他從袖口拿出一條手帕，從手帕的一角取了三個半便士，付了錢便走了。門一關上，理髮匠便笑道：「不久那老的便會和那小的手挽手逛來我那裡刮鬍子，裁縫、理髮匠、蠟燭台也要開工了。蔬溪就要有從前快樂的日子，那些日子一定快要來了。這傢伙以前說『下星期』，現在又說『下個月』，什麼什麼的——遲些一定是『下個年頭』了。」

理髮匠發覺有個陌生人聽時茫然的笑，便輕佻的把腳伸開，解釋那位古怪的老哈貝德的來頭。他是一位退了休的海岸線船長，一直等待兒子回來。那兒子說不定在家裡住不下去，出海去了，此後再沒有他的消息。那孩子很可能老早就葬身魚腹了。三年前，這老頭匆匆的趕來蔬溪，穿著一身黑絨呢（因爲喪偶不久），好像給鬼追似的從三等吸煙車廂走出來。他因爲一封信而來的——說不定還是開玩笑。有個搗蛋的傢伙寫了封信給他，提及某人姓名如此，是以航海爲業的，聽說在蔬溪或是附近地方跟這個那個妞兒在混。滑不滑稽？那老頭早時曾在倫敦的報章上登廣告找哈利·哈貝德，還懸紅徵求任何有關消息。理髮匠語帶譏諷，講述這身穿喪服的異鄉人如何在這一帶訪尋，講得很有勁。他也步行也乘車，到處打聽消息，逢人便說心事，幾哩方圓內的旅店和酒館都找遍，攔途向路人問這問那，幾乎連溝渠也窺望過了；初時他興奮異常，其後是咬著牙撐下去，步履一天比一天慢，連兒子大約的容貌也說不清。那水手據云是離開一艘木材船的兩人之一，給人看見在泡一個女孩子；但老頭兒形容的是個十四歲上下的少年人——「樣貌聰敏，神氣得很」。人家聽了若只是笑笑時，他就會慌亂的摸摸額頭，滿臉怒容的溜去。他當然是沒有找到；什麼都找不到——總言之，聽不到任何可信的消息；可是他還不能死心離開蔬溪這地方。

「或許因爲他喪偶不久，又遇上這個失望的打擊，便變得瘋了一般。」理髮匠解釋起來，像是很能看透人的心理。過了一段時間後，那老頭不再積極找尋了。他兒子顯然是走了，但他住了下來等候。至少有一次，他兒子竟離開故鄉，來到蔬溪。老頭似乎覺得一定有些原因，有些強烈的誘因，會令他重返蔬溪的。

「哈！哈！哈！嗳，當然是蔬溪嘛。還會是那兒呢？在英國，你的兒子久無音訊，就只會在這裡。他於是賣了哥察斯德的舊房子，搬到這裡來。唔，這是瘋子嘛，一份也不少了。我家有八個孩子，隨便哪一個出走，我才不會發瘋呢！」理髮匠在聲震屋瓦的哄笑聲中，揚耀他的鐵石心腸。

可是，他帶著具有逾常睿智的人那種坦誠招供道，這類事情似乎也教人動心。比方說吧，他鋪子離港口不遠，每當海員進來剃鬍子或理髮時——若是臉孔陌生，他不禁就想到，「倘使這是哈貝德老頭的兒子呢！」他因此笑了自己一番。好一場大瘋癲。他還記得那陣子鎮上滿城風雨的情形。可是，他對那老頭仍然存有些希望，希望透過他審慎的玩笑，老頭會康復過來。他留意診療的進展。下星期——下個月——明年了！老頭船長既已把日期延至明年，不久便會絕口不提此事的了。對其他事情，他是挺有理性的，所以這是必然的結局。這一點埋髮匠是深信不疑的。

誰也沒有跟這理髮匠頂撞；那番話之後，他的頭髮已經變灰了，哈貝德船長的鬍子亦白得可以，而且還一表威儀的垂至那套第一號帆布衣服上。那套衣服是他私下用塗了瀝青的麻線縫好。其後突然在一個晴朗的早晨穿上的；前一日黃昏他歸家時，人家還看見他一身絨面呢的喪服。他換裝之事曾引起高街一陣子騷動——店鋪掌櫃走到門前，屋裡的人抓起帽子便奔出來。這場騷動他初時大為驚詫，後來便害怕起來；但對於人家好奇而提的問題，他只是怯怯地、躲躲閃閃地說「暫時姑且」。

那陣騷動早就給人遺忘了；至於哈貝德船長，就算人家仍記起他，亦早已遭受忽視了——這是天天露面的懲罰——正如太陽本身，除非它的力量讓人深切感到了，否則也一樣受人忽視。哈貝德船長的行動一點也不顯衰弱；他一身帆布衣，走得滿挺的，外形標奇立異；只是雙眼或者轉動得比從前鬼祟些。他在街上走動時不像往日那麼留神而且易於激動；他變得迷惑躊躇，好像懷疑自己身上某處不甚光彩，或者是有些尷尬的怪東西；可是，他始終沒法查出究竟有何不妥。

現在，他不願跟鎮上的人交談。他已經替自己贏得了小氣鬼的惡名，人盡皆知。他在生活上吝嗇得要命，他在鋪子裡喃喃的怨來怨去，買幾片下等的肉也猶疑很久，而且不要人家談及他的服裝。這一切都如理髮匠說得一樣。看來他不再癡呆的盼望了；只有碧絲．卡威小姐曉得他不再提兒子的歸期，因為他以為歸期再不是「下星期」、「下個月」，或「下一年」，而是「明天」。

因為在前院和後院都見得到而相熟了，哈貝德與碧絲談話時像個父親，講道、固執、且帶點專橫。從他們不時親暱地擠眉弄眼，便可知道他們的邂逅確是基於坦誠的信任。卡威小姐漸漸盼望他打眼角了。初時她給這些眼角弄得心緒不寧：這個可憐的傢伙是瘋的。後來她學會了一笑置之：他於人無害的。從她臉上的微紅，便知道她也感到一種莫名的、乍喜乍疑的情感。他眨眼時一點也不鄙俗；瘦削的紅臉頰，配著挺好的彎鼻子，頗覺與人不同——特別是當他跟碧絲談話時，目光就格外堅定和聰明。他一臉白鬍子，是個英俊、健壯、正直而又能幹的人。你不會想他有多大。他說他兒子的樣貌從襁褓時開始，便與他相像得出奇。

他說哈利明年七月便三十一歲了。這個年紀也該找個賢良明理、重視家庭的好女子成家立室。哈利是個精神奕奕的人，雄赳赳的丈夫最易相處。眼前這些刻薄、軟弱、裝作一本正經的傢伙，才令女人苦不堪言呢。什麼東西的慰藉比得上家庭——冬日圍爐——風雨不侵？不管冷熱，也不用離開溫暖的被窩。「噯，小姑娘？」

哈貝德船長從前是個在陸地之旁幹業的水手。他父親是個破了產的農人，兒女眾多，哈貝德匆匆忙忙給送到一個海岸線船長那兒當學徒，以後航海始終不離岸邊。初時，這類工作一定不是味兒：他始終沒有喜歡這行；他對陸地嚮往，嚮往那些數不盡的房舍，嚮往火爐旁恬靜的生活。很多水手只是覺得在道理上說海洋並不好，於是說不喜歡海洋，但哈貝德對於海洋卻是骨子裡懷著深遠的憎恨——彷彿已稟承了世代相傳下來熱愛土地的氣質。

「人不知道讓兒子出海會把他們弄到什麼田地。」他向碧絲解釋道。「就像把他們頓時變了罪犯。」他總不相信你真能習慣那種生活。年紀越大，厭惡之情越濃。這是宗什麼買賣，令你大部分時間都不能踏入家門？你一出海，就沒法知道家中的情況。聽他說話的人還以爲哈貝德是厭倦漫長的旅程；實際上，他最遠的旅程只不過是十四天，其中大部分時間都是因爲避風而拋了錨。一旦他妻子從一個做煤炭生意賺了些錢的單身叔叔處，承繼了一間房屋及足夠過活的金錢，他便馬上丟掉在東岸掌管一隻煤船的差事，心情就像古羅馬的划船奴隸得到了自由似的。過了這麼多年之後，他仍可能用兩手十指便能數盡自己看不見英國土地的日子。他從不知道探索達不到的地方會是怎樣的。他時常誇耀自己從未到過八十沉深的地方。

這些事碧絲・卡威都聽過。他們的小屋前長著一棵特矮的桉樹，夏天中午時，她愛搬張椅子到草地上，坐下做點針黹。哈貝德船長穿著帆布西服，靠著一把鏟子而立。他每日都鋤屋前的地。一年中他總要翻土好幾次，但「目前」又不打算種什麼。

他對碧絲・卡威會說得較明白：「等我的哈利明天回來才幹吧！」碧絲對這條希望公式已經耳熟能詳，所以對於這個滿懷希望的老頭，只給予少得不能更少的憐憫。什麼事都就此擱置，一切也好像在爲明天而準備似的。爲在前院栽花卉，可供選擇的一包包各種花籽總共有一大盒之多。「小姑娘，他不用說會讓你挑的，」哈貝德船長隔著鐵欄向碧絲暗示道。

碧絲小姐依然俯首針黹之中。這些話她已聽過那麼多次了。但她不時又會站起來，放下針黹，慢慢走到欄杆那裡。這些溫柔的瘋話倒有些魔力。他立了心不讓哈利由於缺乏一個萬事俱備的家而再度離去。他在那一所屋子不住添置各種家具。她想像那些家具又新又光鮮，堆得像在貨倉裡一樣。幾張桌子用麻袋包裹著；一捲捲的地氈好像一段段圓柱般又粗又直，在放下百葉簾的幽暗房間裡，白色的大理石桌面發出亮光。哈貝德船長購置了物品，一定細說給她聽，好像對方應該對那些東西感興趣。他房子裡雜草叢生的院子也可以蓋上混凝土……過了明天吧。

「我們不如把欄杆拆去。你可以把晾衣繩拉出來，遠離那些花兒。」哈貝德向她眨眼示意，碧絲臉上就泛起微紅。

碧絲由於心地善良而惹上的這番瘋念頭，還是合情合理詳詳細細的。誰保得有天他兒子不會真的回來呢？可是，她根本不知道他是否真有個兒子；又，即使有這麼個人，他也離家太久了。每次哈貝德船長說得忘形時，她都假裝相信來安慰他，同時又會略微笑笑以求心安。

只是有一次，她出於同情而對那個注定無結果的希望表示懷疑。哈貝德的反應卻嚇壞她。那老頭的整張臉上頓時露出恐慌與不能置信的神色，恍如看見穹蒼出現一道裂痕。

「你——你——你不是以爲他溺死了吧？」

有一小段時間，她以爲他馬上要發瘋了，因爲以他平日的表現，她覺得他比一般人心目中的他要精明些。這一回，他激憤之後，又恢復一副慈祥自得的樣子。

「我的小姑娘，不要自己嚇自己了。」他有點狡猾的說：「海是留不住他的。他不是海的人。哈貝德家的人沒有一個是海的人。瞧瞧我，我沒有淹死。還有，他根本不是水手；既然不是水手，當然會回來的。什麼也攔不住他回來……」

他雙目開始溜盼。

「明天到家。」

她不敢再懷疑，恐怕老頭會當場發瘋。他依靠著她過日子。他覺得她是鎮上唯一理智的人；他會當著她面前自慶能替兒子找到一位頭腦冷靜的妻子。他曾在生大氣的時候向她吐露說，鎮裡的人都是怪物。看看他們怎麼看人的——他們怎麼跟人談話的！他在那裡跟誰都合不來。他不喜歡那些人。要不是兒子擺明喜歡蔬溪，他一定不會離鄉背井來到這裡。

她一言不發，讓他說個飽。她只是靠著籬笆，一面耐心聆聽，一面垂下眼皮編織。她一大團赤褐色的頭髮，隨隨便便編扭起來，下面灰白的臉孔，勉強透出些羞赧的微紅。她的家翁實在是胡說八道了。

她身材豐滿，只是顏容疲倦憔悴。當哈貝德船長大誇什麼宜家宜室，家中圍爐如何安樂時，她只是動動唇，略微笑笑。她的家庭快樂只是限於在自己的十年黃金歲月中照顧爸爸。

他們的談話，往往給樓上窗口傳下的一陣野獸般吼叫聲打斷。她就會從從容容的，立刻捲起編織或摺起衣物。那時候，那種喊著她名字的吼叫聲繼續響著，引得在街道那方海堤上溜達的漁夫也向小屋望過來。她會慢慢的從前門進去，一刻之後又是一片沉靜了。跟著她又會出現了，手拖著一個乖戾暴躁、身型龐大笨拙得像河馬的傢伙。

他是個喪了妻的造船匠，前幾年生意最興隆的時候便盲了。他好像把這個頑疾歸咎他的女兒。人家曾見他放盡喉嚨吼叫，好像不怕雷打似的，說他自己才不在乎呢：他錢已經賺夠了，每天吃火腿雞蛋做早餐都夠。他爲此而感謝上主，但說話時是一腔魔鬼般的聲調，聽來卻又像詛咒。

哈貝德船長對這位住客的印象是那麼壞，他因此會對碧絲說：「我的寶貝呀，他這傢伙很浪費呢。」

那天她在編織，正要替她爸爸又完成一雙襪子，那老頭認爲是她的本分。她最怕編織，剛巧又織到腳跟，一定要望著織針。

「當然，他就是不用供個兒子，」哈貝德船長漫不經心的繼續下去。「當然，女兒不需要那麼多——唔——唔。唉！她們不會離家跑掉。」

「不會，」碧絲小姐低聲說道。

哈貝德船長置身一堆堆翻起的泥土中，嘻嘻地笑。他一身海員裝扮，臉孔是飽經風霜，加上尼普頓①老頭子般的鬍子，活像一個被逐的海神，拿著手裡的三叉戟換成了鏟子。

---

①羅馬神話裡的海神尼普頓（Neptune），手裡經常拿著一把三叉戟。

「他一定是早就當你是有了一些生計的了。女孩子最好了。丈夫嘛……」他向她打個眼角示意。碧絲小姐全神貫注編織之中，臉上泛起微紅。

「碧絲！我的帽呀！」卡威老頭突然吼叫出來。他起先默不作聲，動也不動的坐在樹下，好像一尊某種嚇壞人的迷信中的偶像。他要不是咆哮著叫她、罵她或者爲她生氣，便從不張開口；而張開口時，必定粗話連篇。她的對策就是千呼不應；他便直叫到有人理他爲止——等到她搖他的胳臂，或是把煙斗塞進他的牙縫裡。他是極少數吸煙的盲人之一。當他感到帽子已經戴上頭時，便立刻住嘴不鬧了。他繼而站起來，跟女兒一塊兒穿過柵門。

他整個人沉甸甸的靠在她臂上。他們吃力緩步而行時，她就像贖罪似的，拖著這個年老傷殘的大包袱。通常他們立刻便橫過馬路（小屋在距港口不遠的田畝中間，離街尾不過兩百碼），過了很久很久，人家還見得到他們走上通往海堤的一段樓梯，好像動也不動似的。海堤由東向西伸展，遮住了整條水道，恍如一段棄置的鐵路路基，記憶所及從未有火車走過。在上面，一群強健的漁夫會冒現天際，沿著堤走幾步，又不慌不忙地沒入影裡。他們褐色的漁網，一個個恍似巨蜘蛛的網，張在斜坡參差的草上；鎮裡的人從街尾往上望去，便會從那緩慢匍匐的步伐，認出卡威父女。在小屋附近閒蕩的哈貝德船長也會抬頭看看他們走得怎樣。

他依然在星期日的報紙登廣告訪尋哈利·哈貝德。他告訴碧絲說，外國各地都有人看那些報紙，直到天涯海角。他同時又好像以爲兒子還在英國——離蔬溪不遠，故此大有可能「明天」便出現。碧絲雖然沒有詳細明言，但認爲哈利若真在英國的話，便不必花錢登廣告，哈貝德船長還不如把每星期的六先令二便士留作己用。她說不知道他何以爲生。她的異議會令他疑惑而且消沉一會兒。「他們都是這樣做的，」他指出；報上整欄都是爲尋人而設的。他還拿報紙給她看。他和妻子多年來都是這樣登報訪尋，只是他妻子沒有那般耐性。她下葬後一天，蔬溪便有消息來了；她要不是那般不耐煩，可能還活在這裡，再多等一天便成了。「小姑娘呀！你不會是個沒性子的女人吧！」

「我有時看見你覺得很煩呢！」她說道。

他雖然仍登報尋子，但不再給酬金了，因爲他神迷智昏，早已糊裡糊塗認定他已得到所能得的一切。他還要些什麼呢？蔬溪就是所在地了，他無須再打聽些什麼。卡威小姐讚美他想得到，他也因爲她玉成他的希望而告慰；這希望矇騙了他，令他看不見真相，也看不見可能性是多麼小；就好像另一間屋裡的老人，害了另一種疾病後，看不見世間的美景一樣。

可是遇上隨便一件可以令他啓疑竇的事情——人家贊同得不夠熱烈啦，又或者對他如何爲歸來的兒子和媳婦籌備家庭之事稍不留心——他便會激動得大叫大跳，又會很陰毒地斜著眼睛看人。他會把鏟子插進地裡，在前面踱來踱去。卡威小姐便說他發脾氣了，動著食指責怪他。他忿然走開之後，等到她再出來時，他又用眼角窺望著，守候一點點鼓勵，好走近鐵欄而回復先前紓尊慈愛的關係。

他們密切的交往迄今雖已有數年，談話時卻從沒有不隔著欄柵的。他告訴她屋子裝修得如何美輪美奐，但從不請她進去過目一下。哈利一天沒看過，誰也不能看。實際上，誰也沒有進過他的屋裡；他自己料理家務，而以兒子的利益當頭，小心眼得連從鎮裡買來的零碎日用品，也要像走私般用帆布衣蓋著，然後急急走過前院。等到他走出來的時候，又會萬分抱歉的說道：「小姑娘，只是個小水壺罷了。」

倘若她當時並沒有給勞累的工作弄得太倦，也沒有給父親氣得忍無可忍，碧絲就會紅著臉取笑他：「哈貝德船長，沒關係，我不是沒性子呢。」

「唔！小姑娘，你不用等多久了，」他突然間忸怩的回答，而且顯得侷促不安，好像懷疑有些地方出了岔子。

每星期一，碧絲將租金遞過鐵欄給他。他一把抓住那幾個先令，貪婪得很。他爲衣食住行花個小錢都心痛，一旦離開碧絲，獨自往街上購物時，他的態度便完全不同了。沒有了她的同情維護，他便覺得任人魚肉了。他走路時肩膀在牆壁上擦著。他覺得人家的行爲都很怪異，於是很不放心；但到了這時候，鎮裡的小孩其實都已不跟在他後面喊叫，商販賣東西給他時已一言不發了。一提及他的衣著，他就特別感到恐懼和疑惑，彷彿這方面的事是絕不該提而且沒有理由去提的。

秋天時，滂沱的大雨把他那身油滲得像鐵片般硬的帆布衣敲得咚咚響，雨水從衣上洶湧下來。天氣太壞時，他便會躲進小陽台裡，站在門口，望著插在園子中央的鏟子。園子的泥土因翻得太多，雨季來時便成了泥潭。泥潭一結冰，他便鬱鬱寡歡。哈利會怎樣說呢？每年這個時候，他不能經常跟碧絲一塊兒，於是每次他隔著關上了的窗子聽到老卡威在房中吼叫召喚碧絲時，他更大爲激憤。

「那個敗家精怎麼不替你雇個傭人？」一個和暖的中午，他禁不住問道。她頭上頂著一些東西正要出來逛逛。

「我不知道，」蒼白的碧絲疲倦地說，把重重的眼皮下不存什麼希望的灰眼睛移開。她的眼底時常現出模糊的陰影，她似乎看不到自己的這種生活怎麼改變，怎麼完結。

「寶貝兒，等你成了親吧，」她唯一的朋友走近欄杆說。「哈利會替你找一個。」

他滿懷希望的瘋癲，彷彿是這樣既尖酸又恰當的嘲笑著她內心的絕望，使她在心緒不寧中，真可能會馬上對他尖聲大叫出來，但她只是自諷一番，當他是神智清明的人來跟他說話：「噫，哈貝德船長，令郎說不定根本看不上我呢！」

他掉過頭去，咯咯地發出一陣沙啞的狂笑聲。「什麼話！那娃兒嗎？方圓幾哩路獨一無二肯講道理的姑娘也看不上？你以爲我在這裡是幹什麼的！我的寶寶——寶寶——寶寶？你等著瞧，你等著瞧就是了，你明天便知分曉，我馬上就——」

「碧絲！碧絲！碧絲！」卡威老頭在裡面大吼起來。「碧絲——拿煙斗來！」那個胖瞎子又放縱他的懶慾了。碧絲小小心心直放到他手肘旁邊的東西，他也不肯伸手去拿。他四體不勤，在那間廳子裡（他在裡頭認路就跟有眼睛的人一樣的啦），他若不把她召喚到跟前，若不把那身死肥肉都壓在她肩上，便不肯從椅上站起來，不肯踏出一步。要是沒有她在旁照顧著，他便一口飯也不吃。他裝出比瞎子還沒用，無非是要變本加厲的奴役她。她動也不動的站了一會，在黑暗中咬緊牙關，跟著轉身慢慢走進屋裡。

哈貝德船長回到鏟子那裡去。卡威屋裡的聲音靜下來，過了一會，樓下廳子裡的窗亮了燈。有個人從街尾踏著穩重的腳步從容走過，但他似乎忽然看見了哈貝德船長，因爲他回頭走了兩步。一片白色寒光還滯留在西方的天際。那個人俯身靠著閘門，好像很感興趣。

「你一定是哈貝德船長了。」他說道，一副從容而有把握的樣子。

老人家給那陌生聲音嚇了一跳，便把鏟子拔起，轉身向後。

「對了，我就是了。」他緊張的答道。

那個人笑咪咪的直望著他，慢吞吞地說道：「你是在登報尋子吧？」

「我兒子哈利，」哈貝德船長含糊說道，一時不知所措。「他明天便回家了。」

「回家你宰了我！」那陌生漢大聲稱奇，跟著又稍換了聲調說道：「你長了一把鬍子，跟聖誕老人一樣了。」

哈貝德船長走近一點兒，靠在鏟子上頭，又怯又惱的說：「去你的！」因爲他最怕別人取笑他。任何一種精神狀態，就算是瘋狂，也要靠自信來平衡，一遇上擾亂便感痛苦。哈貝德船長活在一套已經安然落地的念頭中，別人的笑容騷擾這些念頭時，他就很不快活。不錯，人家的冷笑實在可怕。他們暗示你有些不妥，但又有何不妥呢？他說不出來；但那個陌生漢顯然是向他冷笑——而且有意到這裡來笑。雖然在大街上已經常遇這些不好受的事，但他從沒有這麼憤怒。

陌生漢沒有覺察到哈貝德近得簡直可以用鏟子打破他的腦袋，還一本正經的說：「我沒有過界嘛，有嗎？我不過以為你的消息有些問題。你讓我進來好不好？」

「你進來呀！」哈貝德老頭驚惶失措的喃喃道。

「我可以跟你講些你兒子的真實消息——最新最新的消息，只要你想聽。」

「不聽。」哈貝德老頭喊著。他隨即來回瞎走起來，肩荷著鏟子，另一隻手打著手勢。「這傢伙——這笑面虎說我的消息有問題。我的消息比你知道的多得多了。我要的消息全都有了。我有了這些消息好多年了——好多年——好多年——夠我等到明天了。我才不會讓你進來呢！哈利會怎樣說？」

碧絲整個人的輪廓現出在廳子的窗上；其後，隨著啓門的聲音，移到另一所房子之前，除了頭頂有點白外，她整個人都是黑的。那兩把聲音突然在外面談起話來（她在屋內聽聞），使她驚動得說不出話來。

哈貝德船長彷彿要從籠裡覓出路。他把腳踩在挖成的泥潭內。他給那片挖爛草地上的洞絆倒，又像瞎子般衝在籬笆上。

「喂，別摔倒了！」閘門上那個人見情況嚴重，伸出手來抓著哈貝德的衣袖。「有人在捉弄你。嗨！你穿的這是什麼？是擋風帆布呢，老天！」他大笑一番。「你真別創一格！」

哈貝德船長掙脫了，畏縮地避開。「暫時姑且，」他沮喪的喃喃道。

「他怎麼啦？」那位陌生客像老朋友般對待碧絲，用仔細解釋的語調說話。「我起先不想嚇壞這個老頭。」他放低聲調，像跟多年老友談話一樣。「我經過一間理髮店，就隨便剃剃鬍子，他們說他是個怪人。老頭兒一輩子都是那麼奇奇怪怪的。」

哈貝德船長害怕人家提起他的帆布衣，拿著鏟子走回屋裡；閘門旁的兩個人給他猛然關門之聲嚇一跳，只聽見拴門上鎖之聲，屋內則傳來陣陣假裝出來的狂笑。

「我剛才怕弄得他不舒服，」那人靜了一會兒說道。「究竟是怎麼回事？他也不是真瘋。」

「他一直都在想他失蹤的兒子，」碧絲低聲解釋。

「我正是他兒子。」

「哈利呀！」她喊道——接著便一言不發了。

「你知道我的名字？唔，是老頭的朋友？」

「他是我房東，」碧絲支吾以對，用手抓著鐵絲欄。

「這兩間兔子棚似的東西都是他的嗎？」小哈貝德輕藐地說：「正是他會自豪的東

西。可否告訴我，明天要回來的那傢伙是誰？你一定知道些的。我說呀，那是在騙老頭子——錯不了。」

她沒有回答，因爲她無法面對解決不了的困難，也很怕要去做那不可信的解釋，解釋起來，她自己與瘋癲也似結了不解之緣。

「噢——我真難過，」她喃喃道。

「究竟是怎麼回事？」他平心靜氣問道。「你不用怕我難過。那個傢伙始料不及，他才會難受。我才不要緊呢；只是那個王八蛋明天來到就滑稽了。我不在乎老頭的錢，不過這裡頭有是非的啦。你瞧著我摀死那毛蟲——看他是何方神聖。」

他已經走近了些，在欄杆的另一邊高高地俯向著碧絲。他看看她雙手，覺得她在顫抖，於是想到明天嚇他老頭的把戲她是有份兒的。他及時壞了他們的玩意兒。他頗爲得意，瞧不起這給他破壞掉的局。

不過他這輩子對女人的詭計都是不計較的。她實在顫抖得很厲害，圍巾也從頭頂滑下來。「可憐哪！」他心裡想。「不要管那傢伙了，我敢說他明天一定不來的。但我怎麼好呢？我不能在這閘前浪蕩到天明。」她大叫：「就是你——他等著的就是你。就是你明天回來。」

他喃喃道：「噢！是我呀！」他面無表情，兩人好像頓時透不過氣來。他顯然是在反覆思量聽到的話；雖然他沒有動氣，但異常困惑，便問道：「我真不明白，我又沒有寫過信，沒有幹過什麼事。是我同房讀了報告訴我的——就是今早……呀？什麼？」

他側身把耳朵送下來；她低聲急急忙忙地說話，他聽了一會，有時咕噥「對」、「我曉得」。「可是爲什麼今天就不行呢？」他最後問道。

「沒聽懂！」她不耐煩地喊道。雲層下的光線在西方消逝。他再稍微俯下來聽清楚些；深沉的黑夜湮沒了那個細語喁喁的女子及那個全神聆聽的男子，只剩下那兩副一直靠得很近的臉孔，一片親暱密談的氣氛。

他挺平了肩膀，帽子的闊邊影子在他頭上帥得很。「尷尬得很呢，嗯？」他問她同不同意。「明天嗎？唉，唉！簡直前所未聞。那麼，永遠是明天，怎麼也沒有今天。」

她依舊立著默不作聲。

「你卻一直在唆使他幹這傻事，」他說道。

「我從不逆他意的。」

「爲什麼不？」

「我幹麼要？」她替自己辯護。「只會令他痛苦嘛，我逆他意，他早就發瘋了。」

「發瘋！」他喃喃說著，繼而聽到碧絲緊張地笑了一下。

「壞了什麼事呢？我這樣的人，該去跟這可憐的老頭兒吵嘴嗎？倒不如信他一半。」

「對，對，」他思而得解。「我想這老頭兒定是用些好話打動了你。你心地好。」

她在黑暗中不自在地舉起雙手。「這事也可能發生。他沒說錯嘛。發生了，現在就發生了。這就是我們一直等待著的明天。」

她吸了口氣。他和顏悅色的說：「是的，大門卻關上了。我才不理會……嗨，你以爲有辦法叫他認出我來……什麼？……你辦得到？你說在一星期內？我敢說你辦得到——但你以爲我在這個半死不活的地方挨得了一星期嗎？我不成！我要麼吃苦犯難，要麼海闊天空，全英國都不夠大。我也曾到這裡來過一次，住了一個多星期。那時老頭兒正登廣告找我，我的同房便寫封信，鬼話連篇，想要弄一兩鎊。鬼花樣卻也吹了。我們只好溜了——溜得好急呢。可是這回我的朋友在倫敦等我，還有……」

碧絲．卡威呼吸得很急促。

「我敲敲門會怎樣？」他提出。

「試試看，」她說道。

哈貝德船長的鬧門吱嘎響了，他兒子的影子向前移動。他停下來，從喉嚨又發出一陣深沉的笑聲，跟他爸爸的一樣，只是比較輕柔，令女人爲之心動，耳朵也爲之一振。

「他不會亂動吧？我不敢抓他。人家常說我的力氣太大，自己都不曉得。」

「馴得不得了，」她打斷他。

「要是你當年看見他拿著硬皮帶直追我到樓上去，你才不會說這種話，」他說道。

「十六年了，我還忘不了。」

他再來一陣抑壓的笑聲，她由頭至腳暖起來。聽到咯咯的拍門聲，她的心簡直要從口裡跳出來。

「喂，爸！讓我進來吧。我是哈利，真的！我早了一天回來了。」

樓上的一只窗升起來。

「探消息的笑面虎，」哈貝德老頭的聲音在黑暗中響起。「別睬他，睬他就麻煩多了。」

她聽到哈利說：「嗨！爸爸，」跟著是一陣砰砰碰碰的聲音，窗子隆隆滾下來。哈利又站在她跟前。

「跟從前一樣。從前爲了不讓我走，幾乎要了我的命；現在我回來，他又拿一把臭鏟子向我腦袋摔過來，要趕我走。擦在我肩膀上。」

她打個寒顫。

「我才不想回來呢。」他又說起來，「只不過我連剩下的幾個先令也拿去買了火車票，兩個銅板也花來刮鬍子了——完全是看這老頭兒份上。」

「你真是哈利．哈貝德嗎？」她問得很快。「你能證明嗎？」

「我能證明嗎？誰還能證明？」他打趣的說。「拿什麼來證明？我幹麼要證明？天涯海角，除了英國吧，那兒說是找不到一個人——一個女人——記得我是哈利．哈貝德的？誰也不比我更像哈利．哈貝德。到屋子裡，馬上證明給你看。」

「進來吧，」她說道。

他於是走進卡威家的前院。他修長的影子，走起路來大搖大擺，她背著窗等著，看著面前這個人，似乎他除了腳步聲，便沒有一樣是實在的。光線照見一頂翹起的帽子，一道魁梧的肩膀好像把黑影劈開；一條腿隨著伸出來，他轉身站定了，朝著她背後明亮的窗，搖搖頭，淡淡然自己笑起來。

「試想一想，若是那老頭兒的鬍子黏在我下巴上。怎麼樣？我從小就跟他一模一樣的了。」

「對呀，」她喃喃自語道。

「也就是這麼多了。他從來就是你們那種住家男人。我還記得他一要離家到薛爾茲運煤時，總有兩三天滿臉愁容踱來踱去。他那時是給煤氣廠包了的。你還以爲他要去長程捕鯨了——一去三年還不止。哈哈！完全不是呢！他只出海十天罷了。那隻『七海快船』是艘很帥的船。名字不錯吧？我媽的叔叔是船主……」

他打斷了自己，低聲問道：「他有對你說我媽是怎樣死的嗎？」

「有！」碧絲黯然說道：「她沒耐性等下去。」

他沉默了一會兒，跟著突然說：「他們怕我變壞，怕得等於是將我趕走。媽囉嗦我遊手好閒，那老鬼又說砍掉我的頭也不讓我出海。哼！他還好像真要砍——於是我就走了。我有時感到自己是投錯了胎——投到那邊那間兔子棚去。」

「你該生在什麼地方才好呢？」碧絲悻悻然打斷他。

「生在開闊地方，海灘上，涼爽的夜裡。」他說得快如閃電。接著又若有所思的慢慢說：「他們都是怪人。兩個都是。老天爺，那老頭還一直沒有變是不是？一個臭鏟摔——聽！誰在鬧？『碧絲，碧絲』，從你屋裡傳出來的。」

「是喊我。」她冷然說道。

他踏離了那道光線，站到一邊。「你的丈夫？」他問道，自然而然的操著私會時的口吻。「雷電交加的時候，在甲板上有這把嗓子就好了。」

「不是，是我爸爸，我還沒有結婚。」

「你倒像個好女子，親愛的碧絲小姐。」他立刻說道。

她把臉轉過去。

「啊，這樣嗎——有什麼事呢？有人要他命了？」

「他要喝茶了。」她臉向他，站得又高又直，臉轉向一邊，握拳的兩手垂在前面。

「你還是進去吧，」他提議。他細看了她頸項背面一會兒，那是白得炫目的皮膚，在肩膀上有一層幽暗的陰影。她的圍巾滑到手肘上。「你不久便把全鎮的人都弄來了。我在這裡等等吧。」

她的圍巾掉下地，他俯身拾起時，她已經走了。他將圍巾搭到臂上，一直走近窗前，只見老大一個胖子坐在扶手椅上，裡面還有一盞沒罩的燈，胖子張開的大口襯在扁平的肥臉上，四周是一圈亂髮——碧絲小姐的頭和胸。喊聲停止了；窗簾亦垂下。他想到自己尷尬的處境，不禁茫然。爸爸瘋了；不得其門而入；想回去又身無分文；剩下一個餓肚子的朋友在倫敦，他一定以爲給拋棄了。

「真該死！」他喃喃道。他當然可以破門而入，但他們或許會不問情由把他捆到拘留所去——這倒不是什麼大事，只是他非常害怕給鎖起來，就算是一時之錯也不願。想到這裡他便頹喪了。他把雙腳在溼草上直跺。

「你幹什麼的？——水手？」有人不安的問道。

她受不住門外那個粗莽身影的引誘，自己也像個影子似的掠了出來。

「什麼也行。在桅桿之前，我當水手勝任有餘。這回也是當水手回家。」

「你從那裡來的？」她問道。

「剛尋完開心，」他說，「乘倫敦火車來的——曉得吧？唷！我最恨給關在火車裡。關在屋裡還好一些。」

「噫，」她說，「那倒不錯呀！」

「因爲在屋裡，你還隨時可以打開那道死門直走出去。」

「一去便不回？」

「最少也要十六年後，」他笑道。「回到一個兔子棚裡，還又給一把死破鏟子……」

「一艘船也不是那麼大嘛。」她嘲笑他。

「不大，但是海洋卻很大。」

她低下頭，這時，彷彿耳朵打開而能聽著宇宙之音了，她聽到防洪牆外昨日狂風捲起的波濤拍打著岸邊，那節拍又呆板又嚴肅，大地就像個鐘。

「還有嘛，船到底是船。你愛它，但總歸要離開的；航海又不是結婚。」他輕描淡寫的講出了水手的諺語。

「不是結婚，」她喃喃道。

「我從來不用假名字，也至今沒有騙過女人。怎樣騙嗎？就是——要我不要我，聽你；如果要我，那麼……」他靠著牆，低聲哼起一段歌來。

啊，嗬，大河①
再見吧，
我的姑娘俏又嫩
我們要到大河去

「起錨時唱的，」他對她解釋。她的牙齒打起顫來。

「你冷了，」他說道。「這是你的圍巾，我剛才撿起的。」她感到他雙手在她身上，緊緊的摟著她。「圍巾頭尾，前面拿著。」他吩咐她。

① 原文是Rio Grande，流經美國與墨西哥之間的一條河流。

「你來這裡幹什麼？」她問時，忍著不讓自己打顫。

「為了要五鎊錢，」他迅速回答道。「我們玩得太久，弄到手頭緊了。」

「你們在喝酒？」她說道。

「醉了三整天；是故意的。我沒這嗜好——不要喝酒。除非我喜歡，什麼人、什麼事也逼不了我。我也可以很穩，石頭一般。我同房今早看了報便對我說：『去吧，哈利，你的慈父呢。五鎊錢一定到手的。』於是我們掏清口袋湊足了車費。這傢伙真該死！」

「我看你是心如鐵石的。」她嘆口氣。

「我幹麼會？好離家出走？你知道嗎，他想我給一個律師當文員——這樣他就舒服了。他是一家之主；我可憐的媽媽又慫恿他——我想無非是為我好啦。就這樣——再見，我便走了。你一定不相信，我告訴你，我走那天，他一股愛心，打得我遍體鱗傷。唉！他從來就是這麼奇怪。你看見那鏟子嗎？說他發瘋了？不能算呢，這正像我爸的作風。他想我留下，替他做奴做婢。不過，我們實在等錢用，五鎊錢在他算得什麼——何況十六年來只這一次。」

「哎，我真替你難過。你一直沒有想過要回家？」

「做個律師的文員然後便僵在這裡——僵在這種地方？」他輕蔑的喊道。「哼！要是那老頭今天便替我置個家，我定會把它砸了——在那裡三天不到便死了。」

「不死在家，你想死在什麼地方？」

「在那兒的矮樹林嘍；在海上；在荒山野嶺更好。死在家裡？對！天地便是我的家；不過我看難免有一日死在醫院裡。那又何妨呢？只要我活夠了，隨便死在那兒也無所謂。除了沒當過兵，沒做過裁縫，你想得到的工作我都幹過。我當過邊界騎警、剪過羊毛、做過苦役、刺過鯨魚。我又替船裝過帆、尋過金子、剝過公牛皮——我不屑要的錢比老頭這輩子省下的還要多，哈哈！」

他弄得碧絲無話可說。她勉強說了句：「現在也該休息了。」

他伸直了身子，離開牆壁，狠狠地說道：「也該走了。」

可是他卻寸步不移，再次靠回著牆，若有所思的哼起一兩段怪裡怪氣的曲調。

她覺得要哭了。「又是一首你那些沒心腸的啦。」她說道。

「在墨西哥學的——在索諾拉①。」他不假思索說道。是**Gambucinos**唱的歌，你不曉得嗎？流浪漢的歌。什麼也留不住他們——女人也不成。這種人從前不難見到，在那黃金國的邊疆，吉拉河以北的地方。我去過。在馬薩特蘭②有個探礦工程師帶著我去，替他看管馬車。水手總是最好用的幫手啦。那裡全是沙漠：地面一道道裂口，深得看不見底；還有大山——光禿禿的岩石，豎立著像城牆，像教堂尖塔，只是大上一百倍。山

① Sonora，墨西哥西部的一條河。
② Mazatlán，墨西哥西部一個地方。

谷裡滿是大磨石和黑石頭。那裡寸草不生，太陽下山比別的地方紅得多——紅得像血、紅得發火生煙。滿不錯的。」

「你不要舊地重遊了吧？」她結結巴巴說道。

他笑了一聲。「不要了。那個黃金國，我恨透了。有些時候，我望見它也會打顫——還好的是我們人多勢眾，那些Gambucinos卻是獨個兒闖蕩。那片地面，人家聽也還沒聽過，他早就熟了。他們有探礦的天分，也有那股狂勁兒；對金子卻反而興趣不大。他們找到，一處地方，產量很好，可是丟下就走了；或者胡亂撿一點點——夠他們尋歡作樂了——馬上又上路，繼續尋金去。有人家的地方他們從來待不久；他們沒有老婆，沒有牲口，沒有家庭，更沒有朋友。你沒辦法跟Gambucinos交朋友；他們實在定不下來——朝來暮去，天曉得他明天又會往那裡去。他們找到金子，從不跟人說，也從沒有一個大富大貴的Gambucinos。他們心不在金子，只在那種放浪形骸，在嶙嶙山石之間尋金的生涯：因此至今沒有一個女子能夠纏住一個Gambucinos一個禮拜。那首歌唱的便是這麼一回事。有個標致姑娘，千方百計想留住她的Gambucinos男人，滿心盼望他會獻上黃金百萬。放心好了！他一下子就溜掉，她再也看不見他了。」

「她後來怎樣？」她低聲說。

「歌兒沒有講。我想總要哭一陣子吧。他們就是那種人：到處留情。可是他們老是在尋尋找找——尋找不知什麼東西……有時候我覺得自己就像個Gambucinos。」

「那麼沒有女人留得住你了，」她的聲音初時很大膽，但句子尚未說完便已經抖起來了。

「留不過一星期吧，」他打趣說道，用著他輕快溫柔的笑聲撥動她的心弦：「不過，她們每一位我都喜歡。只要合我意，什麼事我都幹。她們給我吃的苦頭，又給我幫的大忙，真是一言難盡！我愛她們，都是一見鍾情的。我已經愛上你了，小姐——你叫碧絲——是嗎？」

她退後一些兒，略帶顫抖的笑道：「你還沒有見到我的臉孔呢。」

他色迷迷地彎身向前，「臉色有點兒蒼白，有些人歡喜的。碧絲小姐，你的身材倒真不錯呀。」

她一時手足無措了，從沒有人對她說過這麼多。

他的聲調轉了。「只是我現在滿餓的，今早沒吃過早點。你可否從晚茶那裡給我張羅些麵包或在……」

她已經走了。他本想請求讓他進屋裡去。不過也沒關係了，反正到那裡都行。真是進退兩難！他的同房不知道會怎樣想。

「我不是向你討飯，」他打趣說著，從她端過來的碟子裡拿了一片牛油麵包。「我當你是朋友般商量。你知道的，我老頭兒還有個錢。」

「他爲了你，飯也捨不得吃。」

「我現在爲他的怪念頭也要餓死了，」他說道，又取了一片。

「他掙到的東西，都是爲了你，」她替他辯護。

「對呀！要是我真肯回來，蹲在那些東西上頭，像隻癩蝦蟆。我心領了；還有，那把鏟子又該怎樣說？他表示好意的方法總是那麼古怪的。」

「我一星期裡能夠把他說服，」她怯生生地說道。

他餓得不能回答；她乖乖地拿著碟子讓他吃，一邊喘著氣，低聲急急的跟他談。他聽著，顯得很詫異，愈吃愈慢，最後索性停了口。「那是他的把戲，對不對？」他鄙蔑的聲調揚起來，手臂一個約制不住的動作使碟子從她的指間飛開，跟著他便狠狠咒罵了一句。

她退縮回來，一手按著牆。

「呸！」他怒罵起來。「他以爲！以爲我——爲了他的臭錢！……誰要他的家？瘋了——他可沒有，你別以爲他真瘋。他是想從心所欲。他從前想把我變成一個倒楣的律師文員，現在又想把我變作一隻馴得要死的籠中兔子。把我呢！把我！」他壓抑著的怒笑，使她害怕起來。

「我可以告訴你——叫什麼名字，碧絲，世界之大，正好讓我伸開雙手，像他兔子棚裡的臭客廳算得什麼？結婚！他想我結了婚便定下來，而且他說不定已經挑好了媳婦——我的天呀！請問，你可曉得那個珠迪？」

她無聲飲泣，全身戰慄；他卻因爲滿腔激憤，察覺不到她的痛苦。一想到他老頭兒的把戲，他便氣得咬起拇指來。有人拉起一只窗子。

「探消息的笑面虎，」哈貝德老頭用平平穩穩的嗓門斬釘截鐵地說出來。他的聲音使碧絲感到地暗天昏，災難降臨。

「姑娘呀，現在我知道這裡的人爲什麼不對勁了。當然啦，是這個瘋子在攪風攪雨。碧絲，千萬別跟他沾上邊兒。碧絲，聽見沒有？」

她稍作移動，好像要跑開，隨即又停下來，舉起雙手掩著太陽穴。小哈貝德的龐大個子，朦朧中像尊銅像一樣動也不動。瘋狂的黑夜在他們的頭頂，響起了老人的啜泣和謾罵。

「我的姑娘，替我叫他滾。他無非是個流浪漢。你需要有個自己的幸福家庭。那傢伙沒有家的——他不像哈利。他不會是哈利。哈利明天便回來。你聽到嗎？再過一天。」他胡言亂語，愈是緊張：「你無須害怕——哈利一定會娶你的。」

他叫得像瘋子般，在那沉沉拍打海堤外面的規律浪聲相形之下，他的聲音又尖又利。

「他一定要娶你。我要他娶，要不然，」——他狠狠賭個咒——「我明天便和他脫離父子關係，把東西都留給你。我定會這樣做。全都留給你，讓他餓死。」

窗子卡拉卡拉的關了。

哈利深深吸了一口氣，向碧絲走近一步。「那個女子——就是你，」他壓低聲音說。

她沒有動，依然是半避開他的模樣，並以雙手抱著頭。「真是呢！」他繼續下去，唇上露出不易見的笑容。「我倒真想留下來……」

她的手肘顫抖得很厲害。

「一個星期，」他一口氣說完。

她雙手掩臉。

他走得很近，溫柔的握著她的雙腕。她的耳根感到他的呼吸。

「我現在麻煩得很──你一定要搭救我。」他想使她的臉孔露出來，但她不肯。他放開手，自己退後少許。「你有沒有錢？」他問道。「我現在要走了。」

她滿臉羞慚，急急點頭。他等著，眼睛不看她。她全身發抖，俯下頭往裙子找口袋。

「拿去吧！」她低聲說。「走吧！看老天爺份上快走吧！要是我還有錢──還有錢──也都拿出來，好忘記──好令你忘記這些事。」

他伸出手來。「不用怕！你們女人，我一個也不曾忘記。有些人不止給了我錢──但我如今一份也沒有了──你們女人總得給我救災救難。」

他大搖大擺走到房子窗旁，在百葉簾透出的黯淡光線下，細看掌心那個銀幣。那個半鎊銀幣。他放進口袋裡。她低下頭站在一旁，好像受了傷；雙手無力地垂著，了無生氣。

「你不能用錢把我買進來，」他說，「也不能把自己賣出去。」

他啪的一聲把帽子戴緊了，一剎那間，她感到給他那雙有力的手臂抱起來。她雙腳離開地面，頭向後垂；他卻懷著一股沉靜而不能自已的熱情，在她臉上吻個不停，好像巴不得要立即進入她靈魂深處。他吻她蒼白的雙頰、堅硬的前額、厚重的眼皮、蒼白的唇，潮水在沖擊、在嘆息，此起彼落，爲他緊緊的擁抱、熱情的愛撫伴奏，就好像海水決了保護全市的堤，一個浪打到她頭上。這種感覺過後，她蹣跚退後，肩膀靠在牆上。她顯得筋疲力盡，好像在狂風暴雨沉船遇險之後。

一會兒，她張開眼睛。聆聽著那種悠閒而有力的腳步滿載勝利而去，她整理一下裙子，呆望著前面。突然，她奔出那道敞開的柵門，往漆黑蕭條的街道走去。

「站住！」她喊道，「不要走了！」

她側著頭全神貫注的聆聽，卻分辨不出是海浪的節拍，還是他要命的足音，只覺得胸口給狠狠的踩著。此時，一切聲音都減弱了，好像她已變成石頭。她怕那靜得駭人的氣氛——比死還要恐怖。她鼓起勇氣做最後的懇求。

「哈利。」

一點回音也沒有，連腳步的回響也沒有。暴雷一般的浪捲，不眠不休的大海本身之聲，彷彿也靜下來。四處無聲、萬籟俱寂，彷彿獨是她迷失在剛才聽到的岩石之鄉，瘋子般往那裡去尋金，找到了又不屑一顧。

哈貝德船長留在黑暗的屋裡，還是警覺得很。一個窗拉起了，在靜謐的岩石之鄉裡，一把聲音在她頭頂上漆黑的天際響起——那是瘋癡的、假的、絕望的聲音——又是永不熄滅的希望。「那個探消息的笑面虎——他走了沒有？我的姑娘，他還有動靜沒有？」

她哭起來。「沒有！沒有！沒有！我聽不到他的聲音了！」她嗚咽地說。

他得意洋洋的狂笑起來。「你把他嚇走了，你真有本領。現在我們可以高枕無憂了。我的姑娘，你耐心點吧！再過一天便行了。」

在另一間屋內的卡威老頭還在扶手椅上施施然搖來搖去，桌上的球狀燈依然亮著。他用魔鬼似的聲調大喊：「碧絲！碧絲！你呀！碧絲！」

她最後也聽到了。跟著好像命中注定似的，悄悄地踱回那間像地獄般不透氣的茅屋。屋子沒有宏偉的正門，亦沒有刻著文字說她再沒有希望——她不明白自己什麼時候作了孽。

哈貝德老頭不久又做出一番大笑來。

「進去！別吵！」她站在門下的石階，淚盈盈的罵他。

他樂極忘形，毫不理會她的命令，因爲他終於趕走那個「搗蛋鬼」。碧絲膽戰心驚，只覺宇宙間一切瘋狂，隨著那老頭深信一個永不休止的明天的叫喊聲，統統向她爆發。

附錄

康拉德的〈颱風〉

孫述宇

英國小說家康拉德，對中國讀者而言，當不算太陌生。早在一九三〇、四〇年代，柳無忌和袁家驊等先生已經把他的小說翻譯成中文了；今天外文系的學生，無論是選讀英國文學史或者英國小說，鮮有未讀過他的作品的。許多人都知道，他本是波蘭人，原名也不是康拉德。他的家庭屬於波蘭往日的地主貴族階層，父母因爲牽涉獨立運動而遭分割波蘭的外國政府流放，不久客死異地，他後來由親戚養大。他從小就愛作航海的幻想，後來終於在法國上了船，從水手而職員而船長，航海二十年，帆影遍及南歐、非洲、印度洋、南太平洋和南美。他對英國是特別喜歡，所服務的多是英國船，尋且入了英籍，最後在英登陸定居，成家寫作。他是二十歲左右才學英語的，終其生講英語都帶濃重的外國口音，但是寫出來的英文小說不僅內容優異，文字也極佳。

也許我們對他的生平不必太詳細的介紹。一個作家的生活經歷與他作品的意義，兩者之間往往並無簡單明確的關係可循。像康拉德這樣半生航海，日後寫出的小說泰半與海員及航海生涯有關，這樣一個比較籠統概括的關係我們可以肯定；可是他還寫了好幾本與航海無關的小說，那便不是這籠統概括的關係所能解說的。從前大家對他所寫非航海性的小說評價較低，可能也是模糊地認定了這些大陸小說已超出他的經驗範圍，寫不好的了；可是這些小說也未必不好，事實上近日也頗有人在其中發掘出不少「孤獨」、「疏離」之類近人特別嗜愛的感覺，使他的身價在一個新範圍中又漲起來。至於他對政治、國家、種族的態度，都不是可以從他的生平經歷中輕易推論得出的。他的父母雙雙犧牲在祖國獨立運動之中，但他對後來的波蘭復國運動卻很冷淡。他對革命並無好感。他對多主意、多幻想的人都抱些疑心，他筆下的英雄好漢往往就是由於缺少想頭而能做事成功的——像〈颱風〉中的船長便是。他天性保守；這大概是他喜愛英國多於法國的原因。中國大陸上最近也掀起了一陣康拉德熱潮，可憐那些喝馬列主義奶水長大的批評家，一看見他筆下有水手，就說他熱愛勞動人民；一看見他寫汽船，便說他謳歌勞動者與先進生產力結合；其實他欣賞的是單憑風力航行大洋的快速帆船，不是汽船。再如他的中篇名著《黑心》，雖然部分是根據一次非洲之旅寫成的，可是有些編者把他的剛果日記在小說後附錄出來，對讀者了解這小說的用意卻是毫無幫助。至於大陸上的批評家指出，康氏在這小說中對西方殖民主義大加撻伐，又說他歌頌非洲的大自然，讚美黑人，譴責白人，這些話都只是根據馬列教條，而無視作品本身所做的演繹推論而已（聯經版拙編《康拉德小說集》③，何信勤譯《黑心》，文末附有編者〈跋語〉，對此有較詳盡的分析）。

我們還是把多些注意力放在作品本身更合算。仔細讀這篇小說，並比較康氏的其他作品，應當可以看出他的用心。

〈颱風〉的內容，是講一艘輪船在載運一群中國苦力返回福州的中途遇風。這大概並非康氏親身經歷的事；他在小說集的〈附記〉中說，他只是多年前曾聽見航海朋友提到有輪船從新加坡載運一批苦力還鄉到中國北方某港口的事，講這件事的人語焉不詳，但他（康氏）覺得這樣的情節正合表達他心中的意思。至於主其事的船長麥回爾，雖然其「真身」可能是康氏任職的某商船的指揮，但無論如何並沒有指揮「南山號」載運苦力赴福州遇風的事。總言之，這故事只是康氏在他豐富的經歷見聞中東採西摘而編寫成的，不過，他強調說每一點細節都很真實。這是什麼意思，我們討論下去當可了解。

康氏在附記中又說，這個中篇面世之後，有人謂之爲一篇專寫風暴的作品，又有人覺得麥回爾船長是個象徵，其實兩者都是他爲了表達心中意念所需用的材料。有時小說家會在〈附記〉中說些不甚相干的話，或者說些話來蒙蔽讀者，開開玩笑；但是康氏這些話卻顯然是真誠的。〈颱風〉的主題是一條汽船和一個颶風對抗；結果船並沒有被風打倒，終能抵達目的地。船成功的因素有二：一是本身是一艘汽船，而且建造得很牢固。帆船若遇這樣強暴的風恐怕就沒希望了，因爲本身沒有動力，不能正面頂著風來對抗；

但即使是汽船，若是建造得不牢固，也受不了那樣的摧殘。其次，船之所以能挨過難關，也因爲船上有那班船員在奮力應付。他們如果臨陣退縮，想要採用什麼威爾遜船長的迂迴戰略，或者乾脆是驚惶絕望而撤手不顧，船就完了；幸而他們都能認真從事。指揮他們的麥回爾船長正是這種人定勝天精神的化身，所以說他是個象徵也不無道理。他自己有這種精神，也有成功的信心，因爲他知道手下的海員以及當年造船的人都有認真從事的精神。在第三章，當他和大副在船橋上飽受風浪折磨而且隨時會連命也送掉時，大副問船還有沒有希望，他說有的，因爲「造船的靠得住……洛特（掌管機器的大車）靠得住」。

最初有批評家覺得這是一篇專寫風暴之作，這種感覺亦有來由，因爲本篇在風暴上著墨極多。康氏要寫出的風暴不僅只是很強而有力、很凶猛，還簡直是有目的、有意志的。這風暴的來臨，用故事中的話語來形容，就如同一道巨大水壩突然炸得無影無蹤，只見如山的海濤以無與倫比的力量在輪船四周爆開，而風好像要洩憤似的，以其特有的分崩離析的能力，把人與同類之間的聯繫撕得稀爛。作者說：

> 地震、山崩、雪崩，都只是剎那間奪人性命，並不帶仇恨激情。狂風卻將人當作仇敵似地攻打，要扯他的肢體，纏他的心，盡力把他的魂魄逐出去。
> 這時，狂海裡的洶濤便顯露出：

那無限度的力量與無節制的激情，都會耗盡而過去，可是不會平息的怒氣。

康氏不吝文字，細寫風暴的聲威，海洋在風中的面貌，以及輪船備受蹂躪的慘狀。風聲不只是陣陣怒號，不只是常會轟隆爆炸，還有從高處時而飛下的低低一陣淒涼怨嘆；而過了闃寂的風眼之後，又會來一陣恍若深邃峽谷中的回響，然後是千軍萬馬衝鋒陷陣，還夾著千百面大鼓一同敲響的聲音。海洋在颱風未到之前的低氣壓下是烏油油的一片，一個氣泡也看不見；風到了，雨點與浪花混成一人片氤氳，把船裹住，如山巨浪從船頭洗蕩到船尾，在海天一氣的黑暗中，藍白色的浪沫發著鬼魅的光。船在浪濤中跋涉，不只是左搖右擺，還會一下子衝前直栽下去，一下子又好像龍骨前方撞到海底硬物了，猛震而幾乎停住。大浪會捲起山高，如瀑布般瀉下，把千百噸海水潑落甲板上；船穿越這瀑布後便轟然跌進浪後的谷底，震得船上的金屬齊鳴。速度儀上的指針會在「全速」和「停止」之間往復跳躍；船顛簸的動作亂了，就像一個人在給別人毆打得快要失去知覺時腳步踉蹌的模樣。大副朱克斯在船橋上，被風搖撼，被雨水與浪花淹沒窒息，他無意識地喊著，雖有船長的安慰，但年輕的意志力給銷蝕了，行動的力量也失去了，最後覺得什麼都是徒然，於是也不覺有責任了。他到了英雄好漢也束手的境地，不可抗拒的疲憊滲進內心，這時「最盼望的是安寧——尤過於生命本身」。

康拉德描繪這場風暴，用了許許多多形象與比喻，使文字略覺沉重（譯文也只好把

「好像」、「似乎」、「如同」、「彷彿」、「宛如」、「恍若」等詞語都一一用上）。但他的用意是很清楚的：他要很真實的寫出一場大風，連同大風所給人的感覺。這場大風的描寫，在文學史上恐怕可算空前絕後的了。英國本是個航海國家，英人自然常以航海爲題寫作，可是風暴的真貌卻沒有人細寫過。像那位寫《魯賓遜飄流記》（*Robinson Crusoe*）的狄孚（D. Defoe, 1660-1731），或是《金銀島》（*Treasure Island*）的史蒂芬遜，都沒有讓讀者真真正正一睹海上的巨風。美國的梅維爾（Herman Melville, 1819-1891）寫《白鯨》（*Moby Dick*），緊要關頭是充滿象徵意義的人鯨大戰，不是風暴。法籍小說家馬爾勞（A. Malraux, 1901-1976）也是特嗜細察人生緊要關頭的小說家，可是他不是海洋作家。康拉德的生活經驗與藝術性向都正合爲我們寫一場海上風暴。他大概也曾在心中惋惜，怎麼在海上遇風的人那麼多，而竟沒有人能真切地講一講這種經驗。原因當然是許多人遇大風就葬身魚腹了，而海員多不善言詞，即使遇風而活了命也不會細說，於是剩下這個題目給那些沒有見過真相的人胡謅。這篇〈颱風〉起碼是一篇真正寫實之作。

但〈颱風〉當然尚不僅是一篇風暴的寫真，而更是一篇探討人性的小說。作者所探討的是人內心的力量。故事中的大風是南太平洋的颱風，那是大自然中不常見的威力。麥回爾船長航海多年，也不曾見過這樣的風。普通的大風大雨他曾遇見過，也吃過一些普通的苦頭，但很快他就忘記了。作者形容這位「沉默漢子」在遇上這次颱風之前，老是低俯著頭，不思不想地在海洋上來往，只知爲岸上那三個人謀衣食。

他原本也可能就這樣退休，過了一輩子，很幸運也很無知的一輩子：

如同有些人輕輕飄過了多年的歲月之後，給緩緩放進一個平靜的墓穴中，一輩子始終對人生無知，始終沒有被迫面對人生所能夠包藏的奸僞、殘暴和驚悸。海上、陸上都有人是這麼幸運的——或者說是給命運和海洋這麼不屑一顧的。

不過，是好是歹，他遇上這颱風。這大自然的力量像一塊試金石，試了一下他以及他的手下是些什麼料子。

這一試，試出一些不同的結果。在艙下的輪機間和鍋爐間裡，工人在大車洛特和兩個副手指揮下，頗能堅守崗位。麥回爾船長對洛特有信心，說他「靠得住」。在狂風惡浪中工作太艱苦，大家都發脾氣，互相咒罵威脅，連老成持重的洛特也不免。那個二車更是火大，他從艙底跑上來罵到艙面，把天上的神、地下的鬼，連同自己的祖先全咒遍了，可是罵管罵，工作還是照做。正是由於這些人都能稱職，所以輪船雖被風浪不住蹂躪折磨，仍然前行如故，有動力與風暴抗衡，而終於抵達目的地。康拉德寫這些輪機工和火夫時，可算是對他素所欣賞的英人實幹精神恭維了一番。

甲板上水手的表現就稍遜一籌。這裡頭並不是一個種族或民族性的分別：艙底的火夫和輪機工是英人，艙面的水手也是英人。不過，在甲板上直接受風浪攻擊，比較危險得多，而且眼前的景象懾人心魄，眾水手就畏縮了。他們於是躲進艙下，鬧情緒，不受指揮，出言犯上。也有例外的：那個掌輪舵的赫克特，沒人來替換他，他一直堅守在舵房中，到最後才崩潰倒地。水手領班也是條好漢，他個子不大而出奇的強壯，毛茸茸的像頭人猿，平時隨和得幾乎沒有主見，又有點小小虛榮心，愛讓別人知道他家的光景不差；可是，儘管如此，他在風浪中卻毫不畏懼。與他恰成對照的是二副，那是個臨時召來替換的流浪漢型人物，不合群，尖酸刻薄，多疑好怨；人不是沒本領，可是似乎從未把事情好好完成過。他給這颱風打倒了；麥回爾說他給「嚇昏了」。他怕了，於是怨聲載道而撒手不管了，不聽命令而且有異動，終於要麥回爾用拳頭把他揍倒在舵房裡。

論好漢，「南山號」上首推船長麥回爾，那頭毛人猿模樣的水手領班雖然也很有膽量，但他還只是個粗莽的硬漢而已。他能夠雙手抓住兩根撐柱，頂住六七個滾作一團的苦力；也能獨自在下面煤艙和甲板上風浪間來回，無視危險；可是他內心的力量還不夠充實，他不能在艱難困苦中長期獨立奮鬥，而需要有個上司來吩咐他，支使他做事，聽他報告，聽他申訴。即是說，這水手領班還須有麥回爾船長精神力量的支持。大副的情形也一樣。他並不是個膽怯沒用之人；他幹起活來不輸與別的大副，既能吆喝著指揮水手做防風準備，也能率領他們衝進夾艙鎮壓數倍數目的狂亂苦力。可是在船橋上長期面對驚濤駭浪，他的勇氣漸漸就被侵蝕殆盡，而好像那個水手領班一般，需要船長的精神支持。

麥回爾船長的勇氣不僅足夠讓他面對困境，還有餘力可以支援他的手下。最初他發現氣壓奇低而思疑會遇風暴時，他查看書籍，也思量威爾遜船長的「風暴戰略」，但是認爲還是依照原航線前進爲宜。輪船終於遇上颱風，我們不知道他該負多少責任；但無論如何，他面對困難的精神令人肅然起敬。他覺得威爾遜那些話像無知老婦之言；他對大副說：

狂風就是狂風啦，一隻功能完好的汽船是不能躲避的。在世界上醞釀的醜天氣就有那麼多，正經該做的事，就是挨過去。

這平心靜氣說出來的話，裡頭實有無限的勇氣。後來，風到了，他和大副在船橋上指揮，狂風暴雨把兩人鞭撻得不成人形，湧上船橋的巨浪將他們從欄杆處扯脫後拋起，兩人其後在黑暗中又碰上了，就在風浪中廝抱著。大副不自覺地乞求安慰，問他「南山號」還有望嗎？人讓風窒息，聲音也將近不可聞，他還有精神告訴大副說，船過得了關的，因爲船造得牢，艙下的人員也可靠。兩人在橋上寸步難移，實際上也已近乎失去指揮能力，他在這時仍問大副水手都在何處，因爲「總該曉得呀」。水手領班到來報告苦力爭鬥之事，他就叫大副去看看是怎麼一回事。他明白在甲板上行動很危險，也怕大副被沖進海裡，可是他無論如何不能任人在船上打架。大副在輪機間給他報告情況，這時，輪船忽遇一個山崩似的巨浪，大副和大車都以爲船橋上的船長一定遇難了，原來他沒事，而大副在輸音管中與他再聯絡上時，他一句別的話也沒有，只是命令大副去把眾苦力的銀元蒐集起來。他的心裡只有任務。

麥回爾船長的聲音是讀者所忘不了的。康拉德似乎很注意聲音的象徵意義。在《黑心》裡，主角谷爾茲有一把很動人的聲音，很能象徵他那贏得無數人欽敬的理想；後來他變了節，聲音還是響亮動聽的，但這時讀者會相信裡頭有一種空洞的意味了。麥回爾的聲音差不多正好相反：它並不響亮動聽，音量平常，輕易就爲風雨聲淹沒，而且麥回爾也不是個善言詞的人。可是它給予大副鼓舞；大副覺得這把聲音是可以支撐到世界末日最後審判的。

麥回爾，這個統領「南山號」船員戰勝颱風的好漢子，是個什麼樣子的英雄呢？他的力量是從何而來的呢？這問題就會把我們帶到作者康拉德的一些特別的看法。

要是有人去祝賀麥回爾，讚美他的英雄氣概，他大概會不甚自在，說不定還會否認自己有什麼了不起。這不只是由於他謙遜。他的確沒有多少英雄氣概。英風是那些有自覺的英雄人物才有的，他們心裡有一些關於英雄的樣貌、行動、風範的觀念與想像，他們依循而行，於是表現出英氣；但麥回爾是個不自覺的英雄。他的英風觀念一定是很貧乏的，因爲他沒有想像力。人的能力用之則進，廢而不用則退，他的想像力不發達，諒必是長期不加運用的結果。作者說他是個「對事實十分忠誠的人」，而且「只有事實才會受到他覺察」；他的想像力「僅足度日，更無餘裕」。

與他相比，年輕的大副朱克斯的想像力就活躍得多。由於兩人恰成對比，作者常用朱克斯的目光來觀看和描寫麥回爾。依朱克斯看，船長這個老頭兒是很乏味的一個人，主要是太魯鈍了。大車曾說，他是沒有什麼話題的；朱克斯覺得大車講得太輕了，這老頭何止沒話題，乾脆是沒話說。他甚至不能明白別人何以能有那麼多的話來說；他曾聽見朱克斯與三車在船橋下聊天聊了個把鐘頭，就忍不住問他有些什麼東西可以聊那麼久。麥回爾實事求是到了連比喻也聽不懂的地步。朱克斯用毛氈蒙頭來比喻天氣熱，他竟問朱克斯爲什麼要用毛氈蒙頭；朱克斯說二車發脾氣也無可厚非，因爲這天的天氣熱得聖人也要說粗話了；他就反問聖人怎麼會說粗話，說粗話還可算是聖人嗎？船東下令「南山號」改懸暹羅旗，朱克斯帶著年輕人的民族自尊心，覺得不是味道，就抱怨說那面旗不對勁；麥回爾聽了，翻書查看，又抱書出去與旗幟比對一番，然後告訴朱克斯說，旗沒有造錯。朱克斯覺得對這老頭子講道理——情緒方面的道理——實在與對一件無靈無識的家具講道理一樣難。麥回爾確是一個最不動情緒的人，開頭「南山號」初建成，船廠的東家領他看船，心中很以這艘設備新穎結構堅牢的新船自豪，但麥回爾在這方面毫無反應，他沒說一句稱美的話，只顧檢查各處，並且果然在門鎖上找到些毛病。

這位老實得近乎愚笨的船長，爲什麼能成大功呢？他的力量從何而來的呢？康拉德說，他有過人力量，正是由於他老實過人。他缺乏想像力，本身就是力量。早在故事之始，說了麥回爾的想像力「僅足度日，更無餘裕」之後，康氏接著就說：

所以他平靜自信，也因此而毫不自傲。有優越想像力的人才會疑神疑鬼，擺臭架子，難伺候；麥回爾船長指揮的船，卻每一艘都是和諧恬靜的水上安樂窩。

他指揮的船隻都能和諧恬靜，因爲他「對事實十分忠誠」，有任何問題出現他必定認真解決；而且由於「只有事實才會受到他覺察」，他在解決問題時便不會東拉西扯使問題複雜起來而解決不了。他的想像力貧乏，即是說他見山是山，見水是水，不會去胡思亂想。他自己不動情緒，也不爲別人的情緒所動。這樣的一個人，真可說是實幹精神的化身。「南山號」遇風之事，就讓我們看一個這樣的人如何憑著內心的誠信來克服困難。

麥回爾身上突出的德行是忠，他的精神是盡心。他對一些人盡忠，也對自己心中的一些原則盡忠；他認爲該做的事，就盡心盡力去做。當他最初發覺天氣反常，心知「南山號」或會遇風，他就查看書籍研究應當如何應付，而結論是應當依航線如前駛下去。

大副建議把船轉向，他否決了，理由是轉向會花費燃料，而且誤時，這樣做對不起船公司。大副建議的理由是夾艙中載了兩百名還鄉的中國苦力，船若過度顛簸，他們會吃很多暈浪的苦；麥回爾不爲所動，他的觀念中這些苦力不算乘客，輪船不必太在意他們是否很舒適。他顯然認爲苦力吃些苦是天經地義，人都有本分；而且，他自己也不怕吃苦。接著颱風一下子來到了，把全船吹成混亂一片，他既不悔恨也不驚惶，堅守在船橋上指揮，而且仍然實事求是地判斷船雖陷於困境，但因本身結構牢固而動力強大，同仁亦可靠，所以理應能夠過關。隨後水手領班來報告說，夾艙中的苦力因爲行李破開，銀元滾散而打鬥起來。這無異是船艙內起了一個颱風，因爲苦力人眾，加以由於驚慌和對銀錢的大慾，已經變成一群惡獸，很難對付。麥回爾並不注意他們是如何可怕，他只知船上須有秩序，不能任由打鬥發生；他雖然自己給風雨窒息得半死，仍然認爲應當過問，於是下令大副和水手領班進去處理一下，把苦力的銀元沒收，免得他們爭鬥。最後，船穿過了颱風，安抵福州。可是如何處理那些苦力的錢呢？起先似乎很講人道的大副，這時認爲這群苦力太危險了，千萬不能放出來，不如把他們的銀元丟下艙去由他們搶個你死我活，關閉艙門，讓水手也得些休息，等候船近福州，有英國或歐洲軍艦出現再說。麥回爾卻認爲這樣不公道，他決定把他們都放出艙面，並把銀元用平分的辦法還給他們。這一來嚇得大副和大車都紛紛去拿槍自衛，但麥回爾把他們喝住了。結果眾苦力分了錢，風波平息。

當「南山號」駛進颱風眼中時，風息了，只有海水還是一個個小丘似的上下起落。麥回爾知道駛出風眼時輪船還須再經一番摧殘，說不定自己會給沖進海中去，他於是囑咐大副朱克斯要準備接手指揮，並且教導他務必把船頭正對著風來的方向。他這時是在料理後事了。可是仍然沒有動情緒，只以輪船的安危爲重。他起先走進自己房間，在平常慣熟的地方摸到火柴，忽然省悟到可能以後不會再在這地方摸火柴的了。這是他最縱想像去思前想後的一陣子，而且前所未有地自言自語起來，但那句話只是：「船丟了可不好啊。」後來他出來與朱克斯面對風暴，作者這樣寫：

這一場颶風挾著翻江倒海沉船拔樹的力量，堅壁能摧，天空的飛禽也能撻下在地，遇上這麼個寡言的漢子，於是使盡氣力從他嘴裡擠出幾個字來。在陣風再發狂怒撲上輪船之前，麥回爾船長有感於懷，以聽來彷彿懊惱的語調說：「船丟了可不好啊。」

還只是那句話。他仍只是對事盡心。

麥回爾的忠誠已經達到宗教的境地。事實上康拉德大概是有意提出替代宗教的精神力量。人到了生死關頭，像麥回爾那樣眼看著颱風將要把他的船摧毀了，就會需要宗教信仰來支持。可是在康拉德的時代，自然科學的發展——地質學的證據和生物進化的理論等等——使傳統基督教的信仰難以維持。所以康拉德筆下的麥回爾在房中並沒有跪下禱告，而是以對責任、對原則的無比忠誠來面對困難。他義無反顧地面對問題時，連恐懼也忘記了。

〈颱風〉的最後一章講「南山號」抵達福州後的事。這章有幾封信：一封是大副寫給大西洋那邊的朋友的，講這趟風暴和苦力問題如何解決；一封是大車寫給妻子的劫後餘生微有傷感的信；一封是麥回爾船長給妻子的，那是毫無文采的一篇流水帳。他妻子看得一點也不帶勁，匆忙中還以爲他想要退休回家居住，就很不高興，因爲她最怕他不去賺錢。這位出身於高門而家道中落的高傲女子，對丈夫其實是並不愛惜的。她的女兒亦瞧不起父親；兒子則漠不關心。麥回爾對家人的忠誠完全不獲回報。作者這樣寫來讓讀者更看得出這片忠誠的絕對價值。

理想和正面人物不易寫得動人，這是公認的。但康拉德寫麥回爾這個好漢，從他的愚鈍處寫去，似乎是成功了。許多讀者都認爲麥回爾是康拉德最令人難忘的一個畫像。

編後語

孫述宇

〈颱風〉（**Typhoon**）、〈愛媚・霍士特〉（**Amy Foster**）、〈記福克〉（**Falk: A Reminiscence**）、〈明天〉（**Tomorrow**）四個短篇小說，於一九〇三年收在一起，以《颱風及其他短篇小說》（*Typhoon and Other Stories*）爲題出版。結集之前，〈颱風〉和〈明天〉曾在《培爾・梅爾晚報》（*Pall Mall*）發表；〈愛媚・霍士特〉則發表在《倫敦新聞畫刊》（*Illustrated London News*）。

四篇之中，最有名的始終是〈颱風〉。它是討論康拉德的思想時，常引用到的作品。編者因此節錄了發表在《聯合文學》上的一篇分析，附在本書之後。

其他三篇也很值得一讀。雖然年紀已經不輕了，康拉德寫這些短篇的時候，還不是很老練的作家，但是卻有很活潑的想像力。〈明天〉裡的老船長與〈颱風〉中的很不相像，他固執地活在一個夢裡。〈記福克〉比較浪漫，福克和那位赫曼姑娘像兩座北歐的神祇。〈愛媚．霍士特〉講一個活潑的東歐少年如何鬱死在沉悶的英國鄉下。向來偏袒英國的康氏竟會寫個這樣的故事，也頗令人詫異。當然，他自己本身是個東歐人。

這四個短篇，〈愛媚．霍士特〉是甄沛之譯的，〈明天〉是張佩蘭譯的；〈記福克〉大部分由甄沛之譯出，小部分由遜述宇完成；〈颱風〉起先預定由張佩蘭譯，但她譯了一小部分之後，因工作太忙而擱筆，後來是由孫述宇譯完的。

康拉德作品集5

颱風及其他三個短篇

2007年6月二版　　定價：新臺幣390元

著者　康拉德
主編　孫述宇
譯者　孫述宇
張佩蘭
甄沛之
發行人　林載爵

出版者　聯經出版事業股份有限公司
台北市忠孝東路四段555號
編輯部地址：台北市忠孝東路四段561號4樓
叢書主編電話：(02)27634300轉5054
台北發行所地址：台北縣汐止市大同路一段367號
電話：(02)26418661
台北忠孝門市地址：台北市忠孝東路四段561號1-2樓
電話：(02)27683708
台北新生門市地址：台北市新生南路三段94號
電話：(02)23620308
台中門市地址：台中市健行路321號
台中分公司電話：(04)22312023
高雄門市地址：高雄市成功一路363號
電話：(07)2412802
郵政劃撥帳戶第0100559-3號
郵撥電話：26418662
印刷者　雷射彩色印刷公司

叢書主編　張素華
校對　呂佳真
吳淑芳
封面設計　李東記

行政院新聞局出版事業登記證局版臺業字第0130號

本書如有缺頁，破損，倒裝請寄回發行所更換。　ISBN 13：978-957-08-3157-3（平裝）
聯經網址：www.linkingbooks.com.tw
電子信箱：linking@udngroup.com

國家圖書館出版品預行編目資料

颱風及其他三個短篇/康拉德著．
孫述宇、張佩蘭、甄沛之譯．二版．
臺北市．聯經，2007年（民96）；328面
14.8×21公分．（康拉德作品集：5）
譯自：Typhoon and Other Stories
ISBN 978-957-08-3157-3（平裝）

873.57 96008894

聯經出版事業公司信用卡訂購單

信用卡號：　□VISA CARD □MASTER CARD □聯合信用卡
訂購人姓名：＿＿＿＿＿＿＿＿＿＿＿＿＿＿＿＿＿＿＿＿
訂購日期：＿＿＿＿年＿＿＿＿月＿＿＿＿日　（卡片後三碼）
信用卡號：＿＿＿＿ ＿＿＿＿ ＿＿＿＿ ＿＿＿＿ ＿＿＿＿
信用卡簽名：＿＿＿＿＿＿＿＿(與信用卡上簽名同)
信用卡有效期限：＿＿＿＿年＿＿＿＿月
聯絡電話：日(O)＿＿＿＿＿＿夜(H)＿＿＿＿＿＿
聯絡地址：□□□＿＿＿＿＿＿＿＿＿＿＿＿＿＿＿＿＿＿
訂購金額：新台幣＿＿＿＿＿＿＿＿＿＿＿＿＿＿元整
（訂購金額 500 元以下，請加付掛號郵資 50 元）

資訊來源：□網路　□報紙　□電台　□DM　□朋友介紹
□其他＿＿＿＿＿＿＿＿＿＿＿＿＿＿＿＿

發票：□二聯式　□三聯式
發票抬頭：＿＿＿＿＿＿＿＿＿＿＿＿＿＿＿＿＿＿＿＿
統一編號：＿＿＿＿＿＿＿＿＿＿＿＿＿＿＿＿＿＿＿＿
※如收件人或收件地址不同時，請填：
收件人姓名：＿＿＿＿＿＿＿＿＿＿＿＿＿＿ □先生　□小姐
收件人地址：＿＿＿＿＿＿＿＿＿＿＿＿＿＿＿＿＿＿＿＿
收件人電話：日(O)＿＿＿＿＿＿夜(H)＿＿＿＿＿＿

※茲訂購下列書種・帳款由本人信用卡帳戶支付・

書名	數量	單價	合計
		總計	

訂購辦法填妥後

1.　直接傳眞 FAX(02)2648-5001、(02)2641-8660
2.　寄台北縣(221)汐止大同路一段 367 號 3 樓
3.　本人親筆簽名並附上卡片後三碼(95 年 8 月 1 日正式實施)

電　話：(02)26422629 轉.241 或 (02)2641-8662
聯絡人:邱淑芬小姐(約需 7 個工作天)